中外语言文学学术文库

西方文学与现代性叙事的展开

The Western Literature and the Unfolding of the Narrative of Modernity

张德明　著

East China Normal University Press

图书在版编目（CIP）数据

西方文学与现代性叙事的展开 / 张德明著. —上海：华东师范大学出版社，2017
（中外语言文学学术文库）
ISBN 978-7-5675-6599-9

Ⅰ.①西… Ⅱ.①张… Ⅲ.①外国文学—现代文学—文学研究 Ⅳ.①I106

中国版本图书馆CIP数据核字（2017）第154951号

西方文学与现代性叙事的展开

著　者	张德明
策划编辑	王　焰
项目编辑	曾　睿
特约审读	汪　燕　许引泉　王　婷
责任校对	时东明
封面设计	金竹林　浦安原
责任印制	张久荣

出版发行	华东师范大学出版社
社　　址	上海市中山北路3663号 邮编 200062
网　　址	www.ecnupress.com.cn
电　　话	021-52713799 行政传真 021-52663760
客服电话	021-52717891 门市（邮购）电话 021-52663760
地　　址	上海市中山北路3663号华东师范大学校内先锋路口
网　　店	http://hdsdcbs.tmall.com

印 刷 者	上海商务联西印刷有限公司
开　　本	710×1000　16开
印　　张	14.25
字　　数	238千字
版　　次	2018年1月第1版
印　　次	2018年1月第1次
书　　号	ISBN 978-7-5675-6599-9/I.1702
定　　价	58.00元

出版人　王　焰

（如发现本版图书有印订质量问题，请寄回本社客服中心调换或电话021-52717891联系）

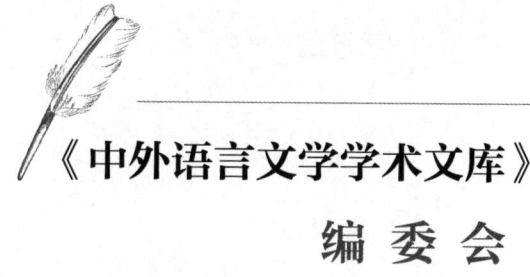

《中外语言文学学术文库》
编委会

成员：（按姓氏音序）

辜正坤　何云波　胡壮麟　黄忠廉

蒋承勇　李维屏　李宇明　梁　工

刘建军　刘宓庆　潘文国　钱冠连

沈　弘　谭慧敏　王秉钦　吴岳添

杨晓荣　杨　忠　俞理明　张德明

张绍杰

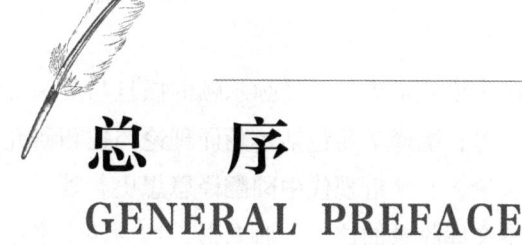
总　序
GENERAL PREFACE

改革开放以来，国内中外语言文学在学术研究领域取得了很多突破性的成果。特别是近二十年来，国内中外语言文学研究领域出版的学术著作大量涌现，既有对中外语言文学宏观的理论阐释和具体的个案解读，也有对研究现状的深度分析以及对中外语言文学研究的长远展望，代表国家水平、具有学术标杆性的优秀学术精品呈现出百花齐放、百家争鸣的可喜局面。

为打造代表国家水平的优秀出版项目，推动中国学术研究的创新发展，华东师范大学出版社依托中国图书评论学会和南京大学中国社会科学研究评价中心合作开发的"中文学术图书引文索引"（CBKCI）最新项目成果，以中外语言文学学术研究为基础，以引用因子（频次）作为遴选标准，汇聚国内该领域最具影响力的专家学者的专著精品，打造了一套开放型的《中外语言文学学术文库》。

本文库是一套创新性与继承性兼容、权威性与学术性并重的中外语言文学原创高端学术精品丛书。该文库作者队伍以国内中外语言文学学科领域的顶尖学者、权威专家、学术中坚力量为主，所收专著是他们的代表作或代表作的最新增订版，是当前学术研究成果的佳作精华，在专业领域具有学术标杆地位。

本文库首次遴选了语言学卷、文学卷、翻译学卷共二十册。其中，语言学卷包括《新编语篇的衔接与连贯》、《中西对比语言学——历史与哲学思考》、《语言学习与教育》、《教育语言学研究在中国》、《美学语言学——语言美和言语美》和《语言的跨面研究》；文学卷主要包括《西方文学"人"的母题研究》、《西方文学与现代性叙事的展开》、《西方长篇小说结构模式研究》、

《英国小说艺术史》、《弥尔顿的撒旦与英国文学传统》、《法国现当代左翼文学》等;翻译学卷包括《翻译理论与技巧研究》、《翻译批评导论》、《翻译方法论》、《近现代中国翻译思想史》等。

  本文库收录的这二十册图书,均为四十多年来在中国语言学、文学和翻译学学科领域内知名度高、学术含金量大的原创学术著作。丛书的出版力求在引导学术规范、推动学科建设、提升优秀学术成果的学科影响力等方面为我国人文社会科学研究的规范化以及国内学术图书出版的精品化树立标准,为我国的人文社会科学的繁荣发展、精品学术图书规模的建设做出贡献。同时,我们将积极推动这套学术文库参与中国学术出版"走出去"战略,将代表国家水平的中外语言文学学术原创图书推介到国外,构建对外话语体系,提高国际话语权,在学术研究领域传播具有中国特色、中国高度的语言文学学术思想,提升国内优秀学术成果在国际上的影响力。

《中外语言文学学术文库》编委会
2017年10月

前　言
FOREWORD

本书的论题以"现代性"(modernity)为中心展开。

关于现代性,已经有了太多的理论话语、文献资料和文本堆积,以至于彼得·奥斯本说,"很少有什么灌木丛,会比现代性的观念陷入其中的灌木丛更加纷乱缠结"[1]。粗粗罗列了一下手头的资料,就有了以下十几种相关的论述:

夏尔·波德莱尔的"过渡、短暂、偶然"论;

瓦尔特·本雅明的"大都会"和"巴黎拱廊街"论;

格奥尔格·西美尔的大都市与精神生活论;

伊曼纽尔·沃勒斯坦的"世界体系论";

安东尼·吉登斯的体制与社会转型论;

马克斯·韦伯的"新教与资本主义的兴起"论;

米歇尔·福柯的治理术与权力话语论;

齐格蒙特·鲍曼的"流动的现代性"论;

于尔根·哈贝马斯的"未完成的工程"论;

霍克海姆和阿多诺的"启蒙的辩证法"论;

以赛亚·伯林的"反启蒙运动"论;

戴维·哈维的现代性与现代主义论;

丹尼尔·贝尔的后工业社会与资本主义文化矛盾论;

马泰·卡林内斯库的"现代性的五副面孔"论;

---

[1] 转引自汪民安、陈永国、张云鹏主编:《现代性基本读本》,郑州:河南大学出版社,2005年,第282页。

……

以上各家之论都从自己的哲学、社会学或美学观出发,展开对现代性的探讨,犹如那个著名的印度故事一样,每个人都摸到了现代性这头大象的某一部位,但决非它的全部或整体。因为,无论作为一个描述对象或研究课题,现代性都太丰富、太冗杂、太坚实了,对它的任何描述、质疑、分析或批判,都不可能是全面的、系统的、客观的、准确的。何况,当下的我们仍身处于这个"流动的"、"未完成的"现代性工程中,自身就是它的建筑者、工具、材料和组成部分,焉能期望见到庐山真面目?能够从自己所在的位置、所处的角度出发,"横看"一岭或"侧"观一峰,就已经相当不错了。

本书在现代性这个大题目下,集中关注其中的一个方面,即西方文学与现代性叙事展开的关系。为什么选取这个角度呢?因为在笔者看来,现代性的展开既是一个历史事件,一种现实进程,也是一个文本事件,一种话语建构。在现代性展开过程中,文学叙事既发挥了建构新的现实的功能,又在其参与建构的现实的挤压、制约和影响下,改变了自己的存在形态和整体格局。换言之,现代性进程和文学叙事之间有着一种平行展开、互为因果、互相缠绕、互相影响的共生关系。本书试图在遵循历史、兼顾逻辑的原则下,通过宏观的理论分析和微观的文本细读,追寻、探索、厘清这种复杂的共生关系的某些方面,勾勒出一幅较为清晰的当代世界文学—文化图景。

在笔者看来,现代性,无论作为一种社会体制,一种世界体系,还是作为一项似乎永无完工之日的宏大工程,其启动伊始必须做的一件大事,就是对人本身进行建构、再造或重塑,使之成为符合这个工程规划的"主体"。这里,"主体"一词的含义既是主动的(subject),又是被动的(be subjected);它既是施动者,又是受动者;它建立了体制,又被这个体制所困;它创造了自我,又解构了自身;它欲望着自己的欲望,到头来发现它欲望的只是他者的欲望……在这个悖论式的"整人"过程中,无论是"自然人"为"社会人"所取代,"身份社会"为"契约社会"所更替,"自我"的概念为"主体"的概念所偷换,现代性都要求文学叙事的介入、参与、结盟或共谋。正是通过日记、书信、游记、旅行日志、早期小说等叙事形式,现代意义上的主体概念才逐渐被建构起来;正是借助现代性展开的进程,被我们视为"正统的"文学样式(尤其是小说)才逐渐成形,成熟,成为一种叙事艺术,并以其引人瞩目的成就,上升到美学和哲学之境,占据了现代社会主流话语的中心地位,与其他意识形态一起分享了话语权力。

有关近代西方文学(尤其是小说)对现代性主体的建构,以往的文学史基本上是忽略不计的。国内的外国文学史专著和教材,在提到近代小说时,关注的重点是它的启蒙性,它对当时社会现状的揭露和批判,以及它为大众所喜闻乐见的、平易近人的叙述风格;而对近代小说各种文类的起源、文体特征的形成及其与现代主体性建构之间的关系则几乎略而不论。在笔者看来,这种有意无意的忽略是传统的机械摹仿论形成的理论盲点的必然产物。根据这种理论,文学似乎永远只能镜子般客观地、单向地反映或模仿生活世界,既无权也无法介入后者,更毋庸说对之进行塑造和建构了。但后现代主义和后结构主义理论提醒我们,文本与世界之间存在着远比机械的模仿更为复杂的互动关系。一方面,现实的世事性影响着话语秩序的建构;另一方面,也许是更为重要的方面,话语的秩序也深刻地影响着人类生活世界的建构。我们注意到,近代西方的现实主义文学在诞生之初,其对现实的反映就远不是被动的、客观的、中性的,而是积极的、主观的、建构性的,或者不如说,现实主义实际上参与了一种新的现实的塑造和一种新的主体性的建构。

尽管如此,现代性与文学叙事之间的关系远不是亲密无间、水乳交融的。在两者的共生、共谋、互惠、互利背后,始终存在着某种张力、冲突和对抗。这种张力、冲突和对抗,源于文学要求的感性和个性与现代性体制要求的理性和规范之间的冲突,正是这种冲突最终导致了现代性叙事的断裂。按照丹尼尔·贝尔的说法,现代社会的断裂现象产生于社会结构与文化间的断裂。从历史角度看,经济领域的自由贸易与艺术领域的自我创造,都源于一种企业家和艺术家"共同的冲动力,这就是那种要寻觅新奇、再造自我、刷新意识的骚动激情"[1],正是这种激情共同开拓了西方世界,铸造了现代社会的基本格局。然而,在现代性展开后,这两股冲力很快变得相互提防对方,害怕对方,并企图摧毁对方。资产阶级害怕艺术家无拘无束的个性会摧毁其赖以存在的规范秩序,因而变得平庸而保守;艺术家则害怕建立在功利、理性和物质主义基础上的现代体制使自己变得平庸化,进而损害自己的文化创造力,于是对资产阶级

---

[1] 丹尼尔·贝尔著:《资本主义的文化矛盾·导论》,见汪民安、陈永国、张云鹏主编:《现代性基本读本》(下),郑州:河南大学出版社,2005年,第853页。

价值观展开了愤怒的攻击。按照卡林内斯库的观点，这种矛盾也可被称为"两种现代性观念"，即社会现代性与美学现代性之间的冲突。前者崇拜理性，关注效率，相信科学万能、社会进步以及在抽象人文主义框架中得到界定的自由理想等；后者则"厌恶中产阶级的价值标准，并通过极其多样的手段来表达这种厌恶，从反叛、无政府、天启主义者直到自我流放"[1]。

现代性叙事展开的后果，从社会现实的层面来看是激发了人的物质欲望，建构了一种全新的经济和社会制度，如马克思和恩格斯在《共产党宣言》中所说"它（资本主义——引者）创造了完全不同于埃及金字塔、罗马水道和哥特式教堂的奇迹；它完成了完全不同于民族大迁徙和十字军征讨的远征"[2]。与此同时，它也造成了一种建立在东方与西方、中心与边缘、帝国与殖民地之间的对立、对抗和对峙基础上的全新的国际政治格局。由此引发的一系列问题和危机向生活在全球化时代的人文工作者提出了新的诉求和挑战。

以上所述，大致概括了本书探讨的主要对象、研究出发点和基本思路。关于本书所用的方法，在此再说明一下。本书的写作围绕"问题意识"展开，基本上是以文本细读为中心，以专题论文的形式编排的；其中既有对某个文学、文化现象的宏观描述，也有对单个作家、作品的微观透视。在当下追求全面、系统、客观的学术体制和背景下，这种"蜻蜓点水"般跳跃前进的做法容易给人造成一种零散、片面、主观的印象。但依笔者之见，"蜻蜓点水"式自有它的长处。据我观察，蜻蜓从不旁及兼取，也从不好高骛远，去追求什么宏大的"捕捉体系"或"捕捉理论"。它知道自己只是蜻蜓而不是老鹰，它关心、关注并解决的永远是眼前的、当下的问题，它捕捉的目标具体、明确而集中。见到一个苍蝇或一个蚊子，它首先会用目力测量该目标是否在自己的飞行半径、速度和能力范围之内。一旦看准目标，就振翅飞翔，又快、又准、又狠地下手，似乎从来没有失手过。由"蜻蜓点水"得到启发，窃以为文学批评和研究亦当如是，不追求体系是否完整、结构是否匀称、章节之间是否平衡、涉及的问题是否面面俱到，而是紧紧盯住自己的研究对象，从问题意识出发，将当下

---

[1] 马泰·卡林内斯库著：《现代性的五副面孔》，顾爱彬等译，北京：商务印书馆，2003年，第48页。

[2] 马克思、恩格斯著：《共产党宣言》，中共中央编译局译，北京：人民出版社，1997年，第30页。

关心的问题分解为若干个小问题，然后扑上去，尽可能又稳、又准、又狠地抓住它，解决它，而后，跳跃式地前进到该问题的另一方面，进行类似的操作。

在对现代性问题展开思考和研究，并行之于文的过程中，笔者试图和力图做到的一点是，始终保持文化批评与文学研究，理论阐发与文本分析之间的张力。以笔者之见，在当下的语境中展开文学研究，必须将广博的文化视野、敏锐的批评意识、深入的文本细读和缜密的学理分析这四者有机结合起来，才能正确处理好文学的内部研究和外部研究、美学判断和价值判断、文学的感受力和理论的洞察力之间的关系，才能解决那个悬置在理论座标上的问题，"成就"事业。当然，这只是一种理想的状态，至于是否能够达到，或在多大程度上达到，则完全取决于个人的学养和识见了。

无疑，对于一个文学研究者来说，强烈的社会责任感、明确的介入意识是必须的，而且这种责任感正是现代性工程所需要的公民意识的具体体现。然而，在从事文学研究时，这种公民意识是通过具体、深入的文本细读，冷静、缜密的学理分析，而不是通过建构一些大而无当的理论体系、拍拍脑袋写一些应景之作、就当下公共话题发表一些言不及义的言论所能体现的，这些"做派"对于推进学术的进展、文化的发展和社会的进步似无多大作用，透露的或许只是因无知而产生的无畏，因盲目而产生的自大，因学养不够、底气不足而产生的焦虑。笔者在治学过程中，时时提醒自己，尽量不要患上这种焦虑症，而是要以蜻蜓点水般的专注、蚂蚁搬家般的毅力、母鸡孵卵般的耐心、蜜蜂筑巢般的缜密，尽自己所能，为文学的发展、学术的进展、文化和社会的进步作一点小小的贡献。

目录 CONTENTS

第一部分　现代性叙事与主体的建构 /1

第一章　书信体小说与现代性主体话语 /2
书信与私密性 /2
性爱、婚姻与主体性矛盾 /5
第一人称视角与自我的认同 /7
时间模式与主体性体验 /9
书信体、对话性与公共性 /11

第二章　旅行文学与主体的自我质询 /14
鹦鹉的呼唤与"父亲之名" /15
人—鸟对话与自我质询 /18
被吞没的音节背后 /21
自相矛盾的结局处理 /23

第三章　近代诗歌、戏剧中主体—他者的建构 /27
《上床》：女性—美洲与男性—殖民话语 /28
《奥瑟罗》：一个西方"他者"的建构 /37
1. 从"摩尔人"到"奥瑟罗" /38
2. 从威尼斯到塞浦路斯 /41
3. 嫉妒、轻信与身份认同危机 /42
4. 从谋杀者到悲剧英雄 /45

第四章　成长小说与现代性主体的建构　/ 48
　　成长小说与成人仪式　/ 48
　　死亡与再生：两种对立的人生状态　/ 49
　　导师与魔鬼：两组对立的人物　/ 53
　　河上世界与岸上世界　/ 55

第五章　现代性欲望主体的形成　/ 58
　　欲望主体的形成　/ 58
　　欲望对象的转换　/ 61
　　在他者目光的注视下　/ 64
　　在想象界与象征界之间　/ 67

第二部分　现代性叙事的断裂与危机　/ 70

第六章　现代主义与原始主义的张力　/ 72
　　血性意识与神话的回归　/ 73
　　契合、狂欢与含混　/ 80

第七章　现代性表征危机与语言的突破　/ 90
　　三重困惑　/ 91
　　六种逃逸方式　/ 93
　　可能与极限　/ 101

第八章　主体的分裂与自我的消解　/ 103
　　文本主体与中心的消解　/ 103
　　他者话语进入诗歌文本　/ 105
　　多元主体之间的对话　/ 107
　　狂欢节精神　/ 111

第九章　时间、追忆与身份认同　/ 115
　　"小玛德兰点心"与"见识冰块的下午"　/ 116
　　"奥德修斯的伤疤"与身份认同　/ 119
　　时间的重组与扭曲　/ 122

第十章　现代性主体的空间意识与身份焦虑　/ 126
　　封闭的私密空间　/ 127
　　过渡空间　/ 130
　　不可企及的/超越的空间　/ 133

第三部分　后现代世界的文学叙事　/ 136

第十一章　世界图像化时代目光的暴力　/ 138
　　求真意志、凝视与欲望的书写　/ 138
　　凝视与主客体关系的建立　/ 142
　　从凝视的王国到世界图像的时代　/ 145

第十二章　20世纪流散文学景观　/ 150
　　越界、失重、寻根　/ 151
　　失语、杂语、洋泾浜语　/ 153
　　个人史、家族史、民族记忆　/ 157
　　双重性、外位性、边缘人　/ 159

第十三章　文化飞地的空间表征　/ 163
　　空间的生产与实践　/ 163
　　文化飞地与身份认同危机　/ 165
　　文化飞地的解域化/再域化功能　/ 168

第十四章　多元文化杂交时代的民族记忆　/ 172
　　民族文化记忆的主体构成　/ 174
　　民族文化记忆中的"他者性"　/ 176
　　第三世界作家文化身份的认同　/ 178

第十五章　后殖民理论在中国语境的旅行　/ 180
　　话语的引进与事件的发生　/ 180
　　编译、评述与"种子"的播散　/ 185
　　视野的拓展和问题意识的更新　/ 190
　　学科的反思与前景的预测　/ 195

结语：全球化时代的新人文精神 / 198
    扩张型自我与文明的冲突 / 199
    内控型自我与和谐社会的构建 / 201
    文学教育与道德想象力 / 204

参考书目 / 206

第一部分
现代性叙事与主体的建构

> 现代性广义地意味着成为现代（being modern）……
> ——马泰·卡林内斯库：《现代性的五副面孔》
>
> 把它的成员看作是个个体，这是现代社会的"商标"。然而，这种对待不是一个一次性的行为；它是一个每天都要上演的行动。现代社会存在于它的持续不断的"个体化"（individualizing）的行动中……
> ——齐格蒙特·鲍曼：《流动的现代性》

本书第一部分以现代性主体的建构为中心，着重探讨书信体小说、旅行冒险小说和成长小说在建构现代性主体上发挥的文化功能。书信体小说指向主体的内部空间，建构起以隐私、情感、欲望等为核心的主体意识；旅行冒险小说在发现新的世界、建构起与主体意识相对应的"他者"意识的同时，又发现了自我，并对之展开了深刻的反思和质询。而介于两者之间的成长小说则把主体对自我的探索和对外部世界的探索融为一体。这样，近代西方文学就在私域与公域、自我与他者、主体与对象、自然与文明间规划出了清晰的界线。正是这种现代性的规划塑造了现代性的主体意识，在文本和话语层面上为西方现代性的展开奠定了基础。从这个意义上说，上述三类小说建构的文学空间是西方现代性展开的三个"初始场景"（initiative scene），此外或此后出现的其他文学类型及其塑造的主体意识，都是从这些"初始场景"中生发出来的，并随着时代的发展不断丰富，扩展，延伸或变形的结果。

第一章
书信体小说与现代性主体话语

1739年,尚未成为"小说家",仅以替人写书信出名的撒缪尔·理查逊（1689—1761）应两位书商朋友之约,写了一本类似中国"尺牍范本"之类的书信手册——《写给好朋友的信和替好朋友写的信》。此书于1741年出版,销路不错。受此鼓舞,理查逊在同一年又写作并出版了另一本书信体小说《帕美拉》,讲述女主人公帕美拉——一个来自农村的姑娘进城在一贵族家中当女仆,受贵族儿子引诱而仍保持贞节,经过一番曲折斗争后,终于被后者明媒正娶的故事。全书故事通过女主人公与其在乡下的父母互通书信的方式娓娓道来,口气亲切,感情真挚,故事生动,结局符合读者心理期待。此书发行不久即告售罄,不得不再版五次,引起整个欧洲文坛轰动,掀起一波书信体小说的创作热潮。在欧洲文学史上,书信体小说第一次以亲切的口气、私密化的情感和通俗易懂的文字建构起一个记录个人隐私生活的叙事模式,投合了新兴的有教养的中产阶级的欲望和趣味,在塑造近代西方人格,建构主体性话语的启蒙运动中发挥了重要作用。狄德罗在1761年发表的《理查逊传》中,把他的传主与摩西、荷马和索福克勒斯并列,称赞他深刻洞察人的心灵活动[1],看来并非溢美之词。

书信与私密性

尽管书信的起源十分古老,但将书信作为私人间交往的重要工具则是近代的发明。古代的书信多用于官方,作为政府文告和社交礼仪的辅助物,极少

---

[1] 参见李赋宁编著：《英国文学论述文集》,北京：外语教学与研究出版社,1997年,第180页。

用于私人间的交往。私人书信的出现与印刷术一样，在极大地提高了人类的沟通能力、扩大其交往范围的同时，也为文学提供了发展一种新文体的可能性。而书信体小说之所以在18世纪的西方得到长足的发展，首先是因为当时社会上已经出现了以私人书信进行交往的风气。撒缪尔·理查逊从替人写书信并编写书信手册开始其文学生涯，本身就是一个十分具有象征意义的划时代性事件。用著名的小说研究专家伊恩·P·瓦特的话来说，"对于无拘无束的书信写作的崇拜，实际上为理查逊提供了一种已经与个人经验的基调相协调的传声筒"[1]。反过来，书信体小说的产生和发展又为私密性的书信交流提供了新的样本和模式，从而加速了后者发展和流行的势头。两者相辅相成，互为因果，在建构近代主体性话语中发挥了重要作用。

根据伊恩·P·瓦特在《小说的兴起》一书中的分析，小说在近代的迅速兴起有赖于以下三个主要的物质和文化条件：一是整个社会普遍的识字人口的增加，出现了一个有较高的读写能力的社会阶层，其中主要是中产阶级妇女；二是家庭私室的出现，为那些闲暇中的中产阶级妇女提供了阅读和写作的物质保证；三是邮递能力的迅速增强，为信件的投递和写信人之间的互相联系提供了便利的服务。[2]而在笔者看来，与上述三个物质性条件相关的更为重要的一点是，近代隐私观念的建构及确立。

作为主体性话语之核心的隐私是近代的发明和建构。关于这一点，哈贝马斯曾作过精辟的论述。按照这位法兰克福学派当代传人的观点，前资本主义的西方社会是一种"代表型公共领域"，[3]其典型特征是，在这个空间中，公与私之间没有严格的分界线。"朕即国家"，公即是私，臣民没有属于自己的隐私权。他们的生命财产及情感生活都是属于一个高高在上的特权阶级的。贵族甚至享有臣民结婚的"初夜权"。我们看到，在博马舍著名的戏剧《费加罗的婚礼》中，直到18世纪末，还有一些像阿勒马维华伯爵那样的贵族企图在其仆人的新婚之夜恢复"初夜权"。

---

1 伊恩·P·瓦特著：《小说的兴起》，高原等译，北京：生活·读书·新知三联书店，1992年，第217页。

2 伊恩·P·瓦特著：《小说的兴起》，高原等译，北京：生活·读书·新知三联书店，1992年，第200—213页。

3 转引自曹卫东著：《交往理性与诗性话语》，天津：天津社会科学出版社，2001年，第118页。

随着近代资产阶级的形成，代表新兴利益集团的文学家、艺术家和批评家，凭借自己的创作和批评活动，在封建的、公私不分的独断型话语领域，建构起一个私人化的话语空间，为新兴的资产阶级争得了话语权。毫不夸张地说，新兴资产阶级与封建贵族阶级在话语领域中的争夺，与两者之间在政治、经济、法律、宗教等领域的斗争，其规模和方式是同样广泛、同样激烈的。前者企图建立一个多元的、对话的、非独断论的话语空间，而后者则力图维持其单一的、非对话的、独断论的话语权力。双方围绕话语权的斗争在启蒙主义时代达到白热化程度。新生的资产阶级批评家利用沙龙、咖啡馆和报纸杂志对封建的独断论的主流意识形态进行了猛烈抨击，终于建立起了"市民公共领域"（civil public sphere），一个私人化的包括隐私权在内的话语空间。按照福柯的分析，"性"的话语就是一个典型的属于资产阶级的私人化话语，它与贵族阶级的"血"的话语相对而立。"血"是一种独断的、只限于社会中少数几个家族的话语，"性"则是一种丰富多彩的、可以被持续不断地生产、消费和再生产出来的话语，充分体现了新生的资产阶级的愿望和要求。[1]

近代西方的书信体小说从其诞生的第一天起，就把揭示主体的内心隐私作为自己的主要任务。在西方文学史乃至文化史上，它第一次以亲切的口气、私密化的情感和通俗易懂的文字为近代小说建立起一个记录个人隐私生活的叙事模式，投合了新兴的有教养的中产阶级的欲望和趣味，从而参与了一种完全属于近代"市民公共领域"的隐私话语的建构。在理查逊于1741年出版他的第一部书信体小说《帕美拉》后，当时欧洲两位最伟大的作家卢梭和歌德也直接或间接地在他的影响下从事了书信体小说的尝试，分别写作并出版了《新爱洛依丝》（1761）和《少年维特之烦恼》（1774），带动了一大批作家从事书信体小说的创作，从而把这一新型体裁推向高峰，在启蒙运动塑造近代西方人格，建构主体性话语的活动中发挥了重要作用。[2]

与书信体小说发展同步，近代中产阶级的居住空间和交流方式也发生了微妙的变化。书信体小说的写作和阅读背景都是在私室内进行的。作者和读者都

---

[1] Michel Foucault. *The History of Sexuality*, translated by Robert Hurley. New York: Random House, Inc. 1986.

[2] 据一些欧洲美学者统计，到1790年，英国共出版了800多部书信体小说。see Percy G. Adams. *Travel Literature and the Evolution of the Novel*. Lexington: The University Press of Kentuck, 1983, p. 172.

躲在自己的房间里写信，读信，与虚构的对象分享眼泪和欢笑。这种带有隐秘性的交流方式正是近代以来中产阶级生活方式的重要体现。根据瓦特提供的资料，正是在理查逊写作他的书信体小说的那个时代，中产阶级家庭中私室开始大量出现。[1]在《帕美拉》等书信体小说中，我们看到，即使是女仆也享用了单独的私室，能够把自己锁在里面写信，读信。一般情况下，没有得到房间主人的许可，旁人是不能入内的。这说明当时社会对隐私观念的认同和私密化程度均已达到相当水平。而书信体小说的出现和流行无疑进一步鼓励了这种私密化倾向，并在不经意间促使社会建造更多的私密化的空间。于是，西方中世纪以来以全家人聚集在一起的公用大厅为中心的传统的房屋结构模式，渐渐为具有更多私室的建筑模式所取代。[2]以家庭交谈和公共仪式活动为中心的交流方式渐渐转向私密化的通信和阅读。

性爱、婚姻与主体性矛盾

无疑，在所有的隐私中，性爱是最核心、最敏感的一种。性爱一方面直接关乎每一个独特的个体在世的基本欲望的满足，另一方面又直接关乎一个外在于主体的他者，即性爱的对象，从而导向人的在世的社会性。在传统社会中，上述两个方面基本上是统一的，个人的基本欲望在由父母包办的婚姻中得以实现。但近代以来，随着封建社会的解体，把人们联系在一起的传统纽带——崩断，独立自足的主体走上社会，性爱与婚姻的矛盾日益突出。近代西方的书信体小说从诞生之日起，就把提出并解决上述矛盾作为自己的主要课题。18世纪欧洲三部最流行的、影响广泛而深远的书信体小说《帕美拉》、《新爱洛依丝》和《少年维特之烦恼》，都以性爱这一最为敏感的隐私问题作为自己探索的主题，以建立符合新兴中产阶级要求的性道德和婚姻原则。

从某个角度看，可以认为，书信体小说中的性爱主题表明近代个人主义对性爱自主权的要求，以及对封建的以家庭为中心的性爱—婚姻模式的反抗和摒弃。卢梭在《新爱洛依丝》中男主人公圣·普乐说的一番话，几乎成为当时一

---

1 伊恩·P·瓦特著：《小说的兴起》，高原等译，北京：生活·读书·新知三联书店，1992年，第213页。
2 关于这方面的详细论述可参见乔治·杜比著：《私人生活史III:激情》第2章《隐私的庇护所》，哈尔滨：北方文艺出版社，2008年，第184—231页。

代年轻人的福音:"真正的爱情是各种关系中最纯洁的关系。"[1]但在笔者看来,事情远非如此简单。因为当我们说到人的主体性时,千万不要忘记,这里所谓的人是有特定的含义的,它所指的决不是抽象的人,而是具备某种历史条件的、在某个特定历史阶段出现的人。就近代西方而言,这就是新兴的中产阶级。正如福柯一针见血指出的,近代中产阶级正是通过"性"的方式打破了贵族的"血"的限制,从而登上上流社会,在历史舞台上大显身手的。这里,很显然,在所谓的"最纯洁的"关系的背后有一双不那么纯洁的手,"看不见的手",世俗的手在操纵着。

如果说在性爱这个问题上,新兴的中产阶级主张打破一切人为的封建门弟等级观念,鼓励男女主人公大胆地追求一种超越身份、地位限制的性爱。那么,在婚姻问题上,我们看到同一个中产阶级却采取了一种相当保守的婚姻道德观。其原因自然不难理解,因为中产阶级需要通过婚姻关系来确认并永久保持自己对私有财产的占有和传承。因此,理查逊的《帕美拉》对女主人公的美德(其核心是贞洁)的强调(副标题《贞洁有报》强烈地暗示了这一点),决不能理解为中产阶级男性对妇女的尊重或视之为妇女社会地位提高的标志,恰恰相反,它表明作者正力图通过小说向广大的女性读者灌输一种完全属于近代中产阶级的婚姻道德观,从而建构起一种适应新的社会经济制度的主体性。正如瓦特指出的:"在人类历史上,男女关系的严格界线呈现出与私有财产的日渐增加的重要性相同步的趋势——新娘必须是贞洁的,以便他的丈夫能够确信他未来的继承人确实是他的儿子。这种价值观对基本上是生意人和商人的那些人来说肯定是尤为重要的。"[2]其实,不光理查逊笔下的帕美拉如此看重贞洁或美德,卢梭笔下的朱莉或歌德笔下的绿蒂也一样。她们尽管对自己的情人怀有强烈的爱情,最终还是没有破坏已经确立的婚约,没有与情人私奔或通奸,从而确保了中产阶级的婚姻原则的神圣性。在《新爱洛依丝》(卷3,书信第18)中,被迫依从父命嫁给沃尔玛先生的朱莉对她以前的情人圣·普乐说:"婚姻的纯洁性,不容许破坏;这不仅是夫妻两人的利益,而且是所有人共同关心的事情。每当一对夫妻用神圣的纽带结合在一起的时候,所有其他的人都必须默默承担这样一种义务:尊重他们的神圣的纽带,尊重他们的夫妻关系。

---

1 让-雅克·卢梭著:《新爱洛依丝》,李平沤、何三雅译,南京:译林出版社,1993年,第93页。

2 让-雅克·卢梭著:《新爱洛依丝》,李平沤、何三雅译,南京:译林出版社,1993年,第173页。

……用外人的血来破坏这种自然的关系,并且实质上是败坏了把一个家庭的成员联系在一起的相互的爱,你认为这不是坏事吗?……"[1]这段话很清楚地表明,这位一度狂热的情人已经冷静地确认了建立在财产关系基础上的中产阶级的婚姻原则。

正是通过上述两种看似矛盾的主体性诉求,书信体小说建构起一种符合近代中产阶级要求的性道德和婚姻原则。一方面,近代西方的中产阶级需要一种自由的性爱话语,为进入贵族上流社会开辟道路;另一方面,它又需要通过强调女方对男方绝对忠诚的婚姻价值观来确认未来的私有财产继承人的血统纯正,从而最终确认和强化正在建构中的新的资本主义社会文化体制。从这个意义上,我们可以说,柴特霍姆等人对《新爱洛依丝》的评价也可以适用于《帕美拉》或《少年维特之烦恼》,它们的的确确"是一曲既歌唱爱的激情又颂扬对婚姻的忠诚的赞歌"[2]。

第一人称视角与自我的认同

书信体小说的文体特征是,无论小说中有多少人物,他/她们总是以第一人称口气出面叙事的。而第一人称"我"恰恰是主体性的最根本特征。书信体小说的这一特点是文艺复兴以来兴起的其他形式的近代小说,例如塞万提斯的长篇小说《堂吉诃德》和薄伽丘的短篇小说集《十日谈》等所不具备的。这两部小说虽然被称为文艺复兴时代的最早的现实主义小说,但就其叙事艺术来看,前者沿用的还是旧式的骑士小说叙事模式,后者则借用了阿拉伯民间故事《一千零一夜》大故事中套小故事的框架结构。尽管这两种叙事模式能提供许多集娱乐性和教诲性为一体的引人入胜的故事情节,但从中很难发展出一种观照自我心灵的内视角,当然更不可能展示近代人丰富而隐秘的内心世界。这么说并不是要有意抹杀两位伟大的文艺复兴先驱的开山之功,只是想说明一点,现代性主体的建构是一个漫长而复杂的过程,决不是靠一两个作家的朝夕之功所能完成的。文艺复兴要解决的历史任务——唤醒人的原欲和个性——只是在

---

[1] 让-雅克·卢梭著:《新爱洛依丝》,李平沤、何三雅译,南京:译林出版社,1993年,第288页。

[2] 托·柴特霍姆、彼得·昆内尔编著:《插图本世界文学史》,李文俊等译,桂林:漓江出版社,1994年,第94页。

建构现代性自我的道路上迈出了第一步。更复杂的问题还有待于后来者进一步提出和解决。

表面看来，第一人称视角仅仅是个叙事形式问题，但实际上对于现代性自我的建构来说这是一个相当关键的问题。它表明人对自我的关注程度开始超过了对外部世界的关注。书信体小说虚构了第一人称之"我"，从而为读者提供了一个自我认同的镜子，每个人都可以在阅读小说时用自己的真实的自我去代替那个虚构的第一人称之"我"，将另一个"我"的生活认同为自己的生活，将其情感欲望认同为自己的情感欲望。而近代的自我概念正是在这设身处地的阅读过程中被逐渐建构起来的。正如彼得·伯克指出的，"新型的男人或女人的特征是具有高度的移情能力（即他们的各种替代性经历导致的结果），乐于接受变化，乐意从一地迁移到另一地，乐意对社会发表自己的观点。这个特征，一言以蔽之，就是'现代性'"。[1]

或许有人会问，在理查逊等人写作书信体小说之前，就已经有了笛福的第一人称视角的小说《鲁滨孙漂流记》，为什么我们非要把第一人称视角与主体的认同归功于书信体小说呢？关于这一点，我们可以这样来回答。不错，笛福确实在《鲁滨孙漂流记》中运用了第一人称叙述视角。但要一般的读者与鲁滨孙这样的主角认同并不是一件十分容易的事。毕竟，对一般人来说，遇上此类冒险漂流事件的概率太低了。读者可以将鲁滨孙的冒险漂流当作一个十分有趣的、引人入胜的故事，却很难设想自己会处在小说主角的境地。但是，书信体小说讲述的却是每日每时都会发生在每个人身上或身边的个人化的生活，每个读者都不难从中找到自己的影子；它所涉及的是最令当时的中产阶级读者感兴趣的、极富私密化和神秘色彩的性爱—婚姻主题。每个读者都可以从自己的角度出发，设身处地将自己和小说中的某个人物联系起来，从而建构起自己的独特的主体性。书信体小说采用的第一人称视角既为作家提供了一条进入心灵的捷径，也为读者提供了毫无限制地参与到虚构人物的内心生活之中的机会。

---

[1] 彼得·伯克著：《欧洲近代早期的大众文化》，杨豫、王海良等译，上海：上海人民出版社，2005年，第310页。

时间模式与主体性体验

对时间的关注是现代性的一个重要标志,而对此时此刻的时间的体验更是现代主体性的重要特征。在传统社会里,时间是周而复始,无穷轮回的。人被紧紧束缚于大自然一年一度的季节循环和日复一日的昼夜更替中。近代确立的线性时间观是基督教的产物。它在基督教堂的钟楼上得到了具体完满的表现,"在西欧上空昼夜唱和的无数钟声可以说是一种历史的世界感情的最惊人的表现"[1]。对于生活在现代社会的每个个体来说,他或她永远生活在现在的此时此刻,无论是他对过去的记忆还是对将来的展望都是以现在为基础的,而现在(present)决不是一个抽象的概念,而是由每一当下的此时此刻(the moment)构成的。

对时间的处理是小说叙事艺术中的重要一环。在文艺复兴时代的小说中,时间是被抽象化了的。例如,在《十日谈》中,我们只知道书中的人物在佛罗伦萨某个废弃的别墅中聚会了十天,以互相讲故事来消磨时间;但不知道小说中的某个故事是在这十天中的何时何刻被讲述出来的。这说明近代的以主体的体验为中心的时间观念在当时还未完全被建构起来。与之相反,书信体小说则竭力通过对具体的时间、地点的标明,突出现代人的在世的有限性,在不经意间激发人们努力在有限的时空范围内创造完全属于主体自身的价值,而不是为某种抽象的信条、教义奉献自己,从而建构起一种完全属于现代的主体性时空体验。

书信体小说中的时间是绝对主观的和现时即刻性的时间。读者仿佛跟着主人公在现时即刻体验着生活,而不是在事后追溯往事或回忆过去。在《帕美拉》中,我们经常读到这样的段落,女主人公的信写到一半的时候,忽然说"我必须在这里中断,因为有人来了"[2],或者"我正在已故夫人的化妆室里折叠这封信的时候,年轻的主人进来了"[3]。为了加强真实时间的幻觉,书信体小说有时还让主人公的日记和书信交叉在一起,造成一种信件中有日记,日记中有信件的复杂的叙事模式。这种模式客观上起到的作用是把信中哪怕非常

---

[1] 奥斯瓦尔德·斯宾格勒著:《西方的没落》(上册),齐世荣等译,北京:商务印书馆,1995年重印本,第29页。
[2] 撒缪尔·理查逊著:《帕美拉》,吴辉译,南京:译林出版社,1998年,第66页。
[3] 撒缪尔·理查逊著:《帕美拉》,吴辉译,南京:译林出版社,1998年,第2页。

琐碎的细节也组织到了一起,这也正是它吸引近代读者的所在。读者仿佛被小说带进了日常生活本身,卷入了恐怖的时间之流中。根据主题和情节的需要,时间在作家手下被任意压缩,拉长,延伸。在《帕美拉》中,同一天时间经常被分割为几篇日记或几封书信。例如,在女主人公预定结婚的星期四,她分别记下了"早上六点钟"、"八点半"、"将近下午三点钟"、"夜间十点钟"等四个时间段的生活感觉,飞逝的时间仿佛一下子放慢了脚步,等待读者充分地感受生活中的细微末节。

书信体小说这一"记述分秒"(理查逊语)的艺术,强调了现代人生存的此在性和构成我们日常生活的本质的琐碎性,与柏格森的"绵延"(duration)的时间观念和海德格尔的存在主义哲学遥相呼应,并在普鲁斯特等意识流小说家的创作中得到了进一步的发展,从而在建构完全属于现代的主体性方面发挥了重要功能。20世纪两部以时间为基本母题的长篇意识流小说《追忆似水年华》和《尤利西斯》都把主体对时间独特的体验放在极为重要的位置上。对于普鲁斯特来说,"唯一起作用的只有现在。但按其本性来看,就是这个现在也是一个不断变化的东西。每一个现在,当我们说现在时,就已经不是它本身了,由另一个现在取而代之了。这个使每个现在成为一个现在的现在性,只有当我们使时间之河静止下来,把现在的同一性突现出来时,才能得到认识"。[1]因此,小说家的任务就是:"……获得、挑选并且确定某种它从未感受过的东西:一份短短的纯粹时光。"[2]而对于乔伊斯来说,时间问题显得更为具体可感。《尤利西斯》整部小说描写了三个主角在1904年6月16日早上8点到次日凌晨2点45分这18个小时中不同的生活经历和时间体验,每一时刻都非常明显地与独特的主体性相关联。显然,上述两位现代小说家强调主体独特的感受的时间模式直接或间接地受到了近代书信体小说的影响,它同时也表明近代以来作为时空体验之主体的西方人,其时空意识得到了何种程度的深化和拓展。

---

[1] 瓦尔特·比梅尔著:《当代艺术的哲学分析》,孙周兴等译,北京:商务印书馆,1999年,第207页。

[2] 瓦尔特·比梅尔著:《当代艺术的哲学分析》,孙周兴等译,北京:商务印书馆,1999年,第209页。

书信体、对话性与公共性

对话性是书信体小说的又一根本的文体特征。在小说《克拉丽莎》中,理查逊有意让书中人物洛弗莱斯将"通信"一词"correspondence"拆写成"co-respondence",以从词源学上来证明这个字具有"内心的共鸣"之意。从这个意义上说,书信体小说属于一种复调性而不是独白性的话语,其哲学观念符合巴赫金提出的"对话性原则"。书信体小说往往具有两个或两个以上的书写人,他们之间发生着一种实实在在的对话关系。写信人在写作时心中始终有着另一个人,即读信人,此人可以是他或她的父母,也可能是其亲戚或密友。而回信人在写回信的时候,也总是会考虑到来信中提出的问题,或给予劝说,或给以建议,或允诺给予帮助等。

另一方面,从小说读者的角度来看,他或她既可以认同于小说中的写信人,进入他或她的心灵世界;又可以认同于小说中的读信人,即写信人设定的阅读对象,以后者的心理来阅读书信。这样,小说读者就完全积极地参与到小说情节的建构与小说意义的生成中,从而进入一种完全属于现代的复杂的人际交流关系之中。而这,正是现代主体性构成的主要特征之一,也是小说作者无意中引导读者加以认真对待的。

必须指出的一点是,主体性话语的建构并不必然意味着赞美或鼓励一个完全脱离人类社会的孤独的个体,恰恰相反,所谓的主体性正是在不断地与他者打交道的过程中渐渐获得的。现代人比他的先辈面临更加复杂的环境,卷入更多的人际交往,也面临着更多的人生选择的可能性。从这个意义上说,书信体小说以虚拟的方式,让读者以小说人物自居,预先体验了一番与不同的他者打交道的经历,从而为其真正进入社会,承担某种社会角色进行了一番预演。正如瓦特指出的:"在某种程度上,自居作用无疑是一切文学的必要条件,正如它也是生活的必要条件一样。人是一种接受角色的动物;他变成一个人并发展他的个性,乃是无数次地走出自我、进入别人的思想和情感之中的结果。一切文学显然都依靠进入别人内心及他们的情境之中的能力。"[1] 对于书信体小说这种高度私密化的文学类型来说尤其如此。读者在阅读信件的过程中不断地和

---

[1] 伊恩·P·瓦特著:《小说的兴起》,高原等译,北京:生活·读书·新知三联书店,1992年,第225页。

书中的人物，无论是主角还是配角，发生着一种对话，设想自己如果处在小说某个角色的地位将如何应对有关人物、如何摆脱麻烦的局面等。正是通过这种方式，书信体小说把读者推进了一种表面上看来是自相矛盾的境地。一方面，它要求读者完全退出公众事务，进入一个完全私密化的阅读空间；另一方面，正是通过这个私密化的空间，读者进入他者的心灵，参与到每一种引人入胜的活动之中，从而超越了个体的有限性生存，体会到某种超越个人经验的人际关系及某种普遍的人类情感。

书信体小说的对话性特征表明，它还具有一种残余的集体性或公共性。关于人的公共性，德国哲学家汉娜·阿伦特在她的《人的条件》一书中有过精辟的论述。按照她的说法，公共性的含义是："共同生活在这个世界，这在本质上意味着一个物质世界处于共同拥有它的人群之中，就像一张桌子放在那些坐在它周围的人群之中一样。这一世界就像一件中间物品一样，在把人类联系起来的同时，又将其分隔开来。"[1] 书信就是这样一种维系人的公共性的重要条件。通过书信交流，被现代城市生活分离的个体重新结合起来，与远在异地的亲友相互交流自己的生活、情感和内心体验。通过这种方式，他/她们重新获得一种归属感，认识到自己不是一个与世隔绝的个体。通过阅读书信体小说，读者自觉参与了一种集体性的感情的生成。正是在这一点上，书信体小说体现了近代历史主体怎样从传统的集体性社会走出，向现代个人化社会过渡的特征。书信体小说将原本完全属于个人的私密的东西讲述出来，成为大众阅读的对象。主体对别人隐私的刺探和窥视实际上成为一种对正在消失中的集体性记忆的补偿。这同时也说明，近代的主体性话语在其建构之初完全是健康的，具有一定程度的公共性、集体性和对话性，远不是后来人们想象的那样是完全封闭的、与世隔绝的自我独白。后者完全是现代大都市的产物，与现代性规划者们原先设计的图景相差甚远。

书信体小说的出现及其流行表明，从17世纪后期开始到18世纪早期，"个人生活已经成为小说的基本素材，同时也被看作小说真实性的基础"[2]。逼真性，已成为新兴的中产阶级读者对小说的基本要求。正是为了追求逼真效果，书信体小说作者让"读者在这种小说的引导下，一步一步充当偷窥者的角色，

---

1 汉娜·阿伦特著：《人的条件》，竺乾威等译，上海：上海人民出版社，1999年，第40页。
2 乔治·杜比著：《私人生活史Ⅲ:激情》，哈尔滨：北方文艺出版社，2008年，第339页。

私下偷窥别的人假装的隐私行为"[1]。但这样一来,又与现代性力图建立的,像保护个人私人财产一般保护个人隐私的原则产生了矛盾。换言之,个人文学的出现既表明了现代性对个人隐私的关注和看重,又违反了个人隐私不可公开的基本准则。这也正是现代性自身存在的众多悖论之一。

---

[1] 乔治·杜比著:《私人生活史Ⅲ:激情》,哈尔滨:北方文艺出版社,2008年,第320页。

第二章
旅行文学与主体的自我质询

16世纪以来，随着新大陆的发现和殖民地的开发，旅行、航海、冒险与探索类文学在欧洲得到了长足的发展。弗兰西斯·培根说，文艺复兴时代的旅行家发现了一个基于经验和观察而不是古人权威的真理的"新大陆"；正是旅行写作的这种影响给新信息的传递提供了工具，从而为17世纪科学和哲学的革命奠定了基础。[1]这场革命的代表性人物约翰·洛克拥有大量的旅行写作资料，他的哲学文本经常引用这些资料。对于普通民众来说，远方异域的故事引发了他们的兴趣，成为引导投资和殖民定居的重要方式。18世纪的英国，航海叙事极为流行，波及非常广泛的社会阶层。据一位当代英国学者的"合理估算"，18世纪出版了大约2000本航海叙事作品。[2]国王乔治三世手边经常放着这类著作的漂亮的复本。标尺的另一端，像普茨茅斯、白赫文或纽卡斯尔等海港城市的大众图书馆拥有纸质低劣、印制粗糙的航海叙事故事的版本，订购者是本地的商人，还有一些当地水手写的冒险生活，是作者挨家挨户兜售的。[3]在整个18世纪，不列颠的舰船游弋在地球表面，创造着，发展着，并稳固着海外的帝国；获得并失去领地，探索着并作战着，携带着商品和人民——战士、官员、新娘、旅行家、契约劳工和囚犯。[4]而作家们则借助自己的旅行或想象中的旅

1　Peter Hulme and Tim Youngs (eds). *The Cambridge Companion to Travel Writing*. New York: Cambridge University Press, 2002, p.4.

2　Peter Hulme and Tim Youngs (eds). *The Cambridge Companion to Travel Writing*. New York: Cambridge University Press, 2002, p.37.

3　Phillip Edwards. *The Story of the Voyage: Sea—Narratives in Eighteenth—Century England*. New York: Cambridge University Press, 1994, p.1.

4　Phillip Edwards. *The Story of the Voyage: Sea—Narratives in Eighteenth—Century England*. New York: Cambridge University Press, 1994, p.2.

行，构思着有关远方异域的故事。当时几乎所有重要的作家，包括丹尼尔·笛福、约瑟夫·爱迪生、亨利·菲尔丁、托比亚斯·斯摩莱特、撒缪尔·约翰逊、詹姆斯·鲍斯威尔、劳伦斯·斯特恩、玛丽·沃尔斯通克拉夫，都"推出了不止一本旅行著作"。

那么，旅行文学与现代主体性建构之间究竟存在着何种关系，现代性主体如何处理自我与他者、中心与边缘的关系，如何在不同文化之间进行定位？本章通过对丹尼尔·笛福的自传体旅行小说《鲁滨孙漂流记》的分析，探讨并回答这些问题。

无论从何种意义上说，《鲁滨孙漂流记》都可被看作是一部开创了近代英国乃至欧洲小说纪元的作品。自传体的叙事方式、现实主义的逼真描写、惊心动魄的冒险生活、新大陆的蛮荒景观，以及新教工作伦理的现身说法，将18世纪的西方读者引入一个迷人的新世界，为他们提供了一个展开异域想象的新空间。而从20世纪空间诗学和空间政治的角度看，这部小说更为我们提供了一部西方现代性展开的"初始场景"。[1]尽管彼得·休姆和彼埃尔·麦克雷等人已对笛福的故事与殖民意识的关系作了深刻的揭示，并提到了岛屿的环境在"显示，联系和定制意识形态对象……"[2]上所起的作用，然而，对于小说在建构现代主体性方面所发挥的功能语焉不详。而这个问题，在我看来，恰恰是小说的关键所在，本章通过对笛福笔下一只鹦鹉的分析，探讨一下主体的自我建构与自我质询问题。

鹦鹉的呼唤与"父亲之名"

读过《鲁滨孙漂流记》的读者想必都还记得这个细节：孑然一身流落在荒岛上的鲁滨孙抓了一只小鹦鹉，教会了它说话，与它一起生活了二十七年，最后把它带上了返回英国的航船。这只鹦鹉有个很萌的名字——波儿。

在鲁滨孙创建的荒岛王国中，波儿被封为"宠臣"，地位高于被主人收留

---

[1] 参见拙著《从岛国到帝国——近现代英国旅行文学研究》，北京：北京大学出版社，2015年，第111—119页。

[2] Dash, J. Michael. *The Other America: Caribbean Literature in a New World Context*. Charlottesville and London: University Press of Virginia, 1998, p.31.

或驯服的四足动物，俨然一人之下，猫狗之上。1719年4月威廉·泰勒出的该小说初版封面上画了一个撑雨伞、扛猎枪的鲁滨孙，脚下有条狗，但没有画鹦鹉。后出的一些版本中，开始有人想到把鹦鹉画在封面上，作为主人的陪衬。不少插图版还画了鲁滨孙在逗波儿，或波儿在一旁陪主人钓鱼或划船的场景。

这些后出的书商似乎比其前辈同行更能领会作家的意图。的确，鹦鹉并非简单的道具，而是小说主旨的一部分。不过，那些忽略鹦鹉的封面设计师，也并非全无道理。因为笛福写这只鹦鹉时，显得漫不经心，似乎有意将它淡化。书写到三分之一左右，笛福才说起鲁滨孙某次出猎发现了一群鹦鹉，用棍子打昏了一只小鹦鹉，等它苏醒后，把它带回自己栖居的山洞。之后他随口说："但过了好多年，我才教会它说话，终于让它亲热地叫我的名字。后来，它曾差点儿把我吓死，不过说起来也十分有趣。"[1]笛福写下这句话后，就搁下不谈了。读者也随之忘了这只鹦鹉，而把关注的焦点转到主人公的更富生产性和创造性的活动（如种植谷物，驯养山羊，挤羊奶，做葡萄干，制造独木舟、陶罐等）中去了。

鹦鹉的再次出现，是在小说的后半部分，此时鲁滨孙的荒岛生活已经相当安定、富足，几乎忘了自己在大洋彼岸还有一个家。某天早上，他驾驶自己制造的独木舟贸然离岛出游，结果被洋流带到远海上，漂流了整整一天，差点回不了家。幸好，黄昏时分又被洋流带回岸边。一番感恩、祈祷后，他爬过自建的城堡围墙，躺在树阴下睡着了。之后忽然听到有人在喊他的名字，而且是持续不断地喊着"鲁滨·克罗索！鲁滨·克罗索！"。他心惊肉跳地睁开眼睛才发现，原来喊他名字的是鹦鹉波儿。更感人的是波儿还说出了三个完整的句子："可怜的鲁滨·克罗索！你在哪儿？你去哪儿啦？你怎么会流落到这儿来了？"[2]

细心的读者应该会注意到，鹦鹉喊出的，是它的主人的全名，包括他的姓（父亲之名）和他自己的名（其实是母亲的名）在内。不过，鹦鹉的发音不准，把"鲁滨孙"（robinson）说成了"鲁滨"（robin），吞掉了一个音节"孙"（分析详下）[3]。对一只鹦鹉来说，这似乎合情合理，毕竟它是鸟嘛。但叙事学

---

[1] 丹尼尔·笛福著：《鲁滨孙漂流记》，郭建中译，南京：译林出版社，2006年，第98页。
[2] 丹尼尔·笛福著：《鲁滨孙漂流记》，郭建中译，南京：译林出版社，2006年，第128页。
[3] 徐霞村译本将这个被吞掉的音节补全了（见《鲁滨孙漂流记》，徐霞村译，北京：人民文学出版社，1959年，第132页）。郭建中译本则保留了原文的原貌，见该译本第128页。

和精神分析学的常识告诉我们，小说中出现的任何细节，无论是作家的精心构思，还是一时的心血来潮，都不是偶然的，值得认真对待。这个被鹦鹉吞掉的音节不由得使我们发问，笛福为何要写得这么细，细到不嫌其烦的程度？

纯从写作技巧来看，这个缺失似乎不难理解，我们可以说，作家是想通过这个细节制造出一种逼真性效果。按照伊恩·瓦特的说法，"笛福似乎是我们的作家中第一个使其全部事件的叙述具体化到如同发生在一个实际存在的真实环境中的作家"。[1]而"他的小说留给我们的记忆，主要是由他的人物一生中这些鲜明而逼真的时刻构成的，这种时刻被松散地排列到一起，构成了一幅使人信服的传记式的全景图。"[2]但光是这么解释，似乎还不能完全令人满意。因为这部小说中细节繁多，有些细节多次复现，有些细节只出现一次，两者显然不能等量齐观。比如鲁滨孙看到他的同船遇海难而死的水手，只平平淡淡地写了一句："从此以后，我再也没有见过他们，只见过他们的三顶礼帽、一顶便帽和两只不成对的鞋子。"[3]维吉尼亚·伍尔夫对这个细节啧啧称赞，认为写出了主角的孤独、凄凉之感，[4]后来卡尔维诺、库切等也都注意到了。但令人费解的是，他们对多次复现的鹦鹉波儿却不置一辞，这未免让人有点纳闷和遗憾。

在我看来，鹦鹉波儿就像一个幽灵，一直躲在小说的书页间，隔一段时间飞出来，冷不丁叫唤几声，仿佛有意要惊吓一下主人公和读者。可见笛福如此落笔，一定有某种更值得分析的动机，不管他本人是否完全清晰地意识到。

---

[1] 伊恩·P·瓦特著：《小说的兴起》，高原、董红钧译，北京：生活·读书·新知三联书店，第21页。

[2] 伊恩·P·瓦特著：《小说的兴起》，高原、董红钧译，北京：生活·读书·新知三联书店，第19页。

[3] 伍尔夫引用的这段，郭建中译本译为"……同伴们全都葬身大海，惟我独生，真是不可思议。因为后来我只见到三顶帽子和一顶无沿便帽，以及两只不成双的鞋子在随波逐流。"见丹尼尔·笛福：《鲁滨孙漂流记》，第43页。

[4] 分别见维吉尼亚·伍尔夫著：《伍尔夫读书随笔》，黄梅、刘炳善译，上海：文汇出版社，2014年，第114页；伊塔洛·卡尔维诺著：《为什么读经典》，黄灿然等译，南京：译林出版社，2006年，第115页；J.M.库切著：《异乡人的国度》，汪洪章译，杭州：浙江文艺出版社，2010年，第29页。

人—鸟对话与自我质询

不妨让我们想象一下自己就是鲁滨孙,远离文明社会,孤身生活在被大洋包围的孤岛上。作为一个文明人或曾经的文明人,我们最忧虑和害怕的是什么?首先当然是生存问题。因此,小说的前半部分都在讲主人公如何搭帐篷、树篱笆、开山洞、盖住所、捕鱼猎兽、驯养野生动物、种庄稼、做面包、制家具……生存问题一旦基本解决,安顿下来后,另一件更令我们害怕的事就接踵而至,那就是担心自己从此远离人寰,与野兽为伍,复归于混沌、无秩序的自然界。如何克服这种焦虑和担忧呢?被读者遗忘多时的鹦鹉此时趁虚而入,担当起其应有的叙事功能,开口说话了。

那么,鲁滨孙是在什么时候教会这只鹦鹉说话的,教了什么话,怎么教?波儿又是在何时学会说话的?诸如此类非常有意思的问题,小说没怎么提起过。似乎在作家眼中这些都不是问题,重要的是鹦鹉开口说话了,让鲁滨孙多了一个对话、解闷的伙伴,也给小说增添了一点热带风光、异国情调,更能吸引读者的眼球。

但如果笛福给鹦鹉设定的作用仅止于此,我们就还没有理解这部小说的伟大之处。因此这个问题还得深挖下去。人—鸟对话的中介是什么?语言。语言从何处开始?命名。古人很早就知道"名"对于人类文明的重要性。老子云,"无名,天地之始,有名,万物之母"。比老子更早的古埃及人在《亡灵书》中也这样教导说,死者若想重生,首先得保管好心脏,因为那是灵魂的永久居所;其次得牢记自己的本名,因为那是灵魂自我认同的标记。心脏保管好了,重生的灵魂才能再次进入,成为"旧宅"的主人。但倘若忘了自己姓啥名啥,亡灵即便重入"旧宅",也认不出自己的前身,这个重生便没有任何意义。因为所谓的重生,关键在于"重",即确认前世之我与今世之我的连续性,想不起这一点,重生等于未生。好比在奈何桥边被孟婆拦下,强饮了孟婆茶。《亡灵书》中有一首题为《牢记本身,勿昧前因》的颂诗,非常明确地道出了姓名与身份认同之间的关系,亡灵这样告诫自己:

在巨屋中,在火屋中,
在清点年岁的暗夜里,

在清算岁月的暗夜里,
但愿还我我的本名!

当东方天阶上的神圣,
赐我静坐在他身旁,
当诸神一一自报大名,
愿我也记起我的本名![1]

可见,一个活人的主要标志是有姓名。忘记了姓名就等于丧失了灵魂,从有自我意识、有身份认同感的文明人退化到万劫不复的野蛮状态。

明乎此,我们可以认为,鲁滨孙捕捉鹦鹉,教会它说话,表面看来只是为自己解寂寞,逗乐子,无意中却复现了人类进化史中的重要环节。他一面给鹦鹉命名,一面教鹦鹉说自己的名字,为的是借这个异类提醒自己,"牢记本身,勿昧前因"。借用当代文化批评理论术语,我们不妨把鹦鹉对鲁滨孙的叫唤视为一种象征性的召唤或质询(interpellation),其本质是强化主体的身份认同和自我意识。如阿尔都塞所说:

> 一切意识形态都招呼或召唤具体的个人,通过主体范畴的功能将其视为主体……意识形态以这种方式"行动"或"发挥功能",以便在个体中"招募"主体……或把个体改造成主体……[2]

鲁滨孙肉身虽然流落荒岛,但心魂依旧系恋伦敦,睡梦中还在呼应着18世纪方兴未艾的资本主义意识形态的召唤。而这个召唤的核心即是与姓名相关的个人特性。按照瓦特的说法,"从逻辑上讲,个人的特性问题是与专有名称在认识论上的重要地位密切相关的。"专有名称是"每一个体的人的特殊性的字面表达形式"。瓦特还强调指出:"在文学上,专有名称的这种作用是在小说中最先得到充分确认的。"[3]我们看到,《鲁滨孙漂流记》的主人公正是在

---

[1] 飞白著:《诗海》(传统卷),桂林:漓江出版社,1989年,第52页。
[2] Louis Althusser. *Lenin and Philosophy and Other Essays*, trans. Ben Brewster. New York: Monthly Review Press, 1971. pp.173—174.
[3] 伊恩·P·瓦特著:《小说的兴起》,高原、董红钧译,北京:生活·读书·新知三联书店,第12页。

鹦鹉一遍又一遍的召唤和质询下，才记得自己是有名有姓，有文化身份的社会人，而不是无差别、无个性的自然人，当然更不是一般的动物。鹦鹉向他的呼叫和提问，再现了一个主体被持续召唤的过程。哪怕在远离人寰的天涯海角，鲁滨孙也无法回避意识形态对主体的持续召唤，以及潜意识中远古人类的声声追问：我是谁，我现在哪里，我将去何方？

除了这三个最根本的哲学问题外，还有一点值得我们注意。鹦鹉说出的（也就是鲁滨孙之前教鹦鹉说的），是非常正式的、包括父名和本名在内的全称。这种称呼在潜意识中强调了主体对父权的敬畏。历史地看，人类社会自母权制进入父权制以来，姓氏就成为社会成员身份认同的首要标志。人总是先有姓后有名。陌生人见面首先要互问姓名，熟识之后才可以光称名而不称姓。但无论如何，父亲之名总是不言自明地先于儿子之名（虽然英语和别的西方语言把父名放在后面，称为last name，但那只是个语言习惯问题）。总之，人之所以成为人的意识觉醒后，有两个冲动是根本性的。首先是要把自己从动物中分离出来，强调自己与它们的差异。原始人的命名、纹身、刺青、穿鼻、挂耳环等，即是主体的无意识冲动被"编码"后的产物。其次，是要把自己从同属于人类的其他部落中分离出来，强调人群与人群、个体与个体之间的差异。这样就有了图腾崇拜、祖先崇拜，家族、私有制和国家的起源。用德里达的话说，一个自然人只有从现象界进入由"父亲之名"（the Name of Father）代表的象征界，具备了符码化的身份之后，才能确认自己是社会人或文明人。亚里士多德说"人的本质是被大写在城邦中的"。这个"大写"的名字首先是"父亲之名"，从中生发出诸如"父权制"（patriarchy）、"爱国主义"（patriotism）等同根字。颇有意思的是，在南美热带地区，鹦鹉正是被许多印弟安部落奉为神明，作为图腾崇拜对象的鸟类。关于这一点，法国人类学家列维·斯特劳斯在《神话学：从蜂蜜到烟灰》中曾作过详细分析，指出同属于鹦鹉科的长尾鹦鹉、金刚鹦鹉等四种鹦鹉在建构当地人的神话系统和分类图腾中起到的功能。[1]此处不再赘述。

---

[1] 列维·斯特劳斯著：《神话学》，周昌忠译，北京：中国人民大学出版社，2007年，第68—70页。

被吞没的音节背后

不过，我们不要忘了，学舌的鹦鹉叫出的虽然是鲁滨孙的全名，却吞掉了一个重要的音节"son"[1]。无疑，吞掉的音节是不在场（absent）的声音，但正是这个不在场，使我们更加强烈地感觉到了它的在场（present）。用解构主义的术语，不妨称之为"不在场的在场"（presence in absence）。从潜意识上分析，这个被鹦鹉吞掉的音节，反映了作为克罗索和鲁滨孙这两个家族后代的鲁滨孙的忧虑或恐惧。小说一开头主角就自报家门，说自己的"母亲家姓鲁滨孙，是当地的一家名门望族，因而给我取名叫鲁滨孙·克罗伊茨内。由于英国人一读'克罗伊茨内'这个德国姓，发音就走样，结果大家就叫我们'克罗索'，以至连我们自己都这么叫，也这么写了。"[2]

众所周知，鲁滨孙的出海冒险本来就是违背其父亲意愿的个人行为，父亲一再劝阻他要安于中产阶级的生活，不要出海冒险。但他还是执意而行，结果遭遇海难，差点丢了性命，让父亲失去一个儿子（son）。这是鹦鹉吞掉的音节的第一层隐喻。更深一层，从基督教象征意义上看，地上的父亲也是天上的父亲的隐喻。鲁滨孙自述，八年来，他"一直过着水手的生活，染上了水手的恶习，邪恶缺德，不信上帝"[3]。这样，无论在世俗的或神圣的意义上，他都是个名义上在场、实际上缺席的儿子。直至流落荒岛，大病一场之后，他无意中打开《圣经》，随手翻到一页，读到"你在患难的时候呼求我，我就必拯救你，而你要颂赞我"（《诗篇》50:15）时才突然顿悟，认识到上帝的存在，从此开始自觉遵守新教工作伦理，每日辛勤劳动，以自己拓殖荒岛的活动和成就，来荣耀天上的父。如此看来，被鹦鹉吞掉的音节"son"，正是主角慑服于地上之父和天上之父的双重恐惧的表征。而他在荒岛上27年的所作所为，似乎就是为了填满这个缺失的音节。从这个意义上说，鹦鹉的呼叫针对的是现代个体，来源则是传统的家庭和宗教观，三者相互共存，代表了相对统一的意识形态在不同层面对主体的召唤。

---

[1] 较早的徐霞村译本将这个被吞掉的音节补全了（见《鲁滨孙漂流记》，徐霞村译，北京：人民文学出版社，1959年，第132页）。郭建中译本则保留了原文的原貌，见该译本第128页。

[2] 丹尼尔·笛福著：《鲁滨孙漂流记》，郭建中译，南京：译林出版社，2006年，第3页。

[3] 丹尼尔·笛福著：《鲁滨孙漂流记》，郭建中译，南京：译林出版社，2006年，第81页。

细读文本，鹦鹉在荒岛王国中的地位，经历了一个从纯粹的消遣之物到国王"宠臣"的变化过程，而这个过程又与鲁滨孙从不思回归到渴望回归这种自相矛盾的心态形成一种同构关系。

小说中写到，鲁滨孙在流落荒岛第26个年头时，对自己的生活作了反思。鲁滨孙自述他诞生于9月30日，正是26年之后的这一天，他奇迹般地获救，流落到这荒岛上。经过26年的奋斗，他已经完全能够自给自足，习惯了一个人独处，认为自己："……现在生活得非常舒服，心情也非常舒畅。我悉听天命，听从上帝的旨意和安排。这样，我觉得我现在的生活比有交际的生活还要好。因为，每当我抱怨没有人可以交谈时，我便责问自己，同自己的思想交谈，并且，我想我可以说，通过祷告同上帝交谈，不是比世上人类社会中的交际更好吗？"[1]

但正是在作了这段反思后的第三天，他贸然离岛出游，差点儿被洋流带走无法回岛。然后才有了他幸运返回后的昏睡，以及昏睡中被鹦鹉的呼叫所惊醒的情节。之后故事的发展急转直下，出现了野人的脚印，随后便是他与星期五的相遇。而正是这次相遇，使他获得了一个忠诚的仆人和帮手，最终得以顺利返回母国，重归文明世界。

按说写到鲁滨孙回国，冒险故事已经结束，小说就应该戛然而止。不料笛福却又用了整整26页的篇幅，写了鲁滨孙回国后对世俗事务的处理。我们发现，返回伦敦后的鲁滨孙非常忙，几乎每天跑来跑去，在处理家产、遗产和财产，在不断地签字，画押，登记造册，检查账单，确认产权，转让权利，赠送钱物，料理两个失去父亲的侄儿的生活……笛福一面说不愿用这些琐事打扰读者，一面又乐此不疲地写个不停，不经意中确认和强调了主人公的身份认同、法律观念及其与之相关的父权意识。简而言之，这个回归社会的主体已经重新进入父权制的编码系统，并自觉按照该系统的要求行使了他的权利和义务。从这个角度来看，漂流荒岛27年回归伦敦的鲁滨孙，与出海作战20年回归伊萨卡的奥德修斯颇有几分相似，他们的回归不光是出于文明人对社会的依恋，还在于与其社会身份相应的"名"，以及与"名"相关的权利、义务与财产或遗产继承/转让权。在荷马史诗中，让奥德修斯获得身份认同感的是他的老奶妈欧律

---

[1] 丹尼尔·笛福著：《鲁滨孙漂流记》，郭建中译，南京：译林出版社，2006年，第122页。

克勒娅，正是借助她对他腿上伤疤的抚摸，引出了主人一段长达76行的童年往事闪回。而在笛福小说中，让鲁滨孙获得身份认同感的则是那只名叫波儿的小鹦鹉，正是它的声声召唤令他想起自己的本名和父名，与名相关的利，以及与名利相关的俗世身份和相应的权利、义务和责任。

从这个意义上，我们可以说，鹦鹉在小说中担当的功能相当于意识形态的镜像。按照阿尔都塞的说法，"一切意识形态的结构，以独特性和绝对主体的名义召唤作为主体的个体，都是镜像（specular），也就是镜像结构（a mirror structure），而且是双重镜像结构（doubly specular）：这种镜像复制由意识形态构成，且保证了其功能的发挥"。[1]正是通过鹦鹉这个镜像，鲁滨孙认出了自我形象，确认了主体身份；认识到自己是个社会人，而不是自然人，肩负着延续地上之父权的权利/义务和荣耀天上之父神的责任。而回国后一系列世俗事务的成功处理，则重申了他作为地上之父和天上之父的双重儿子的身份，进而确认了清教主义的伦理价值观，用卡尔维诺的话来说，也就是讨好了"一种虚伪的道德主义"[2]。

自相矛盾的结局处理

关于鹦鹉波儿，最后还得问一下，它的结局究竟如何？乍一看来，这个问题似乎纯属多余。小说接近尾声时，作家非常明确地告诉我们："离开小岛时，我把自己做的那顶羊皮帽、羊皮伞和我的鹦鹉都带上船，作为纪念。"[3]可是细心的读者应该还记得，鲁滨孙曾说过这么一段话："现在，它说得又熟练又清楚，实在令人高兴。这只鹦鹉同我一起生活了二十六年。至于它后来活了多久，我就不知道了。但巴西人都认为，鹦鹉可以活上一百年。也许我那可怜的鹦鹉至今还活在岛上呢，还在叫着'可怜的鲁滨孙哩！'"[4]从这段话中不难看出，鲁滨孙并没有把鹦鹉带回国，而是让它留在岛上了。

1　Louis Althusser. *Lenin and Philosophy and Other Essays*, trans. Ben Brewster. New York: Monthly Review Press, 1971, p.180.
2　伊塔洛·卡尔维诺著：《为什么读经典》，黄灿然等译，南京：译林出版社，2006年，第113页。
3　丹尼尔·笛福著：《鲁滨孙漂流记》，郭建中译，南京：译林出版社，2006年，第247页。
4　丹尼尔·笛福著：《鲁滨孙漂流记》，郭建中译，南京：译林出版社，2006年，第159页。

《鲁滨孙漂流记》中笛福的笔误不少，比如主角逗留荒岛明明只有27年，却被他写成了28年等。但笛福对鹦鹉命运的自相矛盾的表述似乎没人注意到。笔者认为，这不是一般的笔误，而涉及了整个小说的主旨，有必要作一番分析。

　　细读文本，对于是否应该回伦敦，鲁滨孙始终处在矛盾中。一方面，岛上生活27年后，他已经习惯了一人生活。"我觉得我现在的生活比有交际的生活还要好。"但是鹦鹉的叫唤如醍醐灌顶，粉碎了他的安逸梦，使他醒悟过来，知道荒岛之外还有一个俗世在等候他，上帝之外还需要有人的交际。正是这种矛盾的心理使他在处理鹦鹉的结局时，不知何去何从。纯从叙事艺术上讲，鹦鹉已经完成了它的历史使命，作家应该让它留在荒岛上，回归自然。但对鲁滨孙来说，波儿毕竟曾同他一起生活了27年，对他有着某种特殊的意义，不能让这个曾经的"宠臣"流落在荒岛上。如此的二难困境，无意中让作家作出了自相矛盾的处理，让鹦鹉波儿成了一只薛定锷的猫，同时处在非生非死，既在此又在彼，既回归人间又流落荒岛的处境中，而这个处境其实也是鹦鹉主人的自况。在某种意义上，我们甚至可以说，鹦鹉的未定结局也道出了创造了它和它的主人的作家本人的困境。

　　在《小说的兴起》一书中，瓦特曾给我们描述过写作《鲁滨孙漂流记》前几年的笛福的心态。在1709年的一个小册子《对一个题名为〈哈弗沙姆勋爵为其言论所作的辩解〉的小册子的答复》所写的序言中，他提供了他当时的生活概况，在书中他抱怨道：

> 　　我在这个世界上是多么孤立呵，那些承认我竭诚为之服务过的人抛弃我；……无论怎样……我除了自己的勤奋没有其它的帮助，我是怎样与不幸搏斗的呵，除了已经了结的债务，我把债务从一万七千英镑减少到不足五千英镑；在监狱中，在逃债的隐蔽所中，在各种各样的困境中，在没有朋友和亲人的援助下，我是怎样使自己坚持下来的呵。[1]

　　并非偶然，正是在写下上述文字的十年后，笛福开始了《鲁滨孙漂流记》的创作。因此，对笛福来说，鲁滨孙就是他的宠臣和鹦鹉，通过写作，他沉浸

---

[1] 伊恩·P·瓦特著：《小说的兴起》，高原、董红钧译，北京：生活·读书·新知三联书店，第94页。

在自己的文字世界里，在与笔下角色的对话中给自己解闷，逗乐；但与此同时，他又不得不通过码字谋生，赚钱，与俗世打交道，跟书商讨价还价，与债主纠缠不清等。

一些笛福专家认为，笛福一直被排斥在文学界和名人圈子之外，这可能与当时的"门户之见"不无关系。因为他并非出身名门。尽管笛福在世时曾试图进入当时的文人圈子，还在原姓Foe前面加上了De，以便听起来像贵族身份。但小说发表当年，笛福的同时代竞争者查尔斯·吉尔顿（Charles Gildon）在其出版的小册子中就对他进行了讽刺和攻击，这本小册子标题有意戏仿了《鲁滨孙漂流记》的原标题，起名为《伦敦袜商D—De F—先生历险记》（*The Life and Strange Surprising Adventures of Mr.D...De F..,of London,Hosier*）。作者连用两个犹豫不决的大写D质疑笛福自封的贵族名号，揭了他出身于袜商的老底。[1]

笛福的另一位对手乔纳森·斯威夫特则曾以这样轻蔑的口气说过他的这位同行：

> 有这么一位作者（那个受枷刑的家伙，他的名字我已经忘了），老是那么阴沉沉的，喜欢卖弄文采，又好说教，简直是个无赖，让人无法容受。[2]

括号中的后半句话"他的名字我已经忘了"，实在有点伤人，不经意间与吉尔顿小册子讽刺性的标题遥相呼应。

前南非作家、现移居到澳洲的库切似乎认同了吉尔顿和斯威夫特等人的说法。在小说《福》中，库切以生动的笔触，给我们描绘了一幅尚未出名的笛福的肖像画。按照他的描述，当时的笛福还不是"笛福"（De—Foe），而只是"福"（Foe）。他挣扎在荒岛般的孤独和寂寞中，急需通过剽窃或改编像小说中的苏珊·巴顿这样的更无名气的男女提供的原始素材，写出一些迎合文化市场潮流的罗曼司，让自己成名成家。然后，才能在自己的姓氏前加上一个代表贵族身份的前缀"笛"（按中文译名惯例，这个De应译为"德"）。作为

1　Charles Gildon. "The Life and Strange Surprising Adventures of Mr.D.....de F.., in Michael Shinagel, ed., *Robinson Crusoe: A Norton Edition*（second edition）. New York: W. W. Norton, 1994, pp. 257—261.
2　转引自郭建中著：《郭建中说笛福》，北京：北京大学出版社，2013年，第6页。

作家的笛福似乎想以父亲之名补上那个被吞掉的儿子之名，那个被他笔下的鹦鹉吞掉的音节，也真够煞费苦心了。

无论如何，上述这些笛福的同时的和隔代的同行们，分别以不同的方式道出了写作《鲁滨孙漂流记》前后笛福的窘迫处境。但甚为遗憾的是，他们都没有提到笛福小说中这只名叫波儿的鹦鹉。在我看来，笛福/鹦鹉/鲁滨孙之间形成了三重镜像关系。在这个复杂的互相折射和映照的关系中，两头是人，中间是一只会说人话的鸟儿。鹦鹉一头通向无交流的自然世界，一头通向有交流的文明社会，处在无名与有名、自然与文化、回归与出游的间性状态（inbetweeness）。没有鹦鹉的召唤和提醒，鲁滨孙就无法确认自己的主体身份，他对自己的责任、义务和权利的认识就是不完整的。而笛福对自己笔下人物的依赖，则相对于鲁滨孙对鹦鹉的依赖。通过码字谋生，当时还没有成为笛福的"福"，正在承受牢狱般的孤独，鲁滨孙就是他的波儿，他的唯一的交谈对象。通过鹦鹉，鲁滨孙说出了自己想说的话，确认了自己作为地上之父和天上之父的双重儿子身份。同样，通过鲁滨孙，笛福也说出了自己想说的话，最终确立了自己作为小说之父和"贵族"之子的双重身份。众所周知，《鲁滨孙漂流记》开创了"荒岛叙事"的文学样式，后来出现了一个因鲁滨孙的名字而来的新词Robinsonade，意为"鲁滨孙式的历险故事"，即"模仿或回应《鲁滨孙漂流记》的语言或视觉文本"[1]。至此，被学舌的鹦鹉吞掉的那个音节得到了加倍的补偿。笛福/鲁滨孙的在天之灵倘若有知，恐怕会欣慰地说一句：

鹦鹉，波儿，可怜的笛福/鲁滨孙需要你。

---

[1] Robert Mayer. "Robinson Crusoe on Television", *Quarterly Review of Film and Video*, 28:1, 2010, p.53.

第三章
近代诗歌、戏剧中主体
——他者的建构

从哲学上考查，现代性的"他者"（other）概念，主要是来自黑格尔的定义。黑格尔在《精神现象学》中从历史和逻辑的角度出发，对主人—奴隶关系的分析，为现代性对他者的建构提供了基本模式。按照黑格尔的看法，人有自我意识，但自我意识并不是通过沉思获得的，而只能通过一种欲望才能"返回自己"。因为沉思揭示客体，而不是揭示主体。唯有在欲望中，通过他的欲望，人才成为人，并且向自己和他人显现为一个自我，本质上不同于和完全对立于非我的自我。[1]但是，人的欲望不同于动物的欲望。动物只能以消灭客体的方式来满足自己的欲望，在客体消失的同时，它的自我意识也沉入了暗夜。人的欲望不针对一个实在的、肯定的、给定的客体，而是一种价值的欲望，它最终和"承认"的欲望，即被另一个欲望承认的欲望，紧密地联系在一起。只有得到另一个欲望的承认，他的欲望才能得到满足。问题是，这另一个欲望也谋求得到他的承认。这样，就形成了两个相互对抗的欲望。每个欲望都谋求首先被对方承认。对抗、冲突就不可避免，人类的历史也由此展开。两个欲望斗争的结果是，那个宁死以求对方承认的欲望得到了另一个不敢冒死以求的欲望的承认，人类社会中主人—奴隶的关系由此形成。主人就是那个得到承认的欲望主体，奴隶就是那个没有得到承认的他者。由于这个他者的存在，主体的意识才得以确立。总之，在黑格尔的思想中，他者是与自我或我（I）相对立的。这个他者是对自我的否定，而反过来又通过自我理解的过程而被否定，自我借此在他者身上看到了自己。在他者身上，这个"我"承认自己在他之外，

---
[1] 亚力山大·科耶夫著：《黑格尔导读》，姜志辉译，南京：译林出版社，2005年，第4页。

然后通过对他者中的他性的否定而又完全呈现自身。[1] 后现代主义理论进一步阐发了黑格尔的他者思想,认为:"自我和他者之间的二元关系暗示,自我中的'我'不能脱离'非我'或非实体的他者而存在。自我通过有效地创造出他者而保证了自身的存在,或者相反。"[2]

无可否认,他者意识对于主体的形成是具有重要的本体论意义的。问题在于,应该以怎样的态度对待他者?"他者"是如何通过文本建构起来的?前一章我们已经考察了旅行小说中涉及的主体的自我构建与自我质询问题,本章通过对玄学派诗人多恩的名作《上床》(Going To Bed)和莎士比亚的名剧《奥瑟罗》的细读分析,进一步考察近代西方诗歌与戏剧中涉及的相关问题。

《上床》:女性—美洲与男性—殖民话语

对以约翰·多恩(John Donne)为首的17世纪英国玄学派诗歌的评价,历来论者多从纯艺术角度出发,把重点放在对其诗歌构思的巧智(wit)和奇喻(conceit)的分析上。撒缪尔·约翰逊对玄学派诗人的评说("既不模仿自然,也不复制人生;既不描绘物质,也不表现智力活动")几成定论,影响了从屈莱顿到T·S·艾略特等一大批评论家。[3]但我认为对文本作如此理解显然有失偏颇,从根本上说,奇喻巧智的源头还是来自现实的、物质的生活本身,受到时代的、民族的整个话语系统和知识系统的制约。按照赛义德在《世界·文本·批评家》一文中的说法,文本并不是自足的、封闭的,相反,它摆脱不了"世事性"(worldliness),与世事有着"剪不断,理还乱"的关系。因为文本不是无声的理想而是生产的事实,它的生产和维持依赖于多种力量的协调。文本的制作是一个有关文化、政治的复杂的操作过程,是知识与权力结合的产物。文学作品作为人工产品,像其他文化文本一样,带上了权力意志的印记。正如尼采敏锐地看到的那样,文本基本上是关于权力的事实,而不是民主

1　Victor E. Taylor and Charles E. Winquist. *Encyclopedia of Postmodernism*. London and New York: Routledge, 2001, p.8.

2　Victor E. Taylor and Charles E. Winquist. *Encyclopedia of Postmodernism*. London and New York: Routledge, 2001, p.356.

3　James Winny. *A Preface to Donne Revised Edition*. London and New York: Longman Group Limited, 1981, p.50.

交流的事实。文本的制造者同时也是在行使其权力意志（英文中"作家"、"权威"和"权力主义"源出同一词根即是明证之一）。[1]

因此在本文中，我尝试着走出纯文本分析的怪圈，将文本与世事性联系起来。从众多的玄学派诗歌作品中之所以选择了多恩的《上床》作为分析的样本，是因为在我看来，这首诗比较全面地体现了文本与世界的基本关系——男人与女人、人与土地、欧洲与美洲、西方民族与其他民族的关系，可以从女性主义批评角度切入，并将它置于后殖民主义的语境中，进行比较深入的理论探讨。

从女性主义批评的角度来解读《上床》，非常明显，该诗完全是一个男权话语中心的文本，体现了一种赤裸裸的男权意识。诗题本身就含有粗鄙的征服欲望和暴力倾向。而整首诗的叙述过程本身，可以视为一个完整的、男人征服女人的性暴力（sexual violence）行为展开的过程。诗一开头，男主人公对女士发出了命令：

Come, Madam, come, all rest my powers defy,
Until I labor, I in labor lie.
（来吧，女士，来，我的力量讨厌休闲，
我躺着等待分娩，直到临产。）

奇怪的是，明明是男的在命令女的上床，为什么诗人要用"分娩"（labor）和"临产"（in labor）这些描述女性行为的动词来描述自己？仅仅是为了炫耀其巧智和奇喻吗？如果我们知道这两个词的原义分别有"耕种"和"焦燥地期待"之义，具有性的暗示，这个问题就不难回答了。显然，诗人运用双关语的目的是要从话语层面上把征服女性的行为，置换为对土地的耕种，为下文的殖民话语埋下一个伏笔。

接着男主人公对这位"女士"发布了一系列命令，

解开这条腰带，像闪光的黄道带，
但它环绕的世界远比天庭要美。
松开闪光的护胸上的别针，你戴着

---

[1] Edward W. Said. *The World, the Text and the Critic*. Cambridge, Massachusetts: Harvard University Press, 1983, p.45.

它们会吸引忙碌的傻瓜们的眼睛。
松开你自己，让那和谐的琴声
出自你口中，告诉我已到上床时分。
解开这幸运的胸衣，我妒忌
它至今还在，还贴你这么近。
你的睡衣滑下，展现的国度如此美丽，
就像芬芳的草地，逃脱了山的阴翳。
脱下金属丝制作的冠状头饰，
呈现你的秀发自然形成的王冠；
现在脱下这双鞋子，然后安全地踏进
这张柔软的床，爱情的神圣殿堂。

上面所引诗中一连串的命令式动词——"解开"（Unlace）、"松开"（Off with）、"脱下"（going off）连结一连串女性衣饰的名词——从腰带，到别针、睡衣、鞋子，带出一连串相应的女性身体的敏感部位，直至整个身体赤裸裸地展示在男主人公面前，毫无遮拦地任其观赏，抚摸，蹂躏，践踏，构成了一个完整的文本暴力行为。而这种施暴行为又是多方向、多角度、多部位的，

给我滑动的手以合法权利，让它们
在前、后、上、下、中间自由滑动

请注意，多恩在这儿用了一连串准确无误的方位词——前、后、上、下、中间，而这些词在英语中，基本上都是以不送气的双唇音b开头（before, behind, above, below, between），自动地形成了头韵体（alliteration），读来短促有力，朗朗上口，从中不难体会男主人公作为一个征服者洋洋自得的心情。

与征服者这种话语滔滔涌流的情形相反，诗中的那位"女士"则始终处在一种无言的"失声"（mute）状态。她对此事有什么样的感觉、愿望和要求？她是否完全俯首贴耳，顺从了男主人公的要求，还是进行了某种程度的抗争？对此，我们一无所知。整个说来，她只不过是一个用以证实男性权力的客体，一个丧失了自己身体的控制权和自己身体感觉的表达权的女性"他者"。

但问题并不仅止于此。从后殖民批评的立场出发进一步解读这首诗，我们

还可以说，它表现了作者非常明显的殖民倾向和帝国意识。

众所周知，多恩所处的伊丽莎白时代，正是地理大发现和冒险的时代，帝国主义势力开始从欧洲中心向非欧地区扩张。1492年，哥伦布发现了新大陆。多恩13岁那年，即1585年，英国在莱西斯特（Leicester）带领下开始了对尼德兰即今荷兰的远征。1588年，英国打败西班牙的无敌舰队，在成为海上霸主的道路上迈开了重要的一步。1600年，东印度公司建立。1603年，对爱尔兰的征服完成。1608年，分离主义者开始移民到荷兰。1620年，"五月花号"出发到达北美新英格兰地区。随后英国势力开始深入到非洲等地。1630年，也即多恩逝世前一年，大不列颠帝国开始向北美新英格兰地区大规模移民。从创作年代上看，据多恩研究专家詹姆斯·温尼（James Winny）考证，《上床》这首诗写于1610年[1]，正值东印度公司建立和"五月花号"出发移民之间。

如同赛义德所说，作家无法脱离他的时代，这不是我们在传统的社会学意义上说，"作者机械地受意识形态、阶级或经济史的制约"，而是在更深刻得多的意义上说，"作者们生活在他们的社会历史中，既在不同的程度上塑造那个历史和他们的社会经历，又被那个历史和经历所塑造"。[2]多恩自然也不例外。在《早安》一诗中多恩曾写道："让无数世界的舆图把别人吸引，但我们却自成一体，又互相拥有。"可见当时探险已成为一种普遍风气，而事实上，多恩本人也曾被这些"舆图"吸引过。1596年他在艾塞克斯伯爵（Earl of Essex）率领下，加入了前去征讨西班牙南部港口卡底兹（Cadiz）的舰队。次年7月至10月又参加了同是由艾塞克斯伯爵率领的"群岛航行号"（Islands Voyage）对西班牙北部重镇阿佐瑞斯（Azores）的征讨。多恩在这两次征讨中实际发挥的作用和能力不得而知，只给我们留下了两首有关当时海战的小诗。[3]1622年，多恩作了《向维吉尼亚种植园公司布道》的布道辞，在此布道中，他既希望维吉尼亚是一片自由的土地，又希望公司移民，其中包括大批牧师甚至主教，能去维护那里的和平和秩序，宣传基督教，广布教化。他虽未说

1　James Winny. *A Preface to Donne Revised Edition*. London and New York: Longman Group Limited, 1981, p.147.
2　爱德华·赛义德著：《赛义德自选集》，谢少波等译，北京：中国社会科学出版社，1999年，第57页。
3　Marius Bewley. *Introduction to the Selected Poetry of Donne*. Washington: the New American Library. Inc, 1979, p.27.

明自己是否也参加了移民行列，但很可能有此愿望。[1]总之，那个冒险和征服时代的氛围在他的潜意识中留下了深深的印痕，也在他的诗歌创作中得到了相当程度的反映。圆规、地图、地球、半球等意象的出现暗示了那个地理发现时代普遍的对冒险、创新的兴趣。《早安》一诗中，多恩在形容情人之间互相信任、真诚坦荡的心地时，运用了半球意象：

Where can we find two better hemispheres
Without sharp North, without declining West?

哪儿能找到两个更好的半球啊，
没有严酷的北，没有下沉的西？

正如许多论者指出的那样，半球意象只有在地理大发现时代，形成全新的地理概念——地球分为南北两半后，才有可能出现。

在《别离辞·节哀》一诗中，出现了著名的圆规意象。这个意象虽不是多恩首创（圆规意象早在11世纪已出现，以后陆续出现于诗人的笔下），但多恩的创新之处在于，他将圆规的各种联想榨干，以此来喻写情人们的复杂的关系。德·昆西（De Quincy）认为，很少有人比多恩更为奇特地显示圆规的力量。[2]但我们还要加上一句，在地理大发现后，圆规和罗盘仪成为征服未知世界的重要工具。圆规意象的含义遂从上帝对世界的规划，进一步引申为对遥远的、陌生的土地的探险和占有，其潜在的殖民意识显而易见。

明白了这些背景再回过头来看《上床》，诗中表现的帝国意识和殖民情结就不难理解了。具体说来，帝国意识在这首诗中表现为一种发现的惊奇（wonder），一种占有的满足，一种明确的法律意识，即将侵占的土地合法化的冲动。

如前所述，《上床》一诗前半部分写女人按照男人的命令——解开衣服，松掉头饰，脱掉鞋子，直到"安全地踏进/这张柔软的床，爱情的神圣殿堂"。

接着在诗的后半部分，一开头，我们便听到了男主人公的惊叹和欢呼：

---

1 杨周翰著：《十七世纪英国文学》，北京：北京大学出版社，1996年，第125页。
2 James Winny. *A Preface to Donne Revised Edition*. London and New York: Longman Group Limited, 1981, p.51.

我的美洲哟，我的新发现的土地，
我的王国，最安全的是一个人治理，
我的宝石矿，我的帝国，
我是多么幸福，能这样发现你！

至此，全诗发生了一个逆转。床上的女人被置换为新发现的土地——美洲，对女人的征服被置换为对美洲的征服，男权中心被置换为殖民意识，与全诗开头将性行为与耕种合为一体的双关语"分娩"和"临产"遥相呼应了。正是在这种被许多评论家称作"巧智"和"奇想"的修辞手段背后，我们发现了多恩心灵深处潜伏的帝国意识和殖民情结。

其实，非独《上床》一诗如此。用地理学名词来形容女性，表现占有意识，在多恩的其他诗歌中也时有所见。在《日出》（*The Sun Rising*）中，多恩把他的情人形容为当时已成为英国殖民地的"盛产香料和金银的东西印度"（Both Indies of spice and mine）。同一首诗中，又说：

She is all states and all princes I,
Nothing else is.
她是所有的国度，我是统治一切的君主；
其他别的什么都不是。

在《第二周年祭》（*The Second Anniversary*）一诗中，多恩在提到已故的女王（Old Queen）时说，"她本身就是一个国度"（she, who being to herself a state）。在《爱的战争》（*Love's War*）中，他将女人形容为一座允许任何人进入的"美丽、自由的城市"（fair free city）。

应当说，将女人比作土地或国家并不是多恩的独家发明。人类学家告诉我们，在把女人比作土地方面，许多民族早期的神话、史诗、歌谣文本有着惊人的相似性，这或许是因为原始的思维尚未有足够的能力将两种生产区分开来。土地的能产性被置换为女人的生儿育女。相应地，男人对女人的性行为，被置换为对土地的耕种。英语中"丈夫"（husband）一词，用作动词意为"耕种、栽培"，用作名词亦可解为"农夫"（husbandman, farmer），其与土地、耕种的语源关系一目了然。

但是，将女人比作新发现的美洲或已被殖民化的印度，视为自己的领土，并且还要在它上面盖上体现法律权威的封印，则是欧洲地理—政治—文化三位一体向非欧地区扩张的殖民时代才可能出现的现象。正如赛义德所说，某种东西被描述，只是因为它能够被描述，也就是说，描述它的条件，无论是物质的还是心理的，都已经具备了。多恩显然敏锐地感觉到了这一点。在《变化》（*Change*）一诗中，他说，当时的女性，已经"对所有探索者敞开，如果仍未被人知晓，就失去了价值"（open to all searchers, unpriz'd, if unknown），我们只要把诗中的女性置换为地理发现后的美洲新大陆，诗中内含的殖民倾向就昭然若揭了。

《上床》这首诗中，引人注目的是叙述者的声音。这是一个男性的欧洲白种人，正在征服一个无名的女性。这位女性的种族、出身和肤色我们不得而知，对诗人来说也同样无关紧要。因为男主人公的想象力已经超越了现实的征服对象，驰骋在遥远的新发现的美洲，伟大的不列颠帝国开发的新领土上。因此，我们可以说，当诗中的那位男性（或许就是多恩本人）将他那探索的手触到女人的胴体的时候，他的潜意识中，既有那种来自灵长类雄性动物征服雌性同类的蛮野欲望，又有一种不列颠民族的"爱国主义情怀"得以满足的骄傲和快感，更有一种要将自己的征服行为（无论是对女性，还是对远方的陌生土地）合法化（盖上封印）的理性冲动。而在这三种互相交织的复杂情感的背后，我们看到的是他所属的那个大不列颠民族的集体无意识——将整个世界纳入大英帝国的版图，将全世界的所有女人都置于欧洲白种男人的股掌之中。

Then where my hand is set, my seal shall be.
于是我的手伸到哪里，哪里就盖上我的封印。

何等"伟大的"气魄，何等狂妄的野心！这一行诗显然已经预示了18世纪的笛福们在各自的旅行航海小说中表现出来的帝国意识。

从知识社会学的角度看，封印（seal）和名字，都是一种文化表征，一种占有的符号，一种所有权关系的确认，源出于权力意志。我们给自己亲生的孩子起名，确认我们和他/她的血缘关系；给领养的孩子改名，确认我们对他/她的监护权；我们在自己买的书本上签名，在自己的物品上做标记，确认我们对它们的所有权，就像美国西部的牛仔给自己的马烙上记号一样。但是，当然，我们的这些所作所为，无需征得我们的孩子、马匹、书本、物品的同意和认可。鲁滨孙可以任意给那个当地的土人起名为"星期五"，拥有使用后者的体力、脑力（尽管比白人低下得多！）乃至生命的权利，而无需征得他的同意；同样，多恩诗中的这位男主人公可以在他的女人身体上任意抚弄，在每一部位打上自己的封印，但是首先，需要签订一个条约。多恩对那位被征服的女人说：

To enter in this bond is to be free.
订立这个条约就意味着自由。

仅仅从字面上看，条约与自由相关。但这里所谓的自由，不过是为了确认一种隶属关系，以便排除其他殖民者插手的自由。"最安全的是一个人治理"（safeliest when with one man mann'd）一语道破了天机。因此它决不是对被征服者（女人/被殖民者）而言的自由，只是对征服者（男人/殖民者）而言的自由。

由此可见，在这首诗中，女性、美洲、话语和权力四者之间形成一个权力结构关系，我们无法脱离这个权力结构来谈论其中任一方面。在隐喻的层面上，女人这个符号可以被土地、王国、城市替代；男人这个符号则是双重的权力（物质的和话语的）的表征；因此，男人对女人的施暴可以置换为殖民主义者对被殖民者的征服，女性声音的缺席可以置换为被殖民者话语权的丧失。而且，我们可以说，无论是多恩诗中那位无名的"女士"，还是笛福小说中的土人"星期五"，事实上都被征服了两次，第一次是作为现实中的男人女人，第二次则作为文本中的虚构人物。他/她们在生活中受其主子压迫，又在文本中受到话语主人压迫，永远处在他/她者地位。主人之所以需要他们的双重存在，仅仅是为了证实自己的双重的主体性，即无论在现实中或文本中，他都永远处在主动的、君临一切的地位。

如果我们联系整个西方诗歌—文化史中女性地位的递降变化，对此问题应会有一个更为深入的认识。

在中世纪西方的文学/诗歌文本中，无论是在骑士罗曼司中，还是在但丁的抒情诗中，女性都是以遥远的、可望而不可及的女神（Goddess）的形象出现的。她象征了美、真理和启示，任何男子对其肉体作非分之想，都被认为是一种亵渎和侮辱。

从文艺复兴开始,在彼特拉克、薄伽丘或莎士比亚的爱情诗中,女性渐渐丧失了女神的地位,从天庭飘落到地面,降格为现实中的有血有肉的女人,用莎士比亚《十四行诗·第76首》中的一句诗来形容就是:

I grant I never saw a goddess go,
My mistress, when she walks, treads on the ground.
我承认我从未见女神走过,
我的情人走路时,脚踩在土地上。

相应地,当时的诗人对女性的赞美带上了许多欲念的、色情的成分也就不足为奇了。

到了多恩这位17世纪玄学派诗人笔下,现实中的女人更进一步降格,在男人的近距离"凝视"(gaze)中,暴露出她的许多缺点。据说,在英语诗歌中,是多恩首次用了"lunatic"这个词来形容女人像月亮那样任性、多变的性格。[1]另外,他还用过"女谋杀者"(murderess)、"假正经"(feigned vestal)等不敬之词。显然,对这样的女人进行肉体上的占有不会再有什么亵渎之感了。

如果我们把上述西方诗歌史上相继出现的三种主要的女性形象,与当时东方在西方人心目中的形象并置起来,就不难发现,两者之间正好形成一种奇妙的对应,换言之,女人在男人心目中的形象可以被置换为东方在西方人心目中的形象。按照赛义德在《东方学》的说法,作为地理上欧洲之东的东方,在西方人心目中,"自古以来就代表着罗曼司、异国情调、美丽的风景、难忘的回忆、非凡的经历"。[2]它是一个遥远的、神秘的国度,是圣经中的伊甸园,是他们梦魂牵绕的所在。但随着地理大发现以及随之而来的探险、传教、征服的浪潮,东方的神秘性渐渐消失了。正像女人从虚无飘渺的天庭飘落到坚实的地面并显露出许多缺点一样(从男人的角度看),西方人发现,东方不但没有他

1　James Winny. *A Preface to Donne Revised Edition*. London and New York: Longman Group Limited, 1981, p.126.
2　爱德华·赛义德著:《东方学》,王宇根译,北京:生活·读书·新知三联书店,1999年,第1页。

们想象的那么美好，而且还处在蛮野的未开化状态，需要处在文明发展更高层次的西方人去占领、征服、开发、统治与管理。这里，很显然，西方诗歌史尤其是英国诗歌史上女人地位的渐次递降，与东方在西方文化史上的地位渐次递降形成一种隐喻的互换关系。多恩诗中对女人施加的暴力和在法律上占有的欲望，实际上自觉或不自觉地为西方殖民主义者在美洲、东方等其他非欧地区如火如荼进行的征服行为作了一个文本上的呼应和合法化的解释。

明乎此，我们将《上床》这首诗归入大不列颠帝国"文化表征"（cultural representation）之一部分就不应被认为是牵强附会的举动了。按照艾勒克·博埃默在《殖民与后殖民文学》一书中的说法，"对一块领土或一个国家的控制，不仅是个行使政治或经济的权力问题；它还是一个掌握想象的领导权的问题"。[1] 帝国主义是通过无以数计的文化形式，通过文化象征层面上的炫耀和展示，才得到肯定、认可和合法化的。在这"帝国主义的文本化"过程中，殖民文学为树立殖民形象、建构想象的空间提供了渠道。在我看来，多恩，这位以"把最不同质的思想用暴力枷铐在一起"[2]而著称的17世纪英国玄学派大师，有意无意地以其创作的诗歌文本参与了殖民主义建构"他者"的文本世界的过程。

《奥瑟罗》：一个西方"他者"的建构

《奥瑟罗》被认为"也许是莎士比亚所有剧本中最富有争议性的"[3]。自该剧上演并发表以来，相关的研究文章可谓汗牛充栋，不计其数，其中影响较大的，且被广泛接受的观点，大致有"嫉妒说"和"轻信说"两种[4]。上述二说对奥瑟罗悲剧成因的解释虽各有道理，但都忽略了一个重要的问题，即作为矛盾冲突双方的黑肤的"摩尔人"奥瑟罗和威尼斯人伊阿古各自的文化—种族

---

[1] 艾勒克·博埃默著：《殖民与后殖民文学》，盛宁等译，沈阳：辽宁教育出版社，1998年，第6页。

[2] 撒缪尔·约翰逊：《玄学派诗人》，转引自王佐良主编：《英国文学名篇选注》，北京：商务印书馆，1983年，第458页。

[3] Alison Smith, *Racism and Othello*, Grade Saver [EB/OL], http://www.classicnote.com/classicNotes/Titles/Othello/essayl.htm; 2002/06/03.

[4] 卞之琳著：《莎士比亚悲剧论痕·论奥瑟罗》，北京：生活·读书·新知三联书店，1980年，第133—204页。

身份。因为从后殖民批评角度和社会特殊主义（communitarianism）立场看，无论是嫉妒还是轻信都不是抽象的、永恒不变的，而是与生活在特定时空之中、从属于特定种族与文化的、具体的个体密切相关的。

综观《奥瑟罗》全剧，笔者认为，奥瑟罗的悲剧主要是因身份认同危机而产生的，而他的身份认同危机本身又是被剧作家莎士比亚有意建构起来的，体现了16—17世纪之交英国社会主流意识形态与叙事文本生产之间复杂的互动关系。

1. 从"摩尔人"到"奥瑟罗"

众所周知，莎士比亚的悲剧《奥瑟罗》改编自意大利小说家钦齐奥（G. Cinthio，1504—1573）的《故事百篇》（*Hecatommithi*）。从后殖民主义和知识社会学的角度看，一个叙事文本形式的改变，不仅是一个简单的文体转换过程，更涉及现实的世事性，政治—文化权力与作者创作动机之间复杂的互动关系。钦齐奥的小说出版于1565年，是一部继承了薄伽丘风格的写实作品，写的是1527年罗马被掠后，10个男女航海逃至马赛时所讲的故事。有关摩尔人（既莎剧中的奥瑟罗）的故事是该小说第三类，《夫妻互骗》中的第七篇。差不多在钦齐奥小说发表后40年，莎士比亚开始动手写作《奥瑟罗》的剧本（1601—1605），而该剧单行本（既所谓"四开本"）的出版则是莎士比亚去世以后（1622年或1623年）的事。该版本用的剧名全称是《奥瑟罗，威尼斯的摩尔人的悲剧》（*The Tragedy of Othello, The Moore of Venice*）[1]。国内不少莎评专家没有看重这个较长的剧名，大多根据较后出的"对开本"为依据来翻译或研究这个悲剧。但实际上，"四开本"给出的这个剧名非常重要，因为它不仅点出了全剧的四个主要内容：该剧的剧种、主角的名字、主角的文化与种族身份，以及悲剧发生的地点，而且也在某种程度上道出了伊丽莎白时代后期主流意识形态对剧作家创作动机的微妙影响。

首先，让我们考察一下主角的名字。原小说中，只有女主角苔丝狄蒙娜有名字，其他三位男人都是无名的。所以《奥瑟罗》一剧中男主角的名字极有可能是剧作家给起的。那么，莎士比亚为什么要给原小说中那个无名的摩尔人起

---

[1] 方平：《奥瑟罗考证》，见方平主编：《新莎士比亚全集》，第四卷，石家庄：河北教育出版社，2001年，第628—636页。

名为"奥瑟罗"呢？国内一些学者从戏剧艺术角度考虑，认为戏剧人物越具体就能越抓住观众的兴趣，激发他们的共鸣，给主人公起名即是其中的一个重要手段[1]。但这个回答只涉及到问题的一半，即为什么要给无名的摩尔人起名，而没有回答为什么要给他起"奥瑟罗"这个名的问题。

查阅西方的莎士比亚研究资料表明[2]，莎士比亚给摩尔人起奥瑟罗这个名字并非随意之举，而是深思熟虑后的产物，具有多重隐喻意义。首先，奥瑟罗（Othello）这个名字具有异国情调（foreignness），而且与当时伦敦正在热演的本·琼生的喜剧《性格互异》（*Every Man in His Humor*, 1601）中的主角的名字"Thorello"相近。本·琼生剧中的那位主角也是新婚燕尔，非常关注妻子的贞洁问题，是个嫉妒心很重的男人。而"Thorello"这个词本身是从意大利语"小公牛"（torello）一词变化而来，暗示了动物性的好色、好斗，莎翁给剧中的主角起"Othello"这个名字，似乎有意要使当时的观众发生一种从语义到性格的联想。其次，奥瑟罗这个词的前半部分还与"奥斯曼"（Ottoman）谐音，奥斯曼是当时正威胁着西方世界的土耳其穆斯林帝国的名称。给摩尔人起名为"Othello"，难免使人联想到那个黑脸的奥瑟罗本人也许就是一个土耳其人，一个奥斯曼人，一个野蛮人。由此可见，主角名字的设计已经点明了其所属的文化和种族身份，预先为全剧的文化冲突埋下了一个伏笔。

原小说对摩尔人的身世没做过多介绍，只说他"气度轩昂，善于用兵，为政府所器重"[3]。经莎士比亚改编后的剧本突出了奥瑟罗前半辈子漂泊不定、居无定所的流浪生活。他经历过"最可怕的灾祸，海上陆上惊人的奇遇，间不容发的脱险，在傲慢的敌人手中被俘为奴的遇赎脱身的经过，以及旅途中的种种见闻；那些广大的岩窟、荒凉的沙漠、突兀的崖嶂、巍峨的峰岭"，"彼此相食的野蛮部落，和肩下生头的化外异民"（1：3）[4]，但是最终，他凭借自

---

1 蔡文显：《浅谈悲剧〈奥瑟罗〉的主题思想》，中国莎士比亚研究会（筹），《莎士比亚研究》第2期，杭州：浙江文艺出版社，1984年，第63—82页.
2 see Catherine Alexander and Rebecca Brown. *Othello—race, place and identity* [EB/OL]. http://www.shakespeare.org.uk/othello1.htm. 2002—06—03.
3 方平：《奥瑟罗考证》，见方平主编：《新莎士比亚全集》，第四卷，石家庄：河北教育出版社，2001年，第633页。
4 本文引用的《奥瑟罗》台词均采用《莎士比亚全集》第9卷（朱生豪译，方平校），北京：人民文学出版社，1984年。以下引用该剧台词时，只在括号内用阿拉伯数字依次注明幕次和场次，不一一注明页码。引文中的着重号均为笔者所加。

己的膂力，在威尼斯建立起自己的声名和地位，被元老院委以重任，成为一名将军。

尽管如此，这个来自东方的摩尔人始终是个"他者"，始终没能融入西方主流社会，被后者视为"我们"。从剧本开场伊阿古和罗德利哥的对话中我们得知，当时整个威尼斯社会存在着一种根深蒂固的对摩尔人的偏见和歧视。两人谈到摩尔人时，措辞和隐喻多为动物性的意象，明显将摩尔人看作非人的异类。

从跨文化交际角度分析，外来者要融入当地社会文化和主流社会，最便捷有效的途径有两条：一是通过叙事话语，在异族人心目中建构起自己的文化身份，表明自己既具有作为人类的普遍性，又具有自己独特的历史、荣誉和尊严；二是与当地人通婚，生下合法的后代，从而最终改变自己的文化身份。在《奥瑟罗》一剧中，莎士比亚巧妙地让叙述与爱情在奥瑟罗身上融为一体。细读剧本，我们不难发现，奥瑟罗并非如他自己所说，是个"不善言谈的人"，相反，他是一个出色的故事讲述者，而它的忠实的听者就是苔丝狄蒙娜。正是通过生动的叙述，前者获得了后者的爱情，从而在一个陌生的社会中建构起自己新的文化身份。奥瑟罗自以为此后便可以融入白人主流社会，永远摆脱那种长期以来折磨着他的疏离感和孤独感了。正因为如此，苔丝狄蒙娜对于这个黑皮肤的摩尔人来说，就不仅仅是一个女人，而是代表了一种观念、理想和信念，它使奥瑟罗相信自己所属的种族与其他种族同样优越，同样可以获得美丽的白人女子的爱情，生下合法的健康的后代。因此，爱情对于奥瑟罗来说，就具有了一种超越个人私生活，上升到当代"身份政治"般的象征意义。正因为爱情在奥瑟罗的生活中占有如此重要的地位，荷载了如此丰富的文化—政治意义，那么，一旦失去这种爱情，用奥瑟罗自己的话来说，那就是无异于"世界复归于混沌（Chaos is come again）。从这个角度看，我们可以说，奥瑟罗心理中其实也有着脆弱的一面，白人种族优越的观念已经内化在他的心中，成为他的"阿基琉斯之踵"。显然，这个"阿基琉斯之踵"是剧作家莎士比亚有意植入的。在《奥瑟罗》的第2幕第3场中，奥瑟罗在劝阻由伊阿古挑起的凯西奥和蒙太涅争斗时说的一番话，是很耐人寻味的：

> 难道我们都变成野蛮人了么？上天不许土耳其人来打我们，我们倒自相残杀起来了么？

为了基督徒的面子，停止这场粗暴的争吵……

(Are we turned Turks? And to ourselves do that
Which heaven hath forbid the Ottomites?
For Christian shame, put by this barbarous brawl...)（2：3）

在上述这段台词中，奥瑟罗有意将土耳其奥斯曼帝国的穆斯林与西方基督徒作了对比，将"野蛮"（barbarous）一词与奥斯曼土耳其联系起来，明显在强调自己的文化身份，即自己与这两个正在互相争斗的白人一样，都是"我们"，文明的基督徒；而不是"他们"，野蛮的异教徒。正是从奥瑟罗对自己文化身份的这种强调中，我们看出了他内心深处强烈的文化认同意识、莫名的焦虑和内在的不安全感。

2. 从威尼斯到塞浦路斯

上述种族身份与文化冲突，在莎士比亚为全剧设置的场景中也明显表露出来了。

第一幕的故事情节发生在威尼斯，是当时西方的一个理性、公正、有秩序和富庶的共和国。但是，在剧本开始时，这个白人世界面临着来自东方的"他者"——奥斯曼帝国的威胁。据史料记载，土耳其于1570年攻占了这个属于西方的水城。由于这场战争发生在钦齐奥的《故事百篇》出版5年之后，因此，原小说没有涉及这个历史事件，只轻描淡写地提了一下摩尔人统率军队前往塞浦路斯。而莎士比亚则有意将奥—苔爱情置于这个政治、军事大背景之下，仿佛在提醒观众：土耳其人的入侵仅仅是一个显性的、来自外部的威胁，此外，还有一个隐性的、来自内部的威胁，这就是奥—苔的情奔——一个生活在白人世界的黑人爱上了一个威尼斯元老的女儿，而后者已经欣然接受了这个"他者"的爱情，并瞒过自己的父亲与黑肤情人幽会。剧本第一幕"船"的隐喻，暗示着在土耳其人登上海上的战船、向威尼斯的前哨塞浦路斯进发的同一天晚上，奥瑟罗登上了一艘"陆地上的大船"（伊阿古语）；在东方的奥斯曼帝国虎视眈眈逼近威尼斯共和国领土的同时，另一个来自非洲的黑人已经从一个西方人手中夺走了一个白种女人。这样，战争与爱情，土地与女人，两者之间形成了一个微妙的对应，暗示了全剧的主题和动机：西方世界面临着失去土地与女人的双重威胁。苔丝狄蒙娜的父亲勃拉班修当着威尼斯公爵的面说的话，实际上表达了当时西方人的普遍焦虑和担忧："要是那样的行为（即奥—苔情奔）可以置之不理，奴隶和异教徒都要来主持我们的国政了。"（1：2）

从第2幕开始到第5幕终，全剧场景从威尼斯转到了塞浦路斯。从地理位置上看，塞浦路斯位于地中海的最东端，远离基督教的西方世界中心，与信奉伊斯兰教的土耳其奥斯曼帝国仅隔一个海湾，因此，与其说塞浦路斯属于西方，毋宁说它更接近东方。在西方人眼中，这是一个介于文明与野蛮、城市与荒野之间的边缘地带。莎士比亚将奥瑟罗的主要活动地点设在塞浦路斯，是否为了加强主角对土耳其奥斯曼性格的认同？是否暗示着奥瑟罗的性格、地位与这个海岛具有某种相似性或对应性，即介于西方与东方、基督徒与异教徒之间，以便表现他的内心冲突和文化身份危机？我们看到，在威尼斯，奥瑟罗性格表现出高度的自制、文明、有教养，并且如布拉德雷所说，"充满了诗意"、"具有浪漫秉性"[1]；而到了塞浦路斯后，奥瑟罗性格中的激情和鲁莽等非理性的、不稳定的因素表露无遗。第4幕第1场中，奉公爵之命从威尼斯来到塞浦路斯的罗多维克亲眼看见奥瑟罗动手打苔丝狄蒙娜及其他一些反常的行为举动时，大惊失色地说："这就是我们整个元老院所同声赞叹、称为全才全德的那位英勇的摩尔人么？这就是那喜怒之情不能把他震撼的高贵的天性么？那命运的箭矢不能把它擦伤穿破的坚定德操吗？"苔丝狄蒙娜也对人说："我的夫君不是我的夫君。"（my lord is not my lord）凡此种种均说明，无论是奥瑟罗的故友还是他的妻子，都看到了其身份和性格的前后不一致，并对此产生了认同危机，而这些危机都是在奥瑟罗抵达塞浦路斯后才发生的。

3. 嫉妒、轻信与身份认同危机

在原小说中，摩尔人与苔丝狄蒙娜之间的爱情波折并未得到充分的刻画和展示，小说开始时两人早已结婚。矛盾冲突主要是在旗官和苔丝狄蒙娜之间发生的。旗官私恋苔丝狄蒙娜而不得，以为是摩尔人手下的上尉从中作梗，并以为苔丝狄蒙娜也爱上尉，故设计陷害两人，挑起了摩尔人的嫉妒，两人合谋将

1　Bradley, A.C. *Shakespearean Tragedy: Lectures on Hamlet, Othello, King Lear, Macbeth*. London: Macmillan, 1905, pp.186—189.

苔丝狄蒙娜用沙袋打死。[1] 改编为悲剧后，莎士比亚删去了伊阿古追求苔丝狄蒙娜的情节，突出了奥瑟罗与苔丝狄蒙娜之间的爱情波折，以及其后发生在伊阿古与奥瑟罗之间的矛盾冲突，从而将全剧主题上升到文化种族身份认同的高度。

伊阿古陷害奥瑟罗的动机非常隐晦而复杂，既有对自己得不到升迁的不满，也有对金钱、地位的渴求等，但其根本出发点是一种种族主义的动机。事实上，伊阿古才是真正的嫉妒者。他不甘心在奥瑟罗这个"黑将军的麾下充一名旗官"；他痛恨凯西奥占了副将的位置、甘心当摩尔人的手下；他嫉妒黑脸的摩尔人居然能获得一位美丽的威尼斯女子的爱情，发誓要拆散这对情人。而伊阿古之所以能成功地实施其阴谋，首先就在于他摸到了当时社会中最敏感的神经，知道整个威尼斯社会普遍存在着种族主义的偏见。他看出奥、苔婚姻的合法性很成问题，元老院只是为情势所迫才批准了这门不般配的婚事。伊阿古巧妙地运用了"种族主义的修辞"（rhetoric of racism）对勃拉班修进行挑拨，使这位元老感到自己的女儿嫁的不是人，而是动物（"一头老黑羊在跟您的白母羊交尾呢。"1：1）；并且，他的后代子孙也将因此而沦入动物群（"您的女儿给一头黑马给骑了，替您生下一些马子马孙，攀一些马亲马眷"，"您的令嫒现在正在跟那摩尔人干那件禽兽一样的勾当呢"。1：1）不仅如此，甚至连奥、苔幽会的地方也被赋予了一个半人半兽的名字——马人旅馆。马人（Sagittary）是希腊神话中半马半人的动物，用它来暗示奥瑟罗这位野蛮的摩尔人与一位文明的白种女性的结合似乎是最贴切不过了。正是在伊阿古的挑拨下，勃拉班修相信他的女儿对奥瑟罗的爱情是不自然的，是后者施展了妖术和符咒的结果，故而大骂奥瑟罗是"恶贼"和"黑鬼"，一下子将自己对摩尔人的真实看法表露无遗。

其次，伊阿古的阴谋之所以成功，更在于他抓住了或者不如说触到了奥瑟罗内心的"阿基琉斯之踵"——文化身份危机和内在的不安全感。的确，奥瑟罗在潜意识中始终对自己的出身、肤色和年龄存有一种莫名其妙的焦虑和担忧，而这一切均被伊阿古巧妙地从意识深层带到了意识表层。正如英国莎学专家阿利森·史密斯（Alison Smith）所说，"他（伊阿古）成功地使奥瑟罗将

---

[1] 方平：《奥瑟罗考证》，见方平主编：《新莎士比亚全集》（第四卷），石家庄：河北教育出版社，2001年，第633—636页。

社会偏见内化于自己的内心","将自己对苔丝狄蒙娜的怀疑转向对自己的怀疑"[1]。细读剧本,我们发现,在没有被伊阿古挑拨以前,奥瑟罗无论是言语还是举动,都充满了英雄般的气概和诗人般高雅的浪漫气质,似乎从来没有意识到自己的肤色、年龄和美丑问题,但从第三幕第三场以后,即伊阿古隐晦地谈到苔丝狄蒙娜可能对他不忠后,他开始对自己的肤色和年龄关注起来,话语中不断出现与"黑"相关的意象:

> 也许我生的**黑**丑,缺少绅士们的温柔风雅的谈吐;也许因为我年纪老了……所以她才会背叛我(3:3)
> [我的奔腾的热血]像**黑**海的寒流,浪涛滚滚(3:4)……
> 我像地狱般漆**黑**!(4:2)[2]

甚至苔丝狄蒙娜的不忠,也被他形容为"像我脸一般黑"!并且因为自己的"黑",奥瑟罗更深切地感受到妻子的"白"。他想象全营的将士都搂过她那雪白的胴体;在扼死苔丝狄蒙娜前,他在黑夜中看到了她那比白雪更皎洁、比雪花石更光滑的一身肌肤。

总之,伊阿古通过一系列的种族主义修辞,摧毁了奥瑟罗通过自己的叙述和爱情建构起来的身份认同感,使他深切地感受到自己身上的肤色及其所属的种族,感觉到白种人的优秀和自己的低劣,相信苔丝狄蒙娜爱上他这个摩尔人是不自然的,而爱上凯西奥这个佛罗伦萨人才是自然的,因为他们属于同一肤色和同一种族。

妻子的不忠意味着爱情的失败,而爱情的失败则意味着融入主流社会的努力最终落空。这对奥瑟罗的打击是致命的。对于这个黑肤的摩尔人来说,他失去的不仅仅是一个女人,一种爱情,更是一种身份认同感,一种心灵的归属感:"要是上天的意思,要让我受尽种种折磨;要是他用诸般的痛苦和耻辱降在我毫无防备的头上,把我浸没在贫困的泥沼里,剥夺我的一切自由和希望,我也可以在我的灵魂的一隅中,找到一滴忍耐的甘露。可是唉!在这尖酸刻薄的世上,做一个被人戳指笑骂的目标!就连这个,我也完全可以忍受;可是我

---

1 Alison Smith. *Racisn and Othello*, Grade Saver [EB/OL]. http://www.classicnote.com/classicNotes/Titles/Othello/essayl.htm; 2002/06/03.

2 引文中黑体字均为笔者所标。

的心灵失去了归宿，我生命失去了寄托，我的活力的源泉枯竭了，变成了蛤蟆繁育生息的污池！"（4：2）

明白这一点，我们便可以理解，奥瑟罗谋杀苔丝狄蒙娜的深层动机，既不是出于嫉妒，也不是由于轻信，而是出于一种因文化身份危机而引起的焦虑感。苔丝狄蒙娜的不忠，在奥瑟罗看来构成了一种对整个摩尔人的侮辱，对一个"他者"的爱情的藐视，体现了一种白种人对非白种人、基督徒对异教徒的种族宗教歧视。正是为了恢复自己个人的和民族的尊严，他才必须把自己深爱的女人杀死。

剧本末尾，罗多维克和奥瑟罗的一番对话很耐人寻味：

罗多维克　啊，奥瑟罗！你本来是一个很好的汉子，却会中一个万恶的奸人的诡计，我们该说你什么呢？

奥瑟罗　随便你们说吧；要是你们愿意，不妨说我是一个正直的凶手，因为我所干的事，都是出于荣誉的观念，不是出于猜嫌的私恨。（5：2）

4. 从谋杀者到悲剧英雄

但问题没有如此简单。与原小说相比，莎剧《奥瑟罗》故事的结局，苔丝狄蒙娜的被杀和奥瑟罗的自杀还有另一些具有重要意义的改动。

（一）在原小说中，杀害苔丝狄蒙娜是旗官与摩尔人两人合伙的，而且是旗官先动手，用装满沙子的袜子将苔丝狄蒙娜击倒在地，然后再由摩尔人动手。这种安排显然不会令当时的西方观众满意：一个文明人怎么可能与一个野蛮人合伙来杀害另一个文明人呢？改编成剧本后，我们看到，作为"文明人"的旗官伊阿古退出了谋杀场面。只动口不动手，让黑脸的"野蛮人"独自一人去完成残忍的谋杀行动，亲手将苔丝狄蒙娜活活扼死。此番改动既使伊阿古从野蛮的罪犯变成一个文明的罪犯，也使奥瑟罗从谋杀的"从犯"变成了"主犯"，意在说明，作为摩尔人代表的奥瑟罗虽已在白人世界中生活多年，但是还是蛮性未改，符合了当时已有的有关黑人或非洲人的社会刻板印象（stereotype）。据一位英国学者考证，差不多就在莎士比亚写作他的《奥瑟罗》的同时，1603年，伦敦出版了一本名为《世界威胁概要》（*Epitome of the*

Theater of the World），该书图文并茂，描述了"野蛮人"的性格。其中说到摩尔人"非常固执，身体强壮，非常妒忌他们的妻妾，对加于他们的伤害很难忘记"[1]，代表了伊丽莎白时代后期一般英国读者或观众对非洲—阿拉伯人具有的成见。上述两个文本相得益彰，均可归入"东方主义"话语之列，不管剧作家本人是否意识到，其传达的主流意识形态是确定无疑的。

（二）原小说中，摩尔人在杀死苔丝狄蒙娜以后，没有当场自杀，而是伪装了一个因屋顶倒塌而压死苔丝狄蒙娜的现场，被发现后，押回威尼斯判终身流放，最后被苔丝狄蒙娜家族中的亲戚弄死。但改编为悲剧后，结局是奥瑟罗勇敢地承担起杀人的罪责，并在真相大白后以自己的生命赎了罪。莎士比亚仿佛要让奥瑟罗通过自杀这个极具象征性的行为，对自我形象作一番新的叙述（就像他此前在元老院面前为自己的爱情辩护一样），在西方观众的心目中建构起一个敢作敢为的、勇于承担责任的、高贵正直的摩尔人的形象，从而消解或部分修正了西方主流意识形态有关摩尔人的刻板形象。

奥瑟罗一直未能释怀的是"说出一个真实的我"（speak of me I am）。而通过自杀这个行动，莎士比亚终于让他说出了这个"真实的我"。奥瑟罗临死前说的一大段台词，可圈可点，值得反复咀嚼：

> 我对于国家曾经立过相当的功劳，这是执政诸公所知道的；那些话现在不用说了。当你们把这种不幸的事实报告他们的时候，请你们在公文上老老实实照我本来的样子叙述，不要徇情回护，也不要恶意构陷；你们应当说我是一个在恋爱上不智而过于深情的人；一个不容易发生嫉妒的人，可是一旦被人煽动以后，就会糊涂到极点；一个像印度人一样糊涂的人，会把一颗比他整个部落所有财产更珍贵的珍珠随手抛弃；一个不惯于流妇人之泪的人，可是当他被感情征服的时候，也会像涌流着胶液的阿拉伯胶树一样两眼泛滥。请你们把这些话记下，再补充一句话说：在阿勒坡地方，曾经有一个裹着头巾的敌意的土耳其人殴打一个威尼斯人，诽谤我们的国家，那时候我就一把抓住这受割礼的狗子的咽喉，就这样把他杀了。（5：2）

1　Catherine Alexander and Rebecca Brown. *Othello—race, place and identity* [EB/OL]. http://www.shakespeare.org.uk/othello1.htm. 2002/06/03.

在这里，奥瑟罗把威尼斯称之为"我们的国家"，表达出一种强烈的身份认同意愿，尽管这个共和国从未把他当作自己人看待。不仅如此，通过这番言谈，奥瑟罗还想再次表明自己与土耳其人的区别，就像他在拆开凯西奥和蒙太涅打斗时所说的。我们注意到，奥瑟罗在"土耳其人"这个词上，有意加上了三个具有文化种族身份区别性特征的定语，"裹着头巾的"，"敌意的"、"受割礼的"，最后用一个动物性的意象"狗子"称呼之。从中可以看出，奥瑟罗具有多么强烈的文化身份意识，多么希望融入到威尼斯主流社会中去，多么想把自己与当时被称为野蛮人的土耳其人区别开来。可见文化身份认同意识已经内化在他的潜意识中，成为挥之不去的一个情结。奥瑟罗像杀狗子那样把一个殴打威尼斯人的土耳其人杀死，也像杀狗子那样把杀死威尼斯女子的自己杀死，让台下的西方观众大大松了一口气。

行文至此，一个问题很自然就冒了出来，莎士比亚究竟是一个种族主义者，还是一个反种族主义者？笔者认为，这个问题很难用非此即彼的方式来加以回答。因为像文艺复兴时代的许多巨人一样，莎士比亚本人是一个具有多重人格和多重身份的"变色龙"。他既是一个精明的商人和剧团股东，又是一个善于揣摩观众心理的演员和剧作家，当然，更是一个伟大的人文主义者。在他写作《奥瑟罗》前不久，英国打败了西班牙的无敌舰队，建立起海上世界霸主地位，它急欲建构一个文化上的"他者"，为自己的对外扩张作文本上的准备。莎士比亚通过演绎一个发生在威尼斯的战争与爱情的故事，以一支土耳其舰队和一个摩尔人的相继覆亡，满足了西方观众的愿望，迎合了当时的主流意识形态，也从心理上解除了来自东方的"他者"的双重威胁。

另一方面，通过塑造奥瑟罗这个"他者"的形象，莎士比亚也对当时流行于整个伦敦社会的有关黑人的刻板印象提出了挑战，对以伊阿古为代表的种族主义者提出了强烈的批评，并且指出了种族主义带来的社会危害性。众所周知，莎士比亚的悲剧都是以主角的名字命名的，而且大多为国王、王后、王子、领袖或武士，也就是说，都是非同寻常之人，身处非同寻常之境，这正体现了亚里士多德《诗学》提出的崇高的悲剧概念。莎士比亚将原小说中无名的摩尔人改编为有名有姓的悲剧英雄主角，使之与丹麦王子哈姆莱特、不列颠国王李尔、苏格兰将军麦克白比肩而立，正说明莎士比亚对这个高贵的摩尔人的同情和尊敬，体现了一种伟大的，超越种族、肤色和文化差异，包容一切的人文主义精神。

第四章
成长小说与现代性主体的建构

在西方近代文学中,"成长"既是一种小说类型(Bildungsromance),也是一个普遍主题,贯穿于小说、诗歌、史诗等文本中,或可称之为成长文学(initiation literature)或含有成长主题的文学文本。成长小说的发展与现代化进程密切相关。如前所述,现代性工程的首要任务是对主体进行重塑或再造。现代社会要求它的成员自觉意识到,自己既不是神(或某种超自然存在)的奴仆,也不是家庭或社团的附庸,而是个人生活理想的设计者与自我价值的实现者。这就要求主体自觉地进行自我人格的塑造和人生理想的设计。成长小说就此应运而生,它的产生和发展与近代西方主体意识的觉醒和发展基本同步。因此,成长小说具有明显的前瞻性,它不是消极被动地反映现实,而是积极主动地参与了一种新的现实的塑造和一种新的主体性的建构,在相当大的程度上成为近代欧美作家塑造自我和理想人格,探索世界之谜和人生之谜的一种工具。

成长小说与成人仪式

按照艾布拉姆斯对成长小说的定义,成长小说的"主题是主人公思想和性格的发展,叙述主人公从幼年开始所经历的各种遭遇。主人公通常要经历一场精神上的危机,然后长大成人,认识自己在人世间的位置和作用"。[1]艾布拉姆斯对成长小说主题特征的概括相当简洁,不过,他对成长小说起源的说法值得进一步推敲。他认为,成长小说的原始模式是莫里茨的《安东·赖绥》和歌

---

[1] 艾布拉姆斯著:《欧美文学术语词典》,朱金鹏、朱荔译,北京:北京大学出版社,1990年,第218页。

德的《威廉·迈斯特的漫游时代》。但从发生学的角度看，笔者认为，成长小说的原型应当出自更深的文化源泉。人类学的研究结果表明，在许多原始民族中流行着一种专为未成年人举行的仪式——成人仪式或通过仪式（initiate rite or passage rites），其目的是对即将进入社会、履行人生义务的未成年人进行一系列近乎严酷的考验。在仪式期间，这些未成年人将在本部落巫师或长老的带领下，暂时脱离社团，来到远离社会的隐秘之地，接受种种折磨和考验，习得本部落的神话、历史、习俗和道德观。等到仪式结束再返回原地与社会融合的时候，他们仿佛成了新人，已经能够履行社团赋予的职责和义务了。

所以，从根本上说，成人仪式的意义，首先是说明人在经历自然界的考验后才能成为一个完全的人。其次，成年仪式中的考验、折磨及象征性的死亡与再生等仪程，显示了由该社会的祖先创造的通往理想的"神圣世界"的哲学和世界观，使接受仪式的青年由此得到启迪。埃里亚德把通过仪式看作是自然存在的凡人经过种种仪式后向具有宗教理想的人变化的一种过程。从另一方面来说，仪式的过程也就是未成年人的社会化过程。通过这种仪式，社会的基本结构得以保持，基本的价值观得以代代相传。成人仪式所具有的现实意义，与其说在于它的象征性，倒不如说是在于它在人类成长过程中所起到的作用。[1]

在现代文明社会中，理性、有序的教育代替了严格甚至残酷的成人仪式，但无可否认，作为人类心理深层的无意识积淀，成人仪式在后世的文学作品中留下了它的痕迹，在笔者看来，近代以来西方文学中大量出现的成长小说或教育小说，以文学特有的虚拟的、变形的方式，为我们重现了远古时代盛行的成长仪式，释放了现代人心理中积淀的原始的无意识欲望。马克·吐温的《哈克贝利·芬历险记》就是一部典型的含有成人仪式原型结构的成长小说。比起其他的欧美成长小说，笔者觉得它更值得注意，更值得分析，因为它与成人仪式的联系更紧密、更深刻，也更具有普遍性意义。

死亡与再生：两种对立的人生状态

成人仪式要解决的根本问题是文化与人格、社会与个人的冲突。原始的先

---

[1] 祖父江孝男等编：《文化人类学百科辞典》，山东大学日本研究中心译，青岛：青岛出版社，1989年，第193—197页。

民比现代人高明的地方就在于他们不是千方百计来掩饰这种冲突，而是通过成人仪式这种特殊的方式，让每个被社会规约所压抑的个体的心理能量得以释放，从而消除或缓解社会矛盾。而现代社会的最大弊端，正如荣格指出的那样，恰恰就在于"没有给阴影原型的个性化提供充分的适当的机会。儿童身上表现出来的动物本能通常是受到父母的惩罚的。但惩罚只是压抑却不能消除阴影原型——没有什么东西能使阴影返回到人格的无意识领域，并在那里保持着一种原始的尚未分化的状态。这样，一旦它突破压抑的屏障——它就会以凶险的病态的方式来表现自己"[1]。

《哈克贝利·芬历险记》一开头讲到哈克与道格拉斯寡妇的冲突，就是文化和人格冲突的典型场景。道格拉斯寡妇时时刻刻想把哈克这头"迷途的羔羊"改造为体面人，用种种清规戒律限制哈克的自由，这一切当然令一个尚处在"自然人"阶段的活蹦乱跳的少年十分反感和讨厌。因此他秘密加入了一个由未成年孩子组成的"汤姆·索耶帮"，到处惹是生非，从袭击主日学校的儿童到抢夺上市赶集的家庭主妇。这种孩子气的行为虽未形成严重的社会问题，但正反映了"儿童身上变形出来的动物本能"，若不加以适当的引导，势必"会以凶险的病态的方式来表现自己"[2]。

在笔者看来，马克·吐温通过哈克这个未成年人的流浪经历，象征地展示了一个现代社会中的成人仪式，有意无意地为未成年人的社会化问题提供了一条新的途径。

人类学家指出，在成人仪式中，"知识不是在强制性的社会仪式中赋予，而必须去追寻；并且一旦获得，还必须化为行动"[3]。为此，作为成人仪式的主角的未成年人，首先必须脱离社团，经历一番象征性的死亡。我们注意到，在这部小说中，马克·吐温给他笔下的主人公哈克安排了三次象征性的死亡和再生。每一次都使他进入生命的一种新状态，获得有关人生必需的知识、道德原则和价值观念，直至整个成人仪式完成。

1　C·S·霍尔著：《荣格心理学入门》，冯川译，北京：生活·读书·新知三联书店，1987年，第114页。
2　C·S·霍尔著：《荣格心理学入门》，冯川译，北京：生活·读书·新知三联书店，1987年，第114页。
3　祖父江孝男等编：《文化人类学百科辞典》，山东大学日本研究中心译，青岛：青岛出版社，1989年，第202页。

第一次象征性的死亡是小说开始不久，哈克为了摆脱父亲而精心安排了一个自己被强盗谋杀的场面。从仪式的意义上考察，这实际上是成人仪式的第一个阶段——分离仪式。整个谋杀场面的安排从开端到结束都具有极强的仪式性。首先是"血"的出现。血是仪式中必需的祭奠。原始部落成人仪式一般都要实行割礼、文身或拔齿，以这种象征的方式暗示"自然人"动物性的肉体生命结束，过渡到"社会人"的生命存在状态。小说第7章讲到，哈克打了一头野猪，然后砍断猪脖子，让猪血洒在木屋地面上，他的本意是为了制造一个谋杀场面，以骗过其父，获得自由。但从象征的意义上看，这个行为替代性地完成了血的祭奠。其次是"炮声"的鸣响。在哈克"被谋杀后"，他父亲和镇上的人一起坐船寻找哈克的尸体，为了打捞尸体，向水中放了炮。显然，这里的炮声是对成人仪式上的锣鼓铙钹声的模拟。哈克就在鲜血与炮声的伴随下，独自进入密西西比河上的杰克逊岛——这个与世隔绝的小岛，就相当于原始部落专为入社者安排的封闭营地。他在这儿碰到了黑奴吉姆，然后两人结伴而行，乘木筏漂流在密西西比河上，从此进入了成人仪式的第二阶段：过渡仪式，即进入一种既非过去又非未来的游离不定的"阈限"状态中。

　　第二次象征性死亡，是木筏被轮船撞沉，哈克一直沉没到河底，再浮上河面。但他上岸后和吉姆失散了，只得独自进入了陌生的甘结弗家，从此就待在甘家，目睹了两大家族的纷争和械斗，直至甘家主要成员在族争中被杀绝，而哈克本人也差一点被杀死。哈克经历了这第三次象征性的死亡，然后再度和吉姆会合，找到原先的木筏，继续漂流在密西西比河上。

　　令我们感兴趣的是，在整个过程中，哈克一直是个"死人"，即脱离社团的人。他经常变换自己的名字和身份，第一次上岸的时候，他装扮成一个姑娘，自己胡编了一个女性名字莎拉·威廉斯；第二次上岸时对甘家说自己名叫乔治·杰克逊；第三次上岸又成了"公爵"和"皇帝"假扮的威克尔牧师的仆人。到头来，姓名和身份的频繁变换弄得他自己也搞不清楚了。而这一点和人类学的研究是一致的。因为在成人仪式完成之前，未成年者只是一个无名者和无身份者，还没有被社会接纳为正式成员。因此，成人仪式经常出现男扮女装之类的角色错换或身份颠倒，表现了人在过渡状态中的一种游离不定性。[1]

---

[1] 祖父江孝男等编：《文化人类学百科辞典》，山东大学日本研究中心译，青岛：青岛出版社，1989年，第193页。

在小说的第32章《改名换姓》中，作者安排哈克进入菲利普庄园去寻找被"公爵"和"皇帝"卖掉的吉姆，结果庄园的主人恰好是哈克的朋友汤姆·索耶的姨娘。后者误把哈克当作了多年未见的汤姆·索耶：

"你可来了啊！——可不是吗！"

我还没来得及想，我就说了一句："我来了，老太太。"

"现在，我可以好好地看看你了；我的天，这几年的工夫，我老是盼来盼去，这回可把你盼回来了！——"[1]

这个细节的安排颇具象征意义，它暗示成人仪式进入了第三阶段：合入仪式，此时的哈克在经历了三次象征性的死亡和再生后，已经变成了另一个人，一个新人。他的身份得到了确认，他以一种新的方式得到了他的名字——汤姆·索耶，后者正是一个被大家一致公认的好孩子，虽然也调皮捣蛋，但从不越轨。而哈克获得了这个名字，从叙述层面上说，是加强了小说情节的曲折性；从象征层面上说，则表明哈克的社会化过程至此得以完成，他的成人意识得以确立，社会身份得到承认，他获得了新生，从而有能力去完成艰巨的任务。之后，作者用了大量的篇幅来叙述改名换姓后的真哈克——假汤姆和真汤姆——假席德"合谋"解救吉姆，并想方设法除去他的奴隶身份的过程。整个过程象征性地表明了哈克的成长，他的责任感、男子汉气概、勇气和智慧的提升。

必须注意的是，哈克的三次象征性死亡，有两次是在水中发生的。每一次死亡都使他获得了比前一阶段更多的勇气和智慧。这也说明了作为"原型性的象征"的水所具有的深刻的人类学意义。哈克对自我的认识，他的勇气和力量，性别角色和族类意识，对善恶的判断和识别能力等，都是在一次次象征性的水中的死亡和再生中得到确认的。

哈克的性别意识是在经历了第一次象征性的死亡和复活后获得的。当时他从木筏上下来，打扮成姑娘上岸打听消息。他进入一户亮着灯光的人家，自称名叫莎拉·威廉斯，但他的行为举止完全是男性化的，一下子就被女主人看出。好心的大娘给哈克上了性别角色的第一课：

---

[1] 马克·吐温著：《哈克贝利·芬历险记》，张万里译，上海：上海译文出版社，1979年，第261—262页。

天哪，孩子，你想要穿针引线的时候，别拿着线头不动弹，硬使劲往上碰；好好地拿定了那根针，再用线头往里穿——这才是女人家的通常穿法；男子汉总是把它倒过来。你打老鼠或别的什么东西的时候，应当踮着脚尖蹿起来，高高举起你的胳膊，越是笨手笨脚，就越像真的；打过去以后，至少要离那只老鼠六七尺远。——你要记住，一个坐着不动的女孩子用大腿接东西的时候，总是把两个膝盖分开，她决不像你那样接那锡块的样子，把膝盖并拢。[1]

　　由此可见，性别角色是通过行为模式建立起来的。某些行为模式只能为女性所有，某些则只能为男性所有。这与人类学家的结论是一致的："男子与女子既是天生，又是后天形成的。我们进入这一世界时所具有的最本质的差异——男女的性别差异——只是社会用它特定的印记组织并赋予我们个人经验时作进一步的加工的材料而已。"[2]

　　第二次再生后，哈克自己编了个名字叫乔治·杰克逊，进入甘家，不自觉地卷入了两个大家族的械斗，无意中又扮演了为一对情人传递信件的角色，从而目睹了一个现代的美国式罗密欧与朱丽叶的故事（不过密西西比河岸上的这对情人的结局比维洛纳的那对情人要好得多，他们成功地私奔了）。在这个过程中，他认识了暴力、性爱和死亡。第三次死亡和再生后，哈克形成了健全的道德观念，并开始用自己的行动在善与恶、真诚与欺诈之间进行选择，例如把"公爵"和"皇帝"骗来的金子偷出来藏在棺材里，并把事实真相告诉了玛丽·贞小姐。

　　总之，作为入会者的哈克的死亡与再生、出航与回归，充分地表达了重复与循环运动，为主人公从少年到成年、从无知到有知的转化，提供了象征性的框架结构。

导师与魔鬼：两组对立的人物

　　在上述成人仪式过程中，哈克周围两组人物对他起了决定性的影响。

---

[1] 马克·吐温著：《哈克贝利·芬历险记》，张万里译，上海：上海译文出版社，1979年，第70页。

[2] 巴巴拉·梅厄零夫：《过渡仪式：过程与矛盾》，见维克多·特纳等编：《庆典》，方永德等译，上海：上海文艺出版社，1993年，第159页。

黑人吉姆在小说中扮演的角色是未成年人的导师，类似莱夫西斯秘密仪式中的宗教玄秘诠释者，或者更原始的仪式中尊者的角色，其作用是对未成年的入会者进行正面的道德教育。正如G·M·麦克斯指出的，"吉姆是全书的良知，是测量一切人物的精神尺度。当两位逃亡者顺流而下时，哈克的整个道德感觉都来源于吉姆，并围绕着吉姆展示，他的测量能力显示了他的价值。哈克的过失意识和负疚感都是他与吉姆之间亲密关系的产物——他与这位逃亡奴隶的朝夕相处，使他获得了道德上的进步"。[1]

哈克对吉姆的态度经历了一番渐进的变化，从最初带着某种种族主义的偏见，到后来发现他身上具有的正直、善良等美好品质，直至最后完全把他当作自己的父亲，甚至不惜为救吉姆而甘下地狱。这个过程正表现哈克道德价值观念的日益健全和增进。小说中两人形影不离。哈克不断与他失散，又不断寻找这位精神上的导师，和他团聚在一起。两人一起经历了象征性的死亡，又一起获得再生与复活。

按照仪式的规程，神圣境界的获得，一方面是由于长老或巫师的指点，一方面也必须战胜魔鬼的考验和诱惑。

"公爵"和"皇帝"是考验入会者的魔鬼的化身。他们在小说中部出现（第19章），闯入木筏，搅乱了哈克和吉姆的生活，把后者从河上的生活引到岸上，引出一连串带有喜剧狂欢色彩的事件。到第32章，又突然被人轻而易举地抓住而消失，体现了某种神秘的魔性。用普罗普分析民间文学叙事结构的术语来说，这两个坏蛋扮演的角色相当于"阻碍者"，他们的行为为哈克这个未成年人提供了反面教育。正是在与这两个魔鬼打交道的过程中，哈克逐渐明白了什么是欺骗，什么是罪恶，同时他自己的智慧、勇气、随机应变的能力和口才得到了锻炼，道德境界也得到了进一步的提升。

另一方面，用荣格心理学的术语来说，魔鬼也就是哈克本人的阴影原型。"公爵"和"皇帝"的行动在某种程度上满足了哈克这个儿童身上存在的动物本能、无意识的破坏欲望和恶作剧心理。所以我们看到，哈克与他们既有联系，也有斗争；既有合谋，也有揭露。在"公爵"和"皇帝"刚来到木筏上的时候，哈克一方面以旁观者的身份观察他们的所作所为，一方面又不自觉地参

---

[1] 约翰·维克雷著：《神话与文学》，潘国庆等译，上海：上海文艺出版社，1995年，第317页。

与了他们的欺诈活动,因为这与他在小说开头参加的"汤姆·索耶帮"的行为并无二致,与他好动、好恶作剧的天性完全合拍。可见,当时哈克作为一个未成年人,其道德观念还不是很健全。但随着情节的发展,哈克的自我意识越来越明确,对他人的了解越来越深入,道德观念也越来越健全。他渐渐从旁观者变成了一个行动者,从追随者变成了一个反叛者。我们注意到,正是在冒名顶替事件发生不久,"公爵"和"皇帝"被人抓住,受到了应有的惩罚,然后就从小说中消失了,从此再也不被提起。

而魔鬼离去之日,也就是哈克的成人仪式完成之时。哈克消除了自己身上的阴影部分,与社会合为一体,从而被后者接纳为它的新成员。

河上世界与岸上世界

从情节上看,整部小说都是在描写一个少年与一位成年男子共同经历的在密西西比河上漫长而困难的漂流。整个航程是夜间的神秘航行,"我们夜里赶路,白天靠在岸边躲着;只要黑夜差不多过去了,我们就停止了航行,把筏子拴起来"[1]。根据曾研究过大量入会仪式的荣格的说法,夜间航海是一次关键的、决定性的事件,它强调的并非历程的"永恒再现",而是"转变至一个更高的境界"[2]。他的观点为我们理解哈克和吉姆的航行提供了最恰当的解释。

在这部小说中,与航行或漂流相关的有两个中心意象,一是水,二是木筏。原型批评家们一致认为,水作为原型性的象征,具有两方面的含义,作为生命的活水,它具有再生或复活的力量;作为洗涤的物质,它具有净化人的灵魂的力量。木筏的作用类似于子宫,是一个与世隔绝的安全所在。漂流在水中的木筏,犹如在母体中被羊水包围着的婴儿,享受着原始的幸福。哈克说:"归根结底,拿筏子当家,比什么都好。别的地方实在是太别扭,太闷气了。可是木筏上的情形却不是那样。坐在木筏上面,你会感觉到又自由、又轻松、又舒服。"[3]

---

1 马克·吐温著:《哈克贝利·芬历险记》,张万里译,上海:上海译文出版社,1979年,第136页。
2 约翰·维克雷著:《神话与文学》,潘国庆等译,上海:上海文艺出版社,1995年,第197页。
3 马克·吐温著:《哈克贝利·芬历险记》,张万里译,上海:上海译文出版社,1979年,第136页。

漂流的目的地是一个没有奴隶贩卖的自由州卡罗，从形而上的意义来看，这个自由州实际上是某种理想境界，也就是通过仪式中神圣世界的隐喻，正因为如此，它才可望而不可及，就像卡夫卡笔下的城堡一样。漂流者明明知道它就在密西西比河岸边，可就是无法找到它，无法接近它，最终还是在大雾中错过了它。

航行或漂流把整个小说划分为两个世界：河上的世界与岸上的世界，从而形成了一种微妙的对应或对比。河上的世界或木筏上的世界是一个相对封闭的、天真的、浪漫的、不受玷污的世界。两个流浪汉坐在木筏上，沿河漂流，无拘无束地享受着原始的幸福，他们观察着星星和雾气，互相倾吐自己的心事，谈论各自的理想和憧憬。

岸上的世界则是危险的、狡诈的、现实的成人世界。社会上到处弥漫着野蛮的风气：卑鄙的黑奴买卖，血腥的家族械斗，层出不穷的江湖骗子。流浪者一跳入这个世界就会遭遇风险。岸上的世界时时刻刻追赶着木筏的漂流者，"公爵"和"皇帝"上木筏的事件象征了岸上的成人世界最终侵入了河上世界，也象征了河上世界天真状态的结束。但与此同时，未成年者的智慧和勇气也在此得到磨练和考验。成人化过程就在河上世界与岸上世界的张力式冲突中得以展开并最终完成。

借用荣格的心理学术语，我们也可以说，河上的世界代表了哈克的"自性"，而岸上的世界代表了"他性"，人的个性化过程就是在"自性"与"他性"的不断冲突中得以完成的。荣格说，一个人"只有适应了自己的内心的世界，也就是说，当他同自己保持和谐的时候，才能以一种理想的方式去适应外界所提出的需要；同样，也只有当他适应了环境的需要，他才能够适应他自己的内心世界，达到一种内心的和谐"。[1] 哈克在河上的世界和岸上的世界中不断往返，也就是在不断反观"自性"和"他性"，试图达成个人和社会、内心与环境的平衡。

整部小说从岸上的世界开始，经历河上的世界，再回到岸上的世界，暗示主人公的精神或灵魂从生到死再获得新生，呈现出一种否定之否定的曲折过程，体现了精神发展的辩证法。如果说在第一个阶段中，哈克还是个未成年

---

[1] C·S·霍尔著：《荣格心理学入门》，冯川译，北京：生活·读书·新知三联书店，1987年，第100页。

人,那么经过第二个阶段的考验,他已经成熟,并加入了成年人的行列。如果说在第一个阶段,哈克通过假装被谋杀而自愿脱离社会,那么经过第二个阶段的磨砺,他终于确认了社会的基本价值观,从而为社会所接纳。

表面看来,这是一个喜剧性的结局,但在作家眼中,这其实是一种悲哀。因为生龙活虎的哈克终于被社会规范制服了,这也意味着美国梦和"边疆意识"的破灭。看来马克·吐温本人也无法解决这个两难选择,为了弥补这个缺憾,他不得不安排哈克再度出走。小说最后一句话是意味深长的:

> 可是我想我得在他们两个动身以前,先到印金地区去走走,因为萨莱姨妈要收我作干儿子,教我怎样做人学好,那种事我可是实在受不了。我早已尝试过滋味了。[1]

小说兜了一个大圈子,又回到了开头,现在收养他的不是道格拉斯寡妇,而成了萨莱姨妈,但主人不同,实质则一,可怜的哈克不得不再次出走去寻梦。

《哈克贝利·芬历险记》的叙事结构表明,尽管现代性的展开使得对人类成长具有深远意义的通过仪式逐渐消亡,但它的原型结构依然顽强地存在于现代小说中。只要人一出生就不得不属于特定的集团,而且随着成长不断更新自己的身份意识,那么这种仪式就会延续下去。成长小说再一次证明了克洛德·列维–斯特劳斯的一个著名观点:"我们生活在一个矛盾体的边缘:我们既属于大自然,又属于文化;我们既肯定又否认自己的这种双重心理状态;我们强调我们既是人又是动物;我们生物性及其一切强制性条件的地基上建起了象征性、礼仪性认识的桥梁。"[2]

---

1 马克·吐温著:《哈克贝利·芬历险记》,张万里译,上海:上海译文出版社,1979年,第356页。
2 巴巴拉·梅厄零夫:《过渡仪式:过程与矛盾》,见维克多·特纳等编:《庆典》,方永德等译,上海:上海文艺出版社,1993年,第159页。

第五章
现代性欲望主体的形成

现代性主体是欲望的主体。用17世纪荷兰哲学家斯宾诺莎的话来说，"欲望是人的本质"（desire is the essence of man）[1]。需要进一步探究的问题是，欲望主体是如何形成的，欲望对象是如何被建构起来的，在此过程中，文学叙事又是如何发挥其建构功能的？本章借用拉康的精神分析理论，通过对《红与黑》的分析，集中讨论现代作家如何通过小说叙事建构主体的欲望。

众所周知，自封为"人心观察家"的司汤达最关心的是人类的激情和欲望的本质。通过《红与黑》，他对主人公的激情和欲望作了鞭辟入里的分析，形成了小说经久不衰的独特魅力。正是在这一点上，19世纪的小说家司汤达与20世纪的心理学家拉康结下了跨越时空的不解之缘。拉康研究专家迪兰·伊文思（Dylan Evans）指出："如果哪个概念可以被称之为拉康思想的核心，那就是欲望。"[2]

欲望主体的形成

在进入小说本文之前，先让我们稍稍回顾一下拉康有关"镜像阶段"（the mirror stage）的理论。拉康说，这个概念是起源于一个比较心理学的事实，即幼儿和黑猩猩相比。尽管在某段时间里幼儿智力不及猩猩，但幼儿能通

---

[1] Dylan Evans. *An Introductory Dictionary of Lacanian Psychoanalysis*. London and New York: Routledge, 1996, p.36.

[2] Dylan Evans. *An Introductory Dictionary of Lacanian Psychoanalysis*. London and New York: Routledge, 1996, p.36.

过镜子发现自己的影像。这一所谓的镜像期大约发生在6—18个月之间。幼儿通过对自己的镜中影像的模糊认知，逐渐摆脱了对其"支离破碎的身体"的处境，确认了自身的同一性。他起初把镜中的影像看作是一个现实的事物，认为这个事物在不断挑逗他，接近他。继而把镜中的影像看作他人的影像，不再去触抓它了，说明此时他已经能把影像和真人区分开来了。最后，幼儿发现镜中的影像就是他自己身体的表现，他终于认识了自己，从而确认了自己身体的同一性和整体性。他第一次将自己构想成一个内在协调而且具有自我主宰力的实体。于是这个作为主体发挥作用的"我"（I）就被突然抛到了世间。[1]

按照拉康的说法，产生自我认同的这一瞬间，产生了作为主体存在的"我"。但"这个瞬间创造出来的统一体，以及后来他终其一生不断创造出来的自我，都是些虚幻之物，都是为了化解人类生存中无法逃脱的匮乏、缺席与不完整性所作出的努力而已"[2]。总之，这个自我不过是一个理想自我（ideal ego），是一种"想象性的认同秩序"（the order of imaginary identification）的产物。它本身是空洞、流变且无中心的。用一首禅宗偈语表述之则为："菩提本无树，明镜亦非台。本来无一物，何处惹尘埃。"但问题是，这个"本来无一物"的自我，注定要惹上尘埃。就像《红楼梦》中的那块通灵宝玉一样，注定要从那个干净的太虚幻境落入尘世，进入以语言和法律为代表的象征界，经受人生磨难。

现在让我们细读《红与黑》。由于小说开始时，主人公已经长大成人，进入象征界，我们无从得知他在"镜像阶段"的心理状态。但从小说提供的细节来看，有两点是值得我们注意的。第一，主人公天生羸弱，不能干重体力活，喜欢读书，沉浸在罗曼蒂克的幻想中，一心向往的是拿破仑式的驰骋疆场，叱咤风云，最终进入上流社会，成为众多贵妇追求的对象。这里，主体实际上（生理上）控制自己身体的能力，与想象中的（心理上的）自我形象之间构成了一个无法克服的矛盾。这个矛盾，正是上述拉康分析的镜像阶段的婴儿心理状态的持续。拉康指出，镜像阶段并不限于婴儿时期，而是代表了永久性的主体的结构性矛盾。主体永久性地被他自己的形象捕获。[3] 笔者认为，于连性格

---

[1] Jccques Lacan. *Ecrits, A Selection*, trans. Alan Sheridan. New York and London: Norton & Company, 1977, pp.1—7.

[2] 约翰·斯特罗克编：《结构主义以来：从列维·斯特劳斯到德里达》，渠东等译，沈阳：辽宁教育出版社、牛津：牛津大学出版社，1998年，第137页。

[3] Dylan Evans. *An Introductory Dictionary of Lacanian Psychoanalysis*. London and New York: Routledge, 1996, p.115.

中的矛盾、痛苦均来源于此种深层的心理原因。

拉康说:"婴儿经验到这种破碎的身体与他的完整的形象之间的不协调，……这种不协调同时也决定了主体与占据了他的形象周围空间的他人之关系的不协调。"[1]从这个角度看，于连在家乡与他的父兄，在神学院与他的同学，在巴黎与贵族子弟的矛盾冲突，均可得到合理的解释。

第二，值得我们注意的细节是，主人公没有母亲，只有一个凶狠的父亲。与从小就成为孤儿的卢梭一样，于连也是一个精神上的孤儿。在无意识深处，他始终在寻求着母亲，那个拉康所谓的原始的缺失（primordial lack），大写的母亲/他者（M/OTHER）。但由于这个他者永远是可望而不可及的，只能用一连串小写的他者（others）作为替代，所以主人公幻想自己能像拿破仑、卢梭一样，通过自我奋斗，建功立业，成为上流社会贵妇宠爱的对象。用拉康心理学的术语来表述，于连的这种心理状态可称之为"被动的自恋欲望"（passive narcissistic desires）。这种自恋欲望的特点是主体往往站在他者的立场上，设想自己在他者心目中的形象，喜欢用他者的目光打量自己，渴望为他者所爱，所尊重，所仰慕，以填补那个原始的缺失。因此造成了主体的永远的痛苦和永不停息的追求。[2]

这样，我们看到，欲望主体一方面被理想自我控制，一方面又陷入被动的自恋情结而不能自拔。理想自我属于"主动的他恋欲望"（active anaclitic desires），渴望将欲望对象拥为己有，具有很强的进取性、占有欲和攻击性。而被动的自恋情结则使欲望主体常常独处一隅，封闭自我，不愿也不能进行正常的人际交流。"主动的他恋欲望"使欲望主体变得非常主动、大胆，甚至狂暴，而"被动的自恋欲望"又使其非常内向、退缩，常常左右顾盼，谨言慎行。情绪变化的关键一方面取决于自我理想实现的程度，另一方面又取决于别人对其自恋情结满足的程度。这就使欲望主体成为一个矛盾的统一体，既自卑又高傲，既温柔又冷漠，既爱幻想又富有理智，既是个多情的爱人，又是个潜在的罪犯。而在别人眼中，主体的人格和情绪也就变得捉摸不定。难怪德·瑞

---

[1] Bice Benvenuto and Roger Kennedy. *The Works of Jaques Lacan, An Introduction*. New York: St. Martin's Press, 1986, pp.57—58.

[2] Mark Bracher. *Lacan, Discourse, and Social Change, A Psychoanalytic Culture Criticism*. Ithaca and London: Cornell University Press, 1993, pp.37—38.

那夫人一开始把于连看作一个大孩子，认为他可以做她自己孩子的朋友。

欲望对象的转换

在分析坡的小说《被窃的信》时，拉康提出一个著名的观点，"欲望是一种换喻"（Desire is a metonymy）。因为欲望属于无意识，而无意识是按照语言的方式被构建起来的（unconscious is structured like a language）。换言之，欲望在叙事上的表现，与主体深层的心理结构是互相对应的。叙事企图抓住的正是那个根本的缺失和分裂，即俄狄浦斯情结中的母亲，大写的他者。但这个东西总是改头换面，总是在退缩延缓（defer），企图逃避主体的控制，因此出现了一连串的能指的换喻。主体被能指网罩住而无法脱身，从而无法看清自己真正的欲望是什么。笔者认为，拉康对坡的小说的分析方法也可移用到《红与黑》的主人公身上。而且，在于连身上，欲望对象的转换过程比坡小说中那封信的易手更加清晰。为了分析方便起见，我们可以大致把于连一生的追求分为三个阶段，这三个阶段同时也是欲望对象的三次转换，叙事结构三次大的整合。

第一阶段，是小城时期，此时于连尚未走出家门，踏上追求之路，仅仅以拿破仑的《出征公报》、《圣·爱伦岛笔记》和卢梭的《忏悔录》构筑自己的未来。这两个人物正是于连心目中的理想自我，是他的那喀索斯之影，他在"镜像阶段"投射和认同的对象。我们注意到，在主人公阅读的这些文本中，始终有巴黎贵妇人的形象在跳动。从拉康心理学角度看，她们其实不过是于连的缺失的母亲的替代物，一个个能指符号。这个缺失是拉康提到过的根本的缺失，它是由于父亲这个第三者的插入，迫使婴儿与母亲分离而引起的。而对于连来说，这个缺失更是直接性的，因为他没有母亲。从精神分析的角度来看，正是由于这个缺失的存在，才形成了俄狄浦斯三角（the Oedipal triangle）：一个仇恨父亲的儿子，一个不满儿子的父亲，和一个没有出场但隐在的母亲。

小说一开头就提到了父子冲突。刚进入青春期的儿子的欲望与性幻想被父亲粗暴地打断了，父亲把儿子正在读的书抛入了河中（见小说第4章《父与子》）。这个行为从心理学上分析具有多重象征意义。书是儿子的自我镜像，书中的形象则是他的那喀索斯之倒影。被打落的书随河水而漂去，是一种象征性的阉割（castration），喻示镜像阶段的结束，欲望主体不得不从想象界进入父亲的象征秩序。从拉康心理分析角度来看，父亲不让儿子做他喜欢做的事（you should not do that），代表了"象征性的父亲之不"（the symbolic no-of-the father）；而父亲要儿子做木匠（you should do that）这个命令，则代表了"象征性的父亲之名"（the symbolic name-of-the father）。至此，对立的父子双方和缺失的母亲一方形成俄狄浦斯三角，为整部小说奠定了基本的叙事结构，其后的故事不过是这个结构的进一步展开。

由"缺失"（lack）造成的欲望主体开始它的追求时，通常会在潜意识中把它碰上的第一个女子认定为母亲形象的替代物。德·瑞那夫人便在于连的生活中承当了这个角色。已有西方学者指出，德·瑞那夫人如同卢梭笔下的华伦夫人一样，是消失了的母亲的意象。[1]从拉康心理学的角度分析，市长夫人作为于连欲望的对象，是"母亲的欲望"（mother's desire）的化身。拉康所谓的"母亲的欲望"有两层意思。第一，是母亲的欲望（the desire of mother），第二，是对母亲的欲望（the desire for mother）。于连进入夫人的生活，对后者来说，是她自己的缺失，即对"菲勒斯"（phallus）的欲望得到了满足；而对前者来说，则使他的童年缺失暂时得到了填补，回归母体的欲望得到了满足。两人不期然地结成同谋来欺骗市长先生。而市长先生无疑是父亲形象的转化。于连对他的仇恨和反抗是对自己生理上的父亲的仇恨和反抗的继续。这是对俄狄浦斯基本三角结构的进一步发展和丰富。

进入修道院，对于连来说，是又一次象征性的阉割，刚刚找到的三角结构中的母亲形象（尽管是替代性的）再次缺失。他不得不进入一个完全禁欲的场所，认同于父亲/宗教，听凭自己的欲望再度被压抑到无意识深层。无疑，彼拉神父替代德·瑞那市长，在这里扮演了象征性的父亲角色。于连进门伊始，他就对于连提出要求，"服从，服从，一切都是服从"。这里，宗教的权威代替了世俗的权威，但功能和实质依然不变，两者均属于父亲/法律的象征界。由于母亲形象的缺失，欲望主体不得不继续它的追求，由此而进入最后一个阶段。

欲望主体进入巴黎后，表面看来，俄狄浦斯三角的叙事结构再次恢复，即以于连为儿子方，以木尔侯爵为父亲方，以玛特儿小姐为第三方。但其

---

[1] 司汤达著：《红与黑》，胡小跃译，桂林：漓江出版社，1997年，原序第8页。

实，玛特儿小姐虽为女性，却是属于父亲/法律/象征界的。正如一位西方学者指出的，对于连来说，"她（玛特儿小姐）不是母亲的替代，而是一个象征的父亲；她给予他教育、职位和名分。她为他们的爱情提供了必要的虚构的族谱……"[1]。难怪于连曾当着玛特儿小姐的面说："上天应该把你降生为男人。"因此对于连来说，大写的欲望对象——母亲仍然是缺失的。正因为缺失，引发了于连对第一个情人的再度回归，而枪击事件不过是这种无意识回归的极端表现（详下）。而在事发之后，他自觉地意识到，他企图枪杀的正是他深层欲望中最爱的人（"德·瑞那夫人曾像母亲般地对待我"）。至此，主人公才明白这种欲望之永远不可能满足，主体的欲望寂灭，而小说的叙事也就此中止。

这里，我们不难看出，主人公的欲望流动形成一个换喻过程。由原始的缺失，到缺失的暂时得到替代的满足，到替代对象的缺失，直至最后回归母体，形成一个连环式的叙事结构。

换喻不仅体现在不同欲望对象的转换上，也体现在同一欲望对象上。罗兰·巴特在《恋人絮语》一书中指出，作为一种替代，恋人身上的饰物往往也成为欲望主体的追求对象。《红与黑》第9章《乡村的一夜》中，于连把德·瑞那夫人的手作为征服的对象，握住她的手对他来说等于已经占有了欲望对象本身。这种行为用拉康心理学来解释，就是用小写的对象物（objet petit a），即任何能驱动欲望行动的个别对象物，替代了整体的欲望对象[2]。

综观小说，欲望主体完成了欲望对象的三次替代，另一方面，作为欲望主体对立方的父亲符号也经历了四次替换。四次替换极具戏剧性。第一回合，主人公败于生理上的父亲，欲望被压抑，想象性的欲望对象（书及其象征的理想自我和恋母情结）被抛入河中；主体进入象征界。第二回合，真实的父亲被替换为德·瑞那市长，于连通过占有市长夫人（缺失的母亲之替代符号），而战胜了象征性的父亲，欲望得以暂时满足。但不久，欲望主体再次被驱入父亲/宗教/象征界，受制于象征性的父亲彼拉神父。最后，欲望主体进入巴黎，与

---

[1] Juliet Flower MacCannell. "Oedipus Wrecks: Lacan, Stendhal and the Narrative Form of the Real", in Robert Con Davis ed., *Lacan and Narration: The Psychoanalytic Difference in Narrative Theory*. Baltimore and London: The John Hopkins University Press, 1983, p.924.

[2] Dylan Evans. *An Introductory Dictionary of Lacanian Psychoanalysis*. London and New York: Routledge, 1996, p.125.

父亲/法律妥协，认同并内化了象征秩序的原则，甘心当德·拉·木尔侯爵的私人秘书，并设法占有其女儿，以便合法地在父权制（patriarch）的上流社会占有一席之地。在这换喻/替代/转移过程中，欲望主体与父亲/法律/宗教的冲突始终没有得到解决，三角结构中的母亲一方始终是缺失的。主体永远无法企及真正的欲望对象，大写的母亲/他者，其欲望永远只能得到延缓的满足，就像地平线随着航船的前进而不断后退那样。所以，欲望主体最后发现自己一连串的追求不过是一场虚空，一切都如镜中花、水中月，结局必然是欲望的寂灭和死亡的降临。

在他者目光的注视下

许多论者都曾提及，于连的极强的个性和自尊，应归于法国大革命后资产阶级个性的觉醒和崛起。但笔者则认为，从心理学的角度分析，在个性背后起作用的是镜像阶段形成的理想自我。可以这么说，不是他看的书影响了他的自我形成，而是他的镜中影像和理想自我影响了他选择看什么样的书。于连有两面镜子：一是拿破仑、卢梭的书，二是藏在卧室里的拿破仑小像。这些东西对他来说，就像湖中的倒影之于那喀索斯一般。他在其中看到了他的理想自我，但非真实的自我。为了追寻这个"我"，认同这个"我"，他不得不将自己投入象征界中，适应已经体制化了的、为社会成员所认可了的象征秩序。所以从根本上说，欲望主体徘徊在想象界与象征界之间。这就是他的矛盾悲剧的根源。在他的追求中，始终有一双眼睛，他者的眼睛，在注视着他，那就是他的那喀索斯之影，拿破仑，他称之为他的"责任"，他的"事业"，他的"英雄气概"等。说到底，拿破仑不过是他的镜像阶段形成的自恋形象（naicissustic image）的一种转化，一个客观化了的他者。

"注视"或"凝视"（gaze）在拉康心理学中具有重要的意义。通过注视，占有欲望对象，这是通常对"看"（the act of looking）这一行为的哲学解释，存在主义哲学家萨特就是这样认为的。但按照拉康的说法，重要的是认识到，注视者要在他人目光的回眸中看到自己的欲望被他者承认，使自己成为他者的欲望的对象。[1]拉康有一个反复强调的观点，"人的欲望是对他者欲望的

---

[1] Dylan Evans. *An Introductory Dictionary of Lacanian Psychoanalysis*. London and New York: Routledge, 1996, p.72.

欲望"[1]。从本质上说，欲望是他者的欲望，这就是说欲望"既欲成为另一个欲望的对象，又欲被另一个欲望承认"[2]。而这一点在被动的自恋欲望中体现得尤为明显。

于连正是这样做的。他需要注视别人，成为注视者（spectator），在他者的眼中看到自己成为另一个欲望的对象，因此，他乐于在公众面前展示自己，展现自我。小说中写到了主人公的多次自我展现。

在小城时期，他在市长府上、在哇列诺先生家中展示自己的记忆力，把《圣经》背得滚瓜烂熟，成为他者惊讶、仰慕、尊敬的对象。但这不过是被动的自恋欲望在有限范围内的小试锋芒而已。

主人公第一次正式在公众面前公开露面、展示自己，是在小说的第18章，皇帝驾临他的家乡维列叶尔。在德·瑞那夫人的安排下，于连成了一名仪仗队员，穿上他向往已久的龙骑兵的军装，骑马行进在家乡的大街上，感觉到了被他人注视的快乐。此时，主人公的被动的自恋欲望得到了极大的满足。该章中有一个细节极富象征意义。欢迎仪式结束后，于连按西朗神父的要求去找预定前来布道的主教时，发现年轻的主教将自己一个人关在房间里，正在为即将开始的布道作预演。他的动作优雅、庄严，令在门外注视的于连赞叹不已。值得我们注意的是，作者在屋里设了一面镜子。主教面对镜子不断做着布道的姿势动作，口中喃喃自语，设想自己在他者注视下的形象；而他本人又成了于连注视的对象和镜子，一个那喀索斯之影。这里展示自我、被人注视与注视他人融为一体，欲望主体与欲望对象互相转化，镜子与映像相互呼应，把主人公的心理变化揭示得淋漓尽致。我们注意到，正是在亲身感受了这次布道的魅力，看到无数当地的美丽少女跪倒在主教脚下，成为后者的仰慕者之后，欲望主体决定了自己的生活道路，即穿上黑的教袍，走上从修道士到主教的追求之路。

如果说在这个细节中，欲望主体与另一个欲望主体之间仅仅是注视者与被注视者的关系，尚未发展为欲望主体与另一个欲望主体的冲突。那么，在巴黎期间，这种冲突就趋向表面化、尖锐化了。黑格尔在《精神现象学》中揭示的主人—奴隶关系在此得到了形象的体现。黑格尔认为，主人—奴隶的关系起源

---

[1] Dylan Evans. *An Introductory Dictionary of Lacanian Psychoanalysis*. London and New York: Routledge, 1996, p.37.

[2] Dylan Evans. *An Introductory Dictionary of Lacanian Psychoanalysis*. London and New York: Routledge, 1996, p.38.

于两个意识的对抗，每个意识都谋求首先被对方承认。为此，两个意识展开了生死搏斗。结果是为了尊严而甘愿以生命为赌注的成了主人，而为了生存而宁可放弃尊严的则成了奴隶。[1]拉康受黑格尔影响，认为从主人—奴隶关系模式中可以窥见人类欲望本质的他者性，即欲望是对他者的欲望，被他者承认为欲望对象的欲望。[2]《红与黑》下半部中，于连追求玛特儿小姐的过程可谓对欲望的他者本质的极妙展示。两人互相吸引，互为镜像，彼此从对方的眼中看到了自己的欲望和激情，但都想首先获得对方的承认。男女主人公之间围绕爱与被爱（实际上是彼此争取首先被对方承认）的冲突达到了生死搏斗的地步。两人的首次约会极富戏剧性。于连收到玛特儿小姐的午夜一点钟约会的邀请，他的情绪由起先的狂喜（终于被这个高傲的小姐主动所爱），转为怀疑（也许是个骗局），继而又转为对荣誉的考虑。（"万一是真的呢？那么不去赴约，在她眼里我就成为一个十足的懦夫"）。终于，对荣誉的考虑，对自己在他者眼中的形象的考虑，压倒了恐惧和焦虑。在一双双看不见的眼睛的注视下（既有来自拿破仑的，来自恋爱/欲望对象的，也有来自假想的情敌们的），他完成了自己的行动，终于成功地使自己成为另一个欲望主体的欲望对象。望着他脚下的高傲的生物，于连洋洋自得地说："我的罗曼史结束了。所有的功劳都是我自己的。……她的父亲没法离开她而生活，而她没法离开我而生活。"这段话明显地透露出欲望主体将自己的欲望追求与叙事话语结合起来了。"我"的罗曼史（romance）就是"我"的欲望史。它是由"我"这个主体自己创作的。同时，又将成为他者阅读/欲望的对象。

最后，在法庭一幕，欲望主体作为杀人犯面对审判。在走进法庭的时候，他首先关注的是观众席上漂亮的女子和无数双闪闪发光的眼睛。来自缺失的母亲的眼睛、拿破仑的眼睛、父亲们/敌人们的眼睛，一句话，无数她/他者的眼睛注视着他，期待着他的最后一次表演。他对自己说，我的责任在呼唤我了。责任，是他的理想自我的核心，站在这个点上，他要在公众面前充分地展示一个理想自我，最后一次成为他者注视、议论、仰慕的对象，一句话，成为他者的欲望对象。

1　Alexandre Kojeve. *Introduction to the Reading of Hegel, Lectures of the Phenomenology of Spirit*. Ithaca and London: Cornell University Press, 1969, pp.3—8.

2　Dylan Evans. *An Introductory Dictionary of Lacanian Psychoanalysis*. London and New York: Routledge, 1996, p.105.

至此，我们可以看到，两种欲望，"主动的他恋欲望"与"被动的自恋欲望"合为一体，共同塑造了小说主人公的性格，完成了小说的叙事结构。

在想象界与象征界之间

如前所述，《红与黑》的欲望主体徘徊在拉康所谓的想象界（imagery order）和象征界（symbolic order）之间。他的人格是自我异化的，分裂的。用拉康的符号来表示，则为S/，这里S代表主体（subject），/代表分裂（barred）。书名《红与黑》，从拉康心理学的角度出发，可作如下解释："红"是想象界，是母亲、血、子宫、快乐原则、生命律动之源，是欲望本身的形象；"黑"是象征界，是父亲、法律、制度、现实原则、阉割、修道院、宗教的权威。主人公的欲望在想象界（镜像阶段）被激发，并付之行动，但进入象征界后，迫于父亲/法律的秩序，不得不潜入无意识深层。于是，主体的行为就表现为一连串的自我异化运动。主体被父亲/法律驱入象征秩序，不得不按后者制定的种种规则来行动、生活，而在无意识深处却始终追求着那个属于镜像阶段的理想自我和缺失的母亲。司汤达曾经提到过，于连经历了两种不同的爱情，一为"心坎里的爱情"（与德·瑞那夫人），一为"头脑里的爱情"（与玛特儿小姐）。从拉康心理学的角度看，心坎里的爱情是属于想象界的，头脑里的爱情则是属于象征界的。前者带有更多的无意识成分，为父亲/法律/宗教所拒斥；后者属于象征界，是意识的产物，打上了父亲/法律的印记，与出身、地位、血统、族徽、纹章等象征父权的符号相联。

"黑"的另一象征即拉康心理学所称的第三界，真实界（real order），即超越语言符号链的存在，其表征为创伤（trauma）和死亡，而"红"的象征之一显然与血和死亡有关，于是，红与黑两种颜色融为一体，为小说提供了更深刻的象征含义。死连接着鲜血和黑暗，想象界和象征界，它是主体性的终结，欲望的突然中止，是生命中最大的"不"（NO）。总之，死属于真实界，是红与黑的交融，是超越一切语言符号的存在（being）。[1] 在这里，主体最终与

---

[1] 有意思的是，于连临死前，想起丹东上断头台前说的一段话，"这真奇特，斩首这个动词，不能有各种时间的变化。我们可以说，我将被斩首，你将被斩首，但不能说，我已经被斩首"。显然，因为"我"的被斩首即"我"的死亡属于真实界，是任何象征符号系统所无法表征的。

母亲合为一体的欲望得到满足，原始缺失得以填补。在我看来，这就是于连枪杀德·瑞那夫人的最深层的动机。否认了这个动机，就无法解释这样一个事实，像于连这样一个高度自制，极度理智，处处谨言慎行，自命为答尔丢夫式的伪君子，会那么一反常态地变得如此冲动、感情用事，甚至在经一星期之久的长途跋涉、从巴黎到达维列叶尔后，还未恢复常态和理智，冲进正在做弥撒的教堂，向着自己的过去的情人开枪。正如小说中的一个人物德·福列士先生所问：

> 为什么索黑尔先生特别选择了教堂为谋杀的地方，假如不是恰巧在那个时候，他的情敌在那里举行弥撒呢？一般人都同意你（即玛特儿小姐）所保护的幸运的人，具有无限的聪明和更多的谨慎。假如他躲藏在他熟知的德·瑞那先生的花园里，还有比那个更简单的事吗？在那里，差不多可以确定不会有人看见，不会被捕或怀疑。而且很容易地把他所忌妒的女人置之死地。[1]

显然，于连的杀人行为不但像他自己供认的那样是"蓄谋的"，更是一种极度仪式化、符号化、象征化的举动。已有西方学者指出，从心理学上分析，枪是阳具的隐喻，而射击则是射精的隐喻。通过枪击行为，他满足了自己的欲望。[2]但笔者认为，于连的枪击行为，既是一种变相的性满足，更是一种死亡冲动的表征。因为他完全预见到自己行为的后果（枪击夫人被捕后，他马上援引法律/父亲说自己是谋杀犯，根据刑法1342条应该被处死刑）。他要通过开枪这个行为，公开挑战父亲/法律代表的象征秩序，为最终进入真实界作准备。事实上，我们只要稍加留意，便可发现，死亡的阴影，父亲之"NO"一直笼罩着主人公。小说开头，于连尚未走上欲求之路，便已在教堂座位下的一纸残片上读出了自己的命运。早在小城时期，他就给自己选好了墓地，那是乌拉山上可以俯瞰省城的一处洞穴。于连欣喜地说，这里，没有人能够打扰我了。于连在修道院中穿的黑衣与木尔小姐黑色的丧服互相对应，暗示了主人公日后的命运。凡此种种，都说明了主人公身上确实存在一种根深蒂固的死亡冲

---

1 司汤达著：《红与黑》，罗玉君译，上海：上海译文出版社，1979年，第614页。
2 Ben Stoltzfus. *Lacan and Literature, Purloined Pretexts*. Albany: State University of New York, 1996, p.119.

动,即回归母体的冲动。

　　从拉康心理学的角度分析,于连选择的两个与死相关的处所都具有丰富的象征含义。教堂是混和着红与黑的所在（教士穿的黑衣与圣水坛中血色的倒影）。它是心灵的居所,是欲望主体由此出发进行追求的起点与终点,是连结母爱与死亡的所在。主人公在这里祈祷,又在这里杀人。同时,教堂又是父亲/法律的象征,与修道院一样,本身就属于象征界,是法律与宗教、阉割与压抑的缩影。洞穴是欲望主体反观自身的所在,他在此写下自己的感想,强化理想自我的形象；又是欲望主体一连串追求后的安息之所。小说结尾,父亲/法律胜利了,于连被送上断头台,他的头颅落下（绝对的阉割）,然后,来自父亲世界的木尔小姐捧着这个头颅将它埋入主人公预定的洞穴中。

　　从心理学上分析,洞穴与教堂都可象征子宫,也就是说,它们都在象征的意义上提供了再生的承诺。正如克洛德·鲁瓦所说："温暖、宁静、慈母般的洞穴,开始生存历险之前于连曾在那儿做过小憩,渴望最后能'安息在那儿',因为安息这个词恰如其分。"[1]明乎此,我们便可回答小说中那位人物提出的问题了。于连之所以选择了教堂作为杀人场所,就是因为此地既可作他的坟墓,又可作他的子宫,满足了他的无意识的死亡冲动,即与母亲合为一体,从而一劳永逸地填补他的原始的"缺失"。明乎此,我们也就不难理解于连为何拒绝上诉,拒绝忏悔,而宁可选择断头台的深层心理动机了。

　　综上所述,笔者认为,《红与黑》整部小说可看作一个欲望主体形成、发展、成长直至寂灭的过程,用精神分析的术语来说,这是一个"俄狄浦斯之旅"（Oedipus journey）。对此过程的分析研究,既有助于我们加深对小说、小说作家的理解,更有助于加深对人类欲望本质的理解和认识。

---

[1] 司汤达著：《红与黑》,胡小跃译,桂林：漓江出版社,1997年,原序第8页。

第二部分
现代性叙事的断裂与危机

> 在向外扩张的旋体上旋转呀旋转,
>
> 猎鹰再也听不见主人的呼唤,
>
> 一切都四散了,再也保不住中心,
>
> 世界上到处弥漫着一片混乱,
>
> 血色迷糊的潮流奔腾汹涌,
>
> 到处把纯真的礼仪淹没其中……
>
> 卜特勒·叶芝:《驶向拜占庭》

> 我被一分为二。……我感到自己是两个互不相容的人。在这两种存在之间产生一种不定期的对称摆动。在这两个彼此没有联系的世界里都有我的位置。我或梦或醒,或看或创造。
>
> 保尔·瓦雷里:《文论选》

本书第二部分着重探讨现代性叙事的断裂及其引发的各种危机在20世纪文学中的表现。

爱德华·索亚指出:"在其最宽泛的意义上,现代主义是对现代化在文化上、意识形态上的反思性的回应,而且……也是在理论构成上对现代化的回应。"[1]现代主义对现代化的回应首先表现为原始主义的回归。被现代性排斥和挤压的血性意识、神话模式和原始信仰等进入现代主义作家的视野，成为作家创造力的灵感源泉和抵抗现代性造成的人与人、与社会、与自然、与自我异化的手段。与此同时，作家们对文化表征危机有了更清醒的认识，试图以各种不同方式的实验突破"语言的牢房"，进入存在的本源。现代性叙事的断裂也造成了时空模式和体验的变化。19世纪末前后的几十年里，出现了一种明显不同的空间、时间和现代性的文化意识。现代主义作家以自己独特的时空体验，对分裂的主体和多重主体进行了深层次的探索，表达了对身份危机的认识和克服这种危机的努力。

---

1 爱德华·索亚：《现代性的解构与重建》，见汪民安、陈永国、张云鹏主编：《现代性基本读本》（下），郑州：河南大学出版社，2005年，第829页。

第六章
现代主义与原始主义的张力

现代性的断裂催生了现代主义,使之成为20世纪前半期文学和艺术的总体倾向。一般认为,"现代主义"这个词意指一种先锋精神或前卫倾向,它表现出一种义无返顾地与传统彻底决裂的决心,追求全新的价值观念和美学风格、技巧与空间形式。尤金·沃尔夫在他1888年的文章中,创造了一位女性形象来表达"现代"这个概念:

> 一个女性,一个现代的女性,充满了现代精神,同时也是一个典型人物,一个实干的女性,但浸透着美,满怀着理想,离开她卑俗的工作,回到善良和崇高的服务之中,——仿佛回到她家里可爱的孩子身边——因为她根本不是年轻的处女,稀里糊涂,对自己的命运一无所知;她是一位经验丰富而又纯洁的女性,如同时代的精灵,行动敏捷,衣袍飘动,长发飞扬,大踏步地前进……这就是我们新的神圣的形象:现代。[1]

但是,在笔者看来,这个形象是远远不够完整的。现代主义除了先锋精神、前卫倾向以外,还含有另一种精神质素,另一种艺术倾向,这就是"原始主义"(primitivism),一种回归原始的冲动。如果说先锋精神是现代主义金字塔之无限上升的塔尖,那么原始主义便是其庞大、深厚的基座。要使"现代"的画面得以完整,光有一位年轻的女性形象是不够的,我们还必须加上一位白发长髯的东方智者、一位来自非洲丛林的黑人鼓手、一位印第安部落的巫师与一大堆镌刻着神秘的象形文字的石头。只有当这些形象与现代女性形象同

---

[1] 马·布雷德伯里、詹·麦克法兰编:《现代主义》,胡易峦等译,上海:上海外语教育出版社,1992年,第27页。

时上场，登台亮相，我们才能得到一幅完整的"现代"画面。

但完整并不等于和谐。上述画面中，对立的因素是十分明显的：古代与现代、东方与西方、荒野与城市、血性与机械、非理性与理性、野蛮与文明等，而其根本的对立则是原始与先锋。于是，现代主义成了一个双面的雅奴斯神，它一面朝向过去、东方、荒原、野蛮、血性、非理性；另一面则朝向未来、西方、城市、文明、机械、理性等。从这个意义上看,现代主义确如某位批评家所说，是一种"爆炸性的融合"[1]，它比以往任何一个潮流显得更为自相矛盾、焦虑不安和破碎分裂，但也因此而更加充满生机、活力与潜在的巨大能量。它在原始与先锋的张力状态中反思有关个人和人类生存的终极意义，探索新的表现手段和空间形式；在张力状态中寻求突破理性语言的牢房的可能性；在张力状态中创造新的复合，新的整体。借用埃兹拉·庞德给意象下的定义（"意象是智性和感情的瞬间复合体"），我们可以这样说，"现代主义是原始主义与先锋精神的复合体"。

血性意识与神话的回归

从19世纪末开始，来自不同源泉的文化、心理因素结合起来，汇聚在现代主义核心之中，辐射出种种不同形式的原始冲动。

1. 血性意识

在《空心人》（*The Hollow Men*）一诗中，T·S·艾略特对现代人的本质作了深刻的揭示：

> 我们是空心人
> 我们是填塞起来的人
> 靠在一起脑袋瓜装一包草
> 唉!当我们窃窃私语

---

[1] 马·布雷德伯里、詹·麦克法兰编：《现代主义》，胡易岙等译，上海：上海外语教育出版社，1992年，第35页。

> 我们干涩的嗓音平静而无意义
> 像风吹干草或是干燥的地窖里
> 耗子在碎玻璃上跑
> 有形无式,有影无色
> 瘫痪的力量,不动的姿势[1]
> ……

在艾略特看来,现代人最大的悲剧便是丧失了行动能力,徘徊在思想与现实、行动与动作、概念与创造、情绪与反应、愿望与痉挛、潜力与存在、本质与后果之间。而世界也将如此告终——"没有一声轰隆,只剩一声唏嘘"。正是从这种忧患意识出发,艾略特呼唤中世纪圣杯骑士前来解救丧失性能力的渔王,使"荒原"重新得到雨水的滋润。

对软弱无力的理性的否弃,对健康、血性意识的强调贯穿于许多现代作家的言论、创作和行动中,构成了原始主义的一大倾向。D·H·劳伦斯公开宣称:"我的伟大教义是对血性和肉体信仰,它们比理智要明智。我们在头脑里可能搞错。但是,我们的血所感到,所相信,所说的事情总是真的。"[2]他相信,一个人只有通过他个人经历——他完全不加思索地进入其中的那些经验——才能达到同他的存在来源的结合;而通向这种经验的途径之一就是女人的身体。性是被血液所领悟的隐藏的神秘力量,身处"极端处境中的雄龟/发出的最后一声/奇异、微弱的相交的叫喊,/从遥远遥远的生命地平线的边缘/发出的微弱的叫喊,/强于我记忆中的一切声音,/弱于我记忆中的一切声音"[3]。

这种对血性意识的领悟和强调,到了现代主义后期的一些流派中,变成了真实的行动、歇斯底里的"嚎叫"和极端的生活方式。在"垮掉派"作家眼中,生活就是一连串"在路上"的经历——贫困、潦倒、异化、变疯、遭歧视、被捕、酗酒、吸毒、纵欲、自杀或进疯人院。只有这种身体力行而不是停留在头脑或文字上的血性意识,才能冲破理性主义和物质主义加在现代人身上的精神桎梏,从而获得最终的真实。《在路上》(*On Road*)的作者凯如阿克这样赞美他笔下的主人公——"狄恩的每一点滴的智慧都是那么严肃、完整,

---

1 赵毅衡编译:《美国现代诗选》(上卷),北京:外国文学出版社,1985年,第196页。
2 转引自刘宪之等主编:《劳伦斯研究》,济南:山东友谊书社,1991年,第27页。
3 吴笛译:《劳伦斯诗选》,桂林:漓江出版社,1988年,第120页。

充满了光彩，绝没有那种令人作呕的知识分子气息"，甚至他的"犯罪行为"也成了"对美国欢乐的一种疯狂的赞许"。

2. 神话的回归

"现代主义作为一种发展是与危机观念和终极观念联系在一起的。"[1]现代化是个世俗化过程，同时也是渎神化过程。自工业革命、启蒙时代以来，人的地位逐渐挤掉神的地位，科学取代了神话，理性排斥了非理性，事实和逻辑代替了想象和幻想，最终导致了神话意识的丧失和宗教感情的淡化。正如叶芝所哀叹的：

一切都四散了,再也保不住中心，
世界上到处弥漫着一片混乱，
血色迷糊的潮流奔腾汹涌，
到处把纯真的礼仪淹没其中，[2]
……

在这样一个信仰真空的时代，现代主义作家自觉承担起了古代祭司的职责，企图通过神话的创造给日常事件的混乱状态硬加上一种象征性的，甚至是富有诗意的秩序，一方面解放被理性主义和科学主义压制的想象力，另一方面给迷失于享乐主义风尚的现代人提供终极意义和价值旨归。

现代主义文学中神话的回归大体通过两条途径。首先是借用已有的神话体系中的原型、意象、母题、结构模式等神话质素，赋予文学作品以深层意蕴和反讽色彩。乔伊斯在《尤利西斯》中借用奥德修斯的冒险神话母题为布鲁姆的游历作陪衬，作为"一种对当代历史加以控制，组织，赋予形体和意义的方法"[3]；福克纳在《喧哗与骚动》中采用《圣经·新约》的章法结构，影射南方庄园主生活方式及传统观念的没落；希腊诗人埃利蒂斯的长篇组诗《理所当然》，以希腊正教仪式为模式，从圣母赞美歌的首句"理所当然应该赞美

---

[1] 马·布雷德伯里、詹·麦克法兰编：《现代主义》，胡易峦等译，上海：上海外语教育出版社，1992年，第21页。
[2] 袁可嘉主编：《外国现代派作品选》（第一册）上海：上海文艺出版社，1980年，第64页。
[3] 袁可嘉著：《欧美现代派文学概论》，上海：上海文艺出版社，1993年，第149页。

你"中获得灵感,采取基督教堂的建筑结构,将全诗分为《创世颂》、《受难颂》、《光荣颂》三部分,"显示了人类从起源到现今的缩影",凡此种种,都体现了通过神话模式从混乱中寻找秩序、变化中寻求统一的美学理想。

糅合种种神话、历史传说、现实生活片断,营造神秘的象征主义体系或个人神话,是神话回归的又一条途径。这方面典型的例证可以叶芝在《幻象》(*A Vision*)中构筑的复杂的象征体系为代表。这个体系以二元对立为基础展开了一个人类历史发展的概观,认为历史每一循环是两千年,每一循环都是由一位处女和一只鸟儿的结合开始的。处女象征的是阴、繁殖力、人性、大地,鸟儿象征的是阳、创造力、野性、天空,两者结合造成人类历史的开端。纪元前的那一次循环是丽达和化身为天鹅的宙斯结合产生的,纪元后两千年的循环是由玛丽和化身为白鸽的圣灵引出的。叶芝说过,对他来说,这个体系"是在世界混乱面前进行自卫的最后行动"[1]。与叶芝相似,T·S·艾略特在《荒原》中糅合小亚细亚的繁殖神话、中古的圣杯传奇、渔王传说加上现代生活片断,创造了自己的个人神话。"洛尔伽创造了一个他自己所居住的安达卢西亚省的神话。在这个神话中,吉普赛人代表一种本能的生命的力量,而农村警察则代表镇压的力量。里尔克用基督教的象征手法、古典的传奇、先验的艺术作品、多种文化的古董,甚至日常普通的生活——把它们溶入一个持续的梦,其目的是要改变转瞬即逝的现象,超越死亡,将死亡并入生存……所有这些努力都避开了他们那个时代的实用主义活动,他们倾向于转向知识的被遗弃地区,未被认识的启蒙的源泉——简言之,趋向某种神秘主义。"[2]

3. 对非主流文化的迷恋

非主流文化指的是相对于西方中心的、理性主义的、工业化和城市化的文化,具体来说包括三个方面:A.东方原始文化、非洲及美洲土著文化;B.地下文化;C.少数族裔文化。

对非西方中心的原始文化的迷恋,在西方文化、文学史上并不罕见。蒙田曾在他的《沉思录》中赞美过接近自然的野蛮人的幸福而有德行的生活。蒲伯

---

[1] 袁可嘉著:《欧美现代派文学概论》,上海:上海文艺出版社,1993年,第328页。
[2] 格·霍夫:《现代派抒情诗》,转引自杨匡汉、刘福春编:《西方现代诗论》,广州:花城出版社,1988年,第635页。

羡慕无教养的印第安人；18世纪对原始文化的兴趣在卢梭对"自然之子"虔诚的教义中获得了最圆满的表达；华兹华斯把最高的智慧赋予牧羊人和儿童，因为他们最接近自然。20世纪现代主义作家对非主流文化、原始文化的迷恋更加强烈，兴趣范围也更加广泛，这是有其深刻的社会、历史、文化原因的。两次大战摧毁了西方文化赖以生存的物质基础和精神支柱，进步的文明史观为启示论的、以危机为中心的历史循环论所代替。斯宾格勒的《西方的没落》以有机体的生长、凋落比拟文明的周期性节律，"把世界历史看成一幅无止境地形成、无止境地变化的图景，看成一幅有机形式惊人地盈亏相继的图景"[1]。

另一方面，19世纪下半叶以来西方人类学的长足进展逐渐打破了"欧洲文化中心论"，给西方人提供了"一群伟大文化组成的戏剧，其中每一种文化都以原始的力量同它的土生土壤联系着；每一种文化都把自己的影像印在它的材料，即它的人类身上；每一种文化各有自己的观念，自己的情欲，自己的生活、愿望和感情，自己的死亡。这里是丰富多彩，闪耀着光辉，充盈着运动的"[2]。由是，许多现代主义作家出于对西方主流文化的失望而转向非主流文化，寻求信仰支柱和灵感之源。在《骑马出走的女人》（*The Woman Who Rode Away*）中，D·H·劳伦斯给我们讲了这样一个故事：一个欧罗巴白种女人抛弃身为矿厂主老板的丈夫，走进了深山密林，自愿将自己的身体奉献给印第安部落奇尔朱人的太阳神。小说特意安排了一场印第安长老和这位白种女人的对话：

> "他说，她为什么要离开自己的家，离开白人居住的地方？她是不是想要把白人的上帝带到奇尔朱人这儿来？""不是，"她愣头愣脑地说。"我自己也是从白人的上帝那儿走开的。我来寻找奇尔朱人的上帝。"……问她的话是："白种女人来寻找奇尔朱人的神，是不是因为她对自己的上帝感到厌倦了？""对了，她正是这样。她对白种人的上帝感到厌倦了。"她回答说，……她愿意侍奉奇尔朱人的神。[3]

---

1 奥斯瓦尔德·斯宾格勒著：《西方的没落》（上册），齐世荣等译，北京：商务印书馆，1995年，第39页。

2 奥斯瓦尔德·斯宾格勒著：《西方的没落》（上册），齐世荣等译，北京：商务印书馆，1995年，第39页。

3 D·H·劳伦斯著：《劳伦斯短篇小说集》，主万等译，上海：上海译文出版社，1983年，第315页。

这段对话是颇具象征意味的,它道出了许多现代主义作家的心声。按照一位劳伦斯专家的观点,骑马出走的女人的旅行,反映的是劳伦斯本人对欧洲物质主义文明的想象性的逃离和对异文化的追寻。小说中的女主人公的死亡经历,实际上反映的是"我们的意识的死亡"[1]。

　　当然,由于每个作家在世界观和艺术旨趣上的差异,对非西方文化的追寻也是各有特色、各取所需的。D.H.劳伦斯看重的是原始民族中遗存的"血性",作为疗救现代人苍白无力的理性的一剂良方;庞德欣喜若狂地在象形汉字中找到了超越西方拼音文字、创造一种"干而硬"的意象诗的可能性;黑山派的主将奥尔森力图从玛雅文字中得到神秘的启示,使他的"放射诗"成为一种"能量的释放"(energy discharge);而福斯特则通过他的《印度之行》,"探讨了人道主义的局限性以及受其限制和不受其限制的世界"[2]。

　　地下文化是另一股原始冲动的能量集散地。地下文化是整个人类的潜意识领域,正如主流文化、精英文化可比之为人类的意识领域。这里心理层次的划分与文化层次的划分似乎有着某种对应。地下文化庞杂繁复、骚动不安,充满罪恶与危险,也潜伏着巨大的原始生命力和创造力。"垮掉派"等一大批波希米亚式放荡不羁的艺术家正是在黑社会中,在出售劣质饮料的烟雾腾腾的地下咖啡室与小酒馆中,在与毒品贩子、妓女和黑人爵士乐手的交往中,汲取了灵感和营养,逐步形成了自己"垮掉"的生活方式和惊世骇俗的美学风格。

　　少数族裔文化往往由于游离于主流文化的控制而具有奔放、自由、受原始本能驱动的生命力强旺等特点,而引起现代主义作家的兴趣。在这方面最典型的例证是20世纪20年代美国新黑人运动中形成的"哈莱姆派",这派作家在肯定黑人民族文化的基础上用城市黑人的口语和俗语描绘黑人的生活和原始人的情绪,渲染异国情调,成为影响美国现代主流文化的一股不可忽视的潜流。此外,20世纪后半期流散文学的兴起,又对西方主流文化造成了新的冲击,为后现代和后殖民作家们提供了新的创造能量。(详见本书第十二章)

---

[1] Neil Roberts. *D.H.Lawrence, Travel and Cultural Difference*. New York: Palgave Macmillan, 2004, pp.101—102.

[2] 西·康诺利著:《现代主义代表作100种》,李文俊等译,桂林:漓江出版社,1988年,第52页。

4. 对梦幻世界的追寻

弗洛伊德和荣格心理学的发展为现代主义作家开辟了又一条克服异化状态、摆脱理性羁绊、回归原始经验和梦幻世界的途径。超现实主义诗人布勒东在1924年发表的宣言中，大力推崇弗洛伊德的释梦理论，他把《连接的容器》一书题赠弗洛伊德，声称此书的目的是为了"显示弗洛伊德已指引超现实主义者走上心理上战无不胜的道路"[1]。通过无意识自动写作，超现实主义者把艺术的力量扩张到以前从未控制过的领域——那就是我们内心深处的非理性的王国。在超现实主义诞生以前，虽然也有诗人、艺术家探索过，描述过梦境和幻觉，但从来没有一个流派如此清晰地理解到诗和梦的关系，使梦境具有了属于本体论的现实，远远高于清醒时的意识中的现实。布勒东问道："我昨天夜晚的梦是前天夜晚的梦的继续，而且有种种迹象表明所有的梦都是互相连接着的吗？"我们为什么不应该让梦中的现实和日常生活中的现实具有同等地位？也许和理智相比起来，梦还是我们的一位更可靠的顾问。它不但能够为我们提供一种更高尚的理解能力，而且能够解决理性显然不能解决的"人生的主要问题"。[2]

意识流小说大师乔伊斯也是梦的爱好者。他早年就对梦幻感兴趣，曾对一位友人说过，"他的小说要适应梦的美学"[3]。在《芬尼根的苏醒》最后一章中，女主人公阿尔普成为一条大河（利菲河），她梦见自己死亡，流入她父亲（大海）的怀抱。她曾是从山间流来的一条清溪，遭到人间城市的污染，必须消灭自己才能复活。她最终将化为大海上空的水云，再变成雨落入利菲河，再将人的历史重演一遍。全书的最后一句是不完整的，与开篇第一句相连，连起来看大意是："那条被人喜爱的长河（指利菲河）最后沉寂地流向前去，流过夏娃和亚当的教堂，从弯弯的河岸流进（都柏林湾），经历过像维柯的一再循环的大弧形，把我们带回到霍斯城堡一带。老芬尼根的继承人HCE最初是以霍斯城堡一带的地名出现的"[4]。这样，我们看到，个人的梦和种族的、人类的

1　袁可嘉著：《欧美现代派文学概论》，上海：上海文艺出版社，1993年，第295页。
2　转引自爱德华·B·杰曼：《超现实主义诗歌概论》，中译文见《外国诗》（2），北京：外国文学出版社，1984年，第212页。
3　袁可嘉著：《欧美现代派文学概论》，上海：上海文艺出版社，1993年，第293页。
4　袁可嘉著：《欧美现代派文学概论》，上海：上海文艺出版社，1993年，第293页。

梦相通了。如同荣格所说，"在这个景象中出现的是一种集体的无意识，那种通过无数代意识的原始心灵状态继承下来的奇怪的结构"。[1]

梦幻也闯入了戏剧领域。斯特林堡在《去大马士革》等剧中，"力图再现梦所具有的虽无关联，却又显而易见的逻辑形式"。在他的剧本中"任何事情都是可能的。时空不存在了：在微不足道的现实背景上，想象力飞速旋转，编织出各种新的模式；记忆、经验、不受约束的思想、荒唐的事物、临时凑合而成的东西都融为一体。人物分裂了，变成了双重性的，多重性的；他们蒸发、结晶、分散、聚合。但却有一个意识支配着他们：梦者的意识"[2]。

契合、狂欢与含混

在粗线条勾勒了原始主义的几种走向后，现在让我们进一步考察它们所共同具有的一些美学特征。

1. 美学境界的"契合性"

法国人类学家列维—布留尔在20世纪初发表的论原始思维的著作中，把"地中海文明"所属民族的思维与不属于"地中海文明"的民族（即广大亚洲、非洲、大洋洲、南北美洲的有色人种）的思维作了比较，结果确认，"原始人的智力过程，与我们惯于描述的我们自己的智力过程是不一致的"。他提出了两个概念来概括原始思维的特征。第一是"集体表象"（collected percept），第二是"互渗律"（principle de participation）。布留尔用这个术语指主体通过一定的方式（如仪式、巫术、接触等）占有客体的神秘属性；或客体与客体之间通过一定的方式互相占有对方的神秘属性。[3] 具体说来，"互渗律"包括了人类心智和想象向两个向度的投射。首先是人向物的参与或渗透，人将自己的思想感情投射到对象世界中去，使对象分享与饱和了人的思想、感情、性格、行为等。其次是物向人的渗透，人将自己同化于对象之中，认为自

---

[1] 转引自爱德华·B·杰曼：《超现实主义诗歌概论》，中译文见《外国诗》（2），北京：外国文学出版社，1984年，第209页。

[2] 马·布雷德伯里、詹·麦克法兰编：《现代主义》，胡易峦等译，上海：上海外语教育出版社，1992年，第7页。

[3] 列维-布留尔著：《原始思维》，丁由译，北京：商务印书馆，1987年，第62页。

己具有对象的某种特性。正是在这种双向对流过程中，原始人消除了外部世界与自己的疏离、对立状态，达成了与后者的契合与和谐。

事实上，布留尔所概括的原始思维特征，并不像他所说的那样，仅仅存在于非"地中海民族"的思维中，也残留在现代西方文明人的心灵深处。他的同胞波德莱尔在其名诗《契合》（Correspondence）中就表露了与宇宙万物"契合"的原始冲动，宣布了后来被称为象征主义的世界观。在这位现代主义先驱看来，整个宇宙是一片"象征之林"，不断地向人类吐露着神秘的信息。诗人漫步于其中，向着无限的宇宙开放他的感官，感应着、传递着宇宙万物间、人与自然间、精神与物质间的契合，"歌唱着心灵的欢欣，感觉的陶醉"。

"契合论"不光是象征主义诗学的核心，也是许多现代主义流派和作家所追求的宏旨。丘特切夫把"万物在我中，我在万物中"视为最高境界，情愿体验自我灭亡的痛苦，来换取汇入无限辽阔的"同一境界"的幸福。乔伊斯追求某种非一般人所能理解的"灵悟"（epiphany），即"一事、一物、一种景象或一段难忘的思绪"，"在精神上的豁然显露"。"垮掉派"主将金斯伯格为了进一步扩展他的意识，甚至用合法或非法的手段服用毒品，走向"想象力信以为真的永恒"。他自称1955年写《嚎叫》时，"我正处于……—种由拍约他引起的意识改变，或者说意识扩张。"[1]

> 神秘的LSD体验从来就没有被详细地解释给未吸食的人听过，其实并非如此神秘。可以如此理解：如同华兹华斯描述的自然统一，如同性交流带来的完全自我，如同托尔斯泰笔下视线越过拿破仑直望向天空的垂死士兵，如同失去童贞后出现的陌生世界，如同在溺水时眼前闪过的一生的画面。这些感觉如此自然，我们可以隐约体会到，却常常抛之脑后。LSD将这部分意识带到我们眼前，让我们看足八个小时。这些深层次的意识会遭到我们这机械社会恐怖的抵制。但少有人没有准备好去经受来自深层自我意识的压力……美国印第安人的拍约他仪式就是明智地将幻觉体验和社团统一起来的范例。[2]

1　比尔·摩根编：《金斯伯格文选——深思熟虑的散文》，文楚安等译，成都：四川文艺出版社，2005年，第80页。
2　比尔·摩根编：《金斯伯格文选——深思熟虑的散文》，文楚安等译，成都：四川文艺出版社，2005年，第85—86页。

玛赛尔·普鲁斯特几十年如一日沉浸在童年的初始经验中，寻找着失去的天堂。雷那尔多·汗曾描写过作家这样祈祷的时刻：

> ……有多少次，我亲眼见过同样的情景！多少次，在这种神秘的时刻，我观察了玛赛尔。在这样神秘的时刻，他完全与大自然相通，与艺术相通，与生活相通，在这深不可测的几分钟里，他的整个身心完全集中到吸收和排出相间的卓越的创作之中去了。可以说，他进入了一种鬼魂附身的状态，那时他超人的智慧和敏感，一会儿通过一系列激烈的高频电火花闪烁，一会儿通过缓慢而不可抗拒的注入，一直达到事物的真谛，发现了任何人都看不见的东西——直到现在，任何人也永远看不到的东西。[1]

无疑，这种向着无限契合的神秘感觉，代表了原始美学的最高境界。对于生活在日益理性化、机械化、数字化的社会中异化了自我本质的现代人来说，它所具有的神秘的魅力自不待言。

2. 话语方式的原创性

为了契入宇宙本体，必须有一种适合契入的话语方式。文明人建立在理性和逻辑基础上的话语系统显然不适合承担这一任务。宇宙本体是混沌的、非理性的，它拒斥一切理性的解说；宇宙万物间存在的神秘的看不见的联系，是人的逻辑力量所无法企及的。语言的抽象、概括和推理功能，固然使人类避免了迷失于闪烁不定的现象之海的危险，但也创造了另一种危险的可能性。语言遵循"综合性增补过程"（卡西尔），不断地将客观事物囊括进词语之网中，向着越来越离开事物本真状态的抽象方面发展，于是，世界被罩上了一层纱幕，词语遮蔽了澄明的本真存在，人成了语言牢房中的囚犯。

"但是，词语刚刚诞生时却是生动的、形象的。所有的词，其基础都是譬喻。例如，月亮这个词儿，其最初的含义是'测量器'；痛苦与悲伤，就是'火烧与火燎'；'enfant'（婴儿）一词……按一字对一字的翻译，是'不会说话者'。"[2] 这样看来，为了获得一种契合宇宙本体的话语方式，必须返回

---

[1] 转引自安德烈·莫洛亚著：《从普鲁斯特到萨特》，袁树仁译，桂林：漓江出版社，1987年，第32页。

[2] 什克洛夫斯基：《词语的复活》，中译文见《外国文学评论》，1993年第2期。

到语言诞生之初那个生气勃勃、充满原始创造力的时代；或者转到那些较少受到抽象理性污染的非西方语言系统及其相关的话语方式中。

正是出于这种正本清源的目的，海德格尔追寻希腊词根，企图重认柏拉图和亚里士多德前（所谓"前苏格拉底时期"）某些基本印象的含义，发现被现代人认为高度抽象的词语原来都是相当生动形象、充满了生气勃勃的原创精神的。希腊语"physis"（即物理学，physics）原指"自身开放"，如旭日之东升，海潮之涌动，草木之生长，人与动物自母体中出现……这种涌现和持续的力量包括其未动时之"存在事实"与动变时之"生成过程"。"alitheia"（真理）是指事物由隐到显地现出而自成世界的现象。"idea"（观念、理念）原字"eidos"，不是抽象的东西，而是物象的貌。由此，海德格尔得出结论，在希腊人的原始经验中，语言之本质向希腊人开启自身为"logos"，这就是存在本身的开启。"在希腊语言中，被言说的东西同时就是它所命名的东西"[1]。

与海德格尔殊途而同归，庞德、奥尔森等人企图在中国象形文字、玛雅象形文字中寻找灵感之源。庞德通过拆解汉字，对汉字的象形和表意性质有了深入的了解。对他来说，借鉴汉字的象形性，不仅出于诗歌修辞的策略性考虑，更是一种思维方式的转换。他说"西方需要象形文字思考方式，把你的'红'字变成玫瑰、铁锈、樱桃，你就会明白你在谈什么"[2]。奥尔森则走得更远，企图创造一种可与玛雅文字媲美的书写系统，他把它称之为"hieroglyphys"，"它的外观是诗，符号清晰地刻在石头中，保持其象形的客体的力量。"[3]自创新词、任意改变词语原有的组合关系，使之生发出新的丰富的含义，是许多现代派作家恢复词语原创性的又一种努力。这方面最典型的人物，在诗歌中要数肯明斯，小说中则首推乔伊斯。肯明斯把诗排成楼梯式、柱式，有时拆词，有时并词，把必须大写的字母改成小写，连自己的姓名也小写成"ee.cummings"，故被称为"小写的肯明斯"。乔伊斯的基本技巧是大量使用双关语，使你在捧腹大笑中察知更深一层的含义。例如，在《芬尼

---

[1] 叶维廉著：《道家美学·山水诗·海德格尔》，见中国社会科学院文学研究所中外文学研究参考编辑部编《中西比较诗学论文选》（内部交流），第152—153页。
[2] Laszlo K. Gifin. *Ideogram, History of a Poestic Method*. Austin: University of Texas Press, 1982, p.14.
[3] Laszlo K. Gifin. *Ideogram, History of a Poestic Method*. Austin: University of Texas Press, 1982, p.92.

根的苏醒》中,他把"伊比利亚半岛战争"写作"the penissolatewar",就有三重涵义:艺术家谢姆持笔孤军作战(the war of the peninisolation);两性之战(with the thrust of the pennis);伊比利亚半岛战争(英法两国一场兄弟之间的战争)。这样改铸了"the penissolatewar"一词,使它指向三个层次的不同事物,使一词囊括了全书主旨(现代艺术家的孤独处境,情欲创造人,战争消灭人)。[1]

所有这些活动都旨在改变理性主义的话语方式,复活词语的原创力量,使其与宇宙万物重新互渗、重新契合。

3. 狂欢化色彩

城市文明不但异化了人与自然的关系,也使人与人、与社会的关系日益疏离化。白天,它把人挤上高速公路,塞进汽车,推上工业流水线或关进办公室;夜晚,它又把人抛回蜂窝般密集而又沙漠般荒凉的标准化公寓。这样,正如瓦雷里早就指出的,"住在大城市中心的居民已经退化到野蛮状态中去了——就是说,他们都是孤零零的。那种由于生存需要而保存着的依赖他人的感觉逐渐被社会机器主义磨平了"[2]。这种机器主义的每一点进展都排除掉某种行为和"情感的方式"。

作为现代城市文明之对立物的现代主义运动,其首要目标便是要消除这种疏离感和孤独感,把人们拉回到原始时代那种天人合一、集体狂欢的境界,这样就产生了原始主义的狂欢化精神。

狂欢化的精神首先是脱离日常生活常规,采取一种波希米亚的生活方式。在《波德莱尔与十九世纪的巴黎》一文中,本雅明用他特有的飘忽不定的线条勾勒了巴黎文人的轮廓:他们的生活动荡不定,毫无规律可言,纯然由偶然事件支配。他们享有一种流浪汉式的自由,那便是一种失去任何生存空间的自由,一种被抛弃的自由。而这,便是他们为摆脱作为一件商品、一个机器零件、一个符号的存在所付出的代价。[3]

1　袁可嘉著:《欧美现代派文学概论》,上海:上海文艺出版社,1993年,第296页。
2　转引自本雅明著:《发达资本主义时代的抒情诗人》,张旭东译,北京:生活・读书・新知三联书店,1989年,第146页。
3　转引自本雅明著:《发达资本主义时代的抒情诗人》,张旭东译,北京:生活・读书・新知三联书店,1989年,中译本序言第4—5页。

这种生活方式的艺术表现可在年青诗人兰波的长诗《醉舟》中找到。醉舟，既是诗人自我形象的写照，也可看作现代艺术家波希米亚生活方式的象征。一条装运货物到美洲去的船，遭到象征非理性的印第安人的袭击，操纵船只的纤夫、船员全部被杀。于是船摆脱了商业目标和理性罗盘仪的控制，脱离了日常的市侩生活的航道，顺流飘去了。从此，醉舟就"沉浸于大海的诗"中，感受到大海的狂暴与宁静，见到了色彩斑斓、强烈壮阔的海上幻景，体验到了奇幻莫测的超现实境界的滋味。

…………
我熟悉在电光下开裂的天空，
狂浪、激流、龙卷风；我熟悉黄昏
和像一群白鸽般振奋的黎明，
我还见过人们只能幻想的奇景！

我见过夕阳，被神秘的恐怖染黑，
闪耀着长长的紫色的凝辉，
照着海浪向远方滚去的微颤，
像照着古代戏剧里的合唱队！

我梦见绿的夜，在眩目的白雪中，
一个吻缓缓地涨上大海的眼睛，
闻所未闻的液汁的循环，
磷光歌唱家的黄与蓝的觉醒！[1]
…………

脱离日常生活常规，同时也就意味着摆脱物理时间，进入节日般的狂欢的时间。伽达默尔提出，人类对时间有两种基本经验，一种是按钟表分割的，繁忙、无聊、按部就班的时间。另一种是真正的时间,真正的时间是实现了的时间或特有的时间，它既与节日又与艺术有着最深刻的亲缘关系。节日的时间

---

[1] 飞白著：《诗海——世界诗歌史纲》（现代卷），桂林：漓江出版社，1989年，第927—928页。

以一种沉醉之情和解放之感弥漫整个心灵，使人的精神感到格外亢奋和充实。节日的时间打破了日常生活一分一秒流逝的链条，而成为瞬间生成的。在节日里，时间仿佛停住和逗留，被感觉为一种完全静止的状态。当个人处在节日中时，他发现自己从日常生活中解放出来，而与原初节日的氛围和历史延续的维度接通了。这样，节日就成为人们加入到民族文化之根的特别仪式，成为使个体与社会合为一体的永恒瞬间。[1]在许多现代主义作家中，我们都可发现这样一种倾向，即在没有节日的现代社会中，通过艺术使灵魂摆脱物理时间的缠绕，而进入真正的节日般的时间。普鲁斯特写道："波德莱尔的时间总是奇特地割裂开来；只有很少几次是展露出来的，它们是一些重要的日子。因而我们就可以理解为什么诸如'一个晚上'这样的语句会在他的著作中反复出现。"[2]这些"重要的日子"便是时间得以完成的日子，它们是回忆的日子，而不为经验所标明。

作为波德莱尔的信徒，普鲁斯特本人在《追忆似水年华》中追寻的就是这样一种对他个人来说是节日般的日子。在著名的片断"小玛德兰点心"中，普鲁斯特使时间节日般地停滞和延搁了。"瞬间的回忆唤醒了深埋在我心灵深处的往日的瞬间，召唤它，摇晃它，激励它"，"它立即使我对人世的沧桑感到淡漠，对人生的挫折泰然处之，将生命的短暂看作过眼云烟，如同爱情，它使我充满一种宝贵的品质；或者说，这种本质不是在我身上，它就是我。我不再感到自己庸庸碌碌，可有可无，生命有限"。在普鲁斯特的艺术世界中，类似小玛德兰点心的"无意识的回忆"是节日般地周期出现的：进入盖尔芒特家前院时足底触碰高低不平的铺路石的触觉，在书房听见仆人手中汤匙碰击盘子的叮当声，喝橘子汁后用僵硬的手巾擦嘴时的感觉，都是一种巨大的时间流的沉积物，在它上面被经受过的东西特别强调地被保存下来了，成为他生命流程上的一个节日，心灵重温当年在威尼斯、孔布雷和巴尔贝克海滩的情景和氛围，充满了狂欢的快感。

狂欢化的另一种精神是交替与变更的精神，毁坏一切和更新一切，促使死亡和新生转化的精神。这种精神深深植根于原始时代四季更替的仪式和庆典

---

[1] 参见王岳川：《伽达默尔的哲学解释学与艺术本体论》，见《东西方文化评论》第三辑，北京：北京大学出版社，1986年，第35—62页。
[2] 转引自本雅明著：《发达资本主义时代的抒情诗人》，张旭东译，北京：生活·读书·新知三联书店，1989年，第153页。

中。从人类文化的大背景看，根据季节性的节律定期释放郁积的心理和物理能量，通过模拟性的戏剧仪式扮演宇宙中新生和死亡两种力量的转化，来达到凝聚群体力量，促进社会新生的目的，是古代及中古文化的重要组成部分，甚至可以说是它的形而上的核心。许多现代主义作家继承了这种古老的仪式精神，自觉承担起了先知、巫师、祭司的角色，希望通过自己的作品感应宇宙中既毁灭又创造的伟大韵律，预言、警示甚至干预人类生活的命运和进程，促进人类社会的新生。

"转化"是里尔克一生中的重要思想。在著名的《致奥尔弗斯的十四行诗》和《杜伊诺哀歌》中，这位后期象征主义大师特别致力于抒写生与死"转化"的问题。他所说的转化"涉及人和自然、生与死、可见与不可见的关系。死人用骨髓肥沃了土壤，结出了美果，使活人得到营养。这'杂种'——果子——正是无声的力量和爱的结晶,正是万物之间不断互相转化的产物,它本身又将转化为人的能量去从事新的创造，这个大自然的循环是无穷无尽的"。

同样的仪式动机，也可在T·S·艾略特的作品中找到。《荒原》以人类生存最基本的二元对立——死亡/复活为基础，派生出两组对立的意象:1. 水与火的对立；2. 水与火自身内部的对立。水是给予生命的水，又是毁灭生命的欲望之洪水；火是烧毁生命的情欲之火，又是净化灵魂的炼狱中的净火。从这两项对立引出：3. 渔王和腓尼基水手的对立。渔王丧失了性能力，渴望雨水滋润荒原；腓尼基水手过于放纵欲望，结果淹死在海水中。通过上述种种二元对立，诗人表达了对一次大战后西方文化解体的忧虑和对新生的渴望。

正因为生与死、青春与衰老、美与丑、水与火等一切对立的因素都是可以互相转化的，神圣与粗俗、崇高与卑陋、理智与疯狂之间的边界线也消失了，正像在狂欢节中国王和小丑、圣徒和愚人可以互换位置一样。因此，直截了当地亵渎神圣和崇高，赞美腐败和毁灭，也就成为许多作家热衷的主题。波德莱尔对腐烂的"兽尸"的赞美、贝恩对溃烂的癌病肢体的描绘、D·H·劳伦斯对"美味的腐败"的热爱，凡此种种病态、颓废的表面背后，是一种深刻的狂欢化的仪式冲动，是那种毁坏一切、变更一切的东方的"湿婆"精神。

4. 风格和体裁的含混性

原始主义给20世纪美学风格带来的一大变化，就是它的含混性或镶嵌性。

对原始的追寻必然唤醒作家对传统文化价值的反思。T·S·艾略特在《传统与个人才能》一文中指出，传统"首先包含着一种历史感"。"历史感迫使作家在写作时在骨髓里不仅要有他自己的那个时代，而且要感觉到从荷马以来的整个欧洲文学——其中包括他本国的文学——都同时存在着，组成一个并存的秩序。"[1] 在这个并存的秩序中，作家的自我消失了，诗不得不用"非人格化"或"非个人化"（impersonality）的手法来写,小说不得不发出"复调"的声音。而戏剧，按照乔伊斯的说法，那种消灭了作家个人人格的戏剧是最高的美学形式。至此,传统的"风格即人"的观点被弃若敝履。

另一方面，由于非西方、非主流文化因素的渗透，使得"诗歌不再能像先前大多数流派的诗歌那样，发端于单一的文化源泉。……古典文化业已失去其独有的权威；没有什么世界范围的宗教；心理学家和人类学家在公认的文化结构以前就已揭示了象征体系。诗人拥有全世界的一切神话；这也意味着他什么神话也没有——没有根据单纯继承权而无疑成为他自己的那种神话"[2]。这样，"歧路亡羊"产生的结果只能是一种拼凑的或镶嵌的风格。现代作家不得不像中世纪贫困的圣像画家一样，为节约画布而在旧画上涂上新的油彩，画上新的图像。艾略特的《荒原》、庞德的《诗章》、乔伊斯的《芬尼根的苏醒》等都同时运用了几种甚至几十种语言，包括了从东方到西方、远古到近代的种种神话、传说、民间歌谣、文学断片等，是名副其实的"天书"。迫使读者不得不像考古学家般，用碳14透视其层层覆盖的色层下的原画。

对许多现代主义作家来说，含混或拼凑不仅是一种美学风格，也是一种战略意图。现代人生活丧失了中心，意识里只有一大堆"破碎的形象"（broken images）。镶嵌艺术力求把各种互不相干的、对立的因素综合起来，以无序的语言风格摹仿无序的现实，混乱地描述本身就很混乱的20世纪，用T·S·艾略特的话说就是：用片言只语支撑现代的残壁断垣。

同样的含混性也体现在体裁上。创作明显地倾向于综合、交织、融合各种体裁。不只诗、散文、小说、戏剧之间的界线模糊不清，文学与神话、巫术、宗教也难舍难分。这种倾向的进一步发展，便是后现代主义的行为艺术、拼贴

---

[1] 戴维·洛奇编：《二十世纪文学评论》（上），葛林等译，上海：上海译文出版社，1987年，第130页。
[2] 格·霍夫：《现代派抒情诗》，见杨匡汉、刘福春编：《西方现代诗论》，广州：花城出版社，1988年，第632页。

画、大地艺术等。这样,我们似乎又回到了原始时代那种演员与观众不分,创造者与体验者合一、灵魂与肉体和谐发展的境界,也就是叶芝所无限向往的那种境界:

> 劳作也就是开花或者舞蹈,
> 躯体不为讨好灵魂而受害,
> 美丽也不是自我绝望所制造,
> 夜读不产生两眼模糊的智慧。
> 栗树啊,根子粗壮的花朵开放者,
> 你就是叶子,花朵或树身?
> 随乐曲晃动的躯体,明亮的眼神,
> 怎叫人把舞者和舞蹈分开?[1]

行文至此,不禁想起了魔画大师埃舍尔的名作《瀑布》。画中瀑布倾泻而下,汇集到池子中,然后又顺着水渠往下流去,拐了几道湾,突然又折回到瀑布口。20世纪文学中原始的回归是否预示着人类精神在克服自身异化向更高层次的综合上迈进了一大步呢?新的世纪是否会出现一个类似原始文化团块那样的,综合了艺术、科学、哲学、神话、劳作、游戏等多种文化成分的现代或后现代文化团块呢?笔者不敢妄加猜测,但有一点是可以肯定的,21世纪的艺术家仍将一如既往地探索,像艾略特在《小吉丁》中所说的那样:

> 我们将不停地探索,
> 而我们所有探索的终点,
> 将是到达我们出发的地方。[2]

---

[1] 袁可嘉主编:《外国现代派作品选》(第一册),上海:上海文艺出版社,1980年,第71—72页。

[2] T·S·艾略特著:《四个四重奏》,裘小龙译,桂林:漓江出版社,1985年,第290页。

第七章
现代性表征危机与语言的突破

"表征"（represent, representation）是现代文化理论的一个关键词。"当今批判及文化理论的诸多重大发展，都是与表征危机联系在一起的。"[1] 当代文化批评理论认为，表征是维护文化意识形态的一个重要手段，世界观要通过文化形成，并通过文化使自己合法化。[2] 在西方现代性展开的过程中，现实主义表征模式发挥了重要的文化建构功能。无论是书信体小说、旅行冒险小说、成长小说以及19世纪的现实主义小说，都力图造成一种逼真的幻觉，要人们相信其表征的现实是真实、自然的存在，而不是通过一套文化符号建构起来的；与此同时，作家们也相信语言是透明的，即"它是一个无需给予任何特殊的注意就能简单地运用的媒介"[3]。但是，进入20世纪以来，随着现代性的断裂，现实主义表征模式逐渐丧失了其主流话语地位，现代诗学也具有了越来越自觉的表征危机意识和语言突破意识，在各种流行的现代主义思潮流派中出现了一种背离对世界或经验进行非自我意识的描述的倾向，和一种转向语言艺术本身的趋向。语言变成了其自身的命题。对语言本质的困惑，语言运用的自我意识，语言与世界、语言与思想的关系的探求几乎成了20世纪西方诗学的主要特色。

---

[1] 丹尼·卡瓦拉罗著：《文化理论关键词》，张卫东等译，南京：江苏人民出版社，2006年，第43页。
[2] 丹尼·卡瓦拉罗著：《文化理论关键词》，张卫东等译，南京：江苏人民出版社，2006年，第44页。
[3] 布莱恩·麦基编：《思想家——当代哲学的创造者们》，周穗明等译，北京：生活·读书·新知三联书店，1987年，第262页。

三重困惑

总的说来，20世纪哲学、语言学和诗学对语言的自觉意识是三位一体齐头并进，互相影响、互相发生、互为因果的。正是这种意识促成了逻各斯中心主义的解体和语言通天塔的倒塌。尽管现代哲学、语言流派繁多，观点歧出，但究其根本的语言意识，大致可归纳为三重困惑：

1. 是"我在说话"，还是"话在说我"？
2. 语言究竟是一扇通往存在的玻璃窗，还是一面滤色镜？
3. 语言敞开了存在，还是遮蔽了存在？

这三重困惑实际上指向语言学上的三个根本问题，即语言与思想、语言与文化、语言与实在的关系。

1870年，法国象征派诗人兰波写下了这么一首诗，题为"Je est un autre"（我是他人）。在这个诗句里他故意犯了个语法错误；把第一人称代词后面的系动词"suis"，改成第三人称代词后面的系动词"est"。这种公然违反语法规则的举动是颇具深意的，它促使人们反思一连串长期遭到忽视的问题：究竟谁是说话的主体，是我，还是他人？为什么我们非得按照一定的语法规则去说话、去写作？语法规则是谁制定的？不遵守通行的语法规则也能交流思想感情么？等等。由此，这位诗人实际上已经为我们打开了20世纪的语言意识阀。事实上，从第一位区别实际说话和基础符码的语言学家索绪尔，到进一步将上述对比发展为语言行为和语言能力的乔姆斯基，直至企图拆散语言结构的罗兰·巴特，提出"语言的牢房"之说的詹姆逊，其理论的共同出发点都是从反思语言与人的异化开始的。他们都相信确乎存在着一个超越个人、超越时空的语言系统，正是它控制了我们的语言行为，迫使我们按照一定的方式去感知、思维、说话、写作，从而行动；这种抽象的系统植根于人的大脑皮层深处，经过世世代代的遗传基因的传递而复制自己，显现自己，因此"作为人，我们几乎是由遗传因素严格规定的；我们能理解一些东西，但凡是不属于我们遗传天赋范围以内的东西，则都不能被理解的"。[1] 这样看来，和常识相反，不是"我在说话"，而是"话在说我"；不是我在使用语言，而是语言在使用

---

[1] 布莱恩·麦基编：《思想家——当代哲学的创造者们》，周穗明等译，北京：生活·读书·新知三联书店，1987年，第318页。

我；"我"不过是语言借以显示自己存在的一个工具、一个木偶，成千上万个渺小的"我"，通过世世代代的语言行为，只是为了传达一个十分古老的观念——"太初有道"。"道"即词语（word），即世界（world），即逻各斯（logos），这是可能的吗？尼采说，上帝死了，只有人存在；而语言学家则说，人死了，只有语言存在，这是可能的吗？

传统语言观念受到的第二个挑战来自语言人类学。如果说，结构语言学至少还认为存在着一种全人类共同的语言系统，因而仍然为理性主义保留了一个地盘，那么，语言人类学甚至连这个地盘也给摧毁了。"萨丕尔—沃尔夫假说"（Sapir—Whorfian Hypothesis）认为，一种语言的运用不仅仅是简单的一个译码过程，说出我们的观点和需要，同时它也是一种定型的能量，给人们提供经常性的交流渠道。这种渠道预先安排人们用一定的方法看待世界，引导他们的思想和行为。这种理论现已得到许多语言学和人类学资料的支持。[1]所罗门群岛上的克瓦依欧族把淡水和咸水看成两种不同的物质，把我们认为的蓝色和黑色看作同一颜色。北美印第安人所操的语言的一个最触目的特征，是他们特别注意表现为我们的语言所省略或不予表现的具体细节，[2]等等。类似的例子举不胜举，说明语言的确是人类感觉器官的过滤系统。虽然现实对于全人类都是一样的，但是由于语言这个过滤系统的存在，各个民族各种文化的人们实际上看到的是不同的世界。换言之，人类的理性之光决不是毫无遮蔽地透过语言之窗的，而是经过后者相当程度的过滤后才照射到实在事物上的，从这个意义上说，语言不是一扇无色透明的玻璃窗，而是一副有色眼镜或过滤镜。由此，引出了现代人对语言的第三重困惑：语言究竟敞开了存在之境，还是遮蔽了存在之境？

这是个更令人头疼的语言学、哲学难题。围绕这个难题，西方学者形成了两种互相矛盾的看法。逻辑实证主义者如罗素、怀特海、早期的维特根斯坦等人坚持语言与实在经验的统一性，语言是存在的家园，"我的语言的界限就是我的世界的界限"[3]。没有语言的抽象、概括和推理功能，人类精神只能永远迷失于闪烁不定的现象之海中而不能自拔。正是语言凝固了我们的感知经验，

---

1 北辰编译著：《当代文化人类学概要》，杭州：浙江人民出版社，1986年，第70页。
2 列维—布留尔著：《原始思维》，丁由译，北京：商务印书馆，1981年，第132页。
3 转引自A·J·艾耶尔著：《维特根斯坦》，陈永实等译，北京：中国社会科学出版社，1988年，第48页。

将之提升为可如货币般自由流通交际的抽象符号，从而为我们打开了一条通往存在之境的道路。从这个意义上说，《圣经》中亚当为万物命名的故事就是人类凭借语言与原初实在建立联系的隐喻。"太初有道，世界的开端和人的开端就存在于词语之中。"[1]

但是，另一方面，从逻辑起源来看，语言以物体的不在或缺席作为自身的存在理由（拉康）。[2]它遵循的是卡西尔所谓的"综合性增补过程"，[3]不断向抽象化方向发展，把越来越多的具体事物纳入概念、命题之中，从而挖空了事物，诗人再也不能完美地占有事物、体验实在。况且，按照结构语言学和语言人类学的理论，我们作为个体，不过是某种先于我们而已经存在了数万年之久的语言体系的说话"工具"，我们一生下来就被戴上了由某种特定语言体系构造而成的"滤色镜"，那么，我们又怎能宣称，我们透过语言看到的是一个真的澄明的存在呢？海德格尔指出，形而上学很早就以西方的"逻辑"和"语法"的形式霸占了对语言的解释，我们只有在今天才开始察觉到这一过程中所遮蔽的东西。只要我们粘着文字和它的含义，我们便仍然无法接近物象本身。所以第一步须打破有关宇宙存在的概念结构和这些概念主宰着的限指限义的语言程式和表达，使物象回归"未限指未限义"的"本真状态"，而这，正是诗和思的事。[4]

六种逃逸方式

如果说，20世纪哲学和语言学只是从理论上指出了语言与人的异化状态，发出了"回到事物本身"（胡塞尔）[5]的号召，那么，20世纪的诗人则凭借自

1　L·怀特：《文化的科学——人与文明研究》，见顾晓明编《多维视野中的文化理论》，杭州：浙江人民出版社，1987年，第240页。
2　转引自《理论与创作》杂志，1991年第4期，第79页。
3　恩斯特·卡西尔著：《语言与神话》，于晓等译，北京：生活·读书·新知三联书店，1988年，第107页。
4　叶维廉：《道家美学·山水诗·海德格尔》，见中国社会科学院文学研究所中外文学研究参考编辑部编《中西比较诗学论文选》（内部交流），第152页。另参见海德格尔：《诗·语言·思》，彭富春译，北京：文化艺术出版社，1991年。
5　马丁·海德格尔著：《荷尔德林诗的阐释》，孙周兴译，北京：商务印书馆，2000年，第35—45页。

己的直觉和想象，直接投入了突破语言牢笼的操作。纵观20世纪以来现代诗潮流派的"越狱"行为，大致可归结为六种逃逸方式。

1. 静听，而沉默

最早产生自觉的语言意识，感悟到语言与实在之间存在着一种既敞开又遮蔽的双重关系的，是为数不多的几个现代派先驱诗人，他们中间主要有荷尔德林、丘特切夫、坡等人。早在19世纪初，荷尔德林就已经认识到，语言是上帝给予人的"最危险的财富"，因为语言最先创造了危险的可能性。语言的本性在于"说"。在日常的"说"中，为了他人能够听懂，我们必须遵循公众逻辑，使用公众的词语，从而给出某种"说出的东西"，在这种"说出的东西"中，"存在"本身便消失隐匿，没入晦蔽。循着这条对语言本体反思的思路，丘特切夫写下了《沉默》一诗。在这位俄国诗人看来，存在本体是非理性的，而日常语言却是理性的，这就必然决定了后者在说明前者时的无能为力："思想一经说出就是谎言，谁理解你生命的真谛是什么？"只有废止语言，沉默不语，才能静听到不可言说的存在发出的声音。在《沉默》一诗中，诗人最后这样写道：

> 只要你会在自己之中生活，
> 有一个大千世界在你心窝，
> 魔力的神秘境界充满其中，
> 别让外界的喧嚣把它震破，
> 别让白昼的光芒把它淹没，——
> 倾听它的歌吧，静听，而沉默。[1]

这种"沉默"的逃逸方式在爱伦·坡那里，稍稍改换了一下形式，变成两个简单的字——"never more"（译成中文则是三个字，"永不再"）。在《乌鸦》一诗中，坡安排了一场人与乌鸦的对话。人不停地说话，倾诉自己失去情人、希望、友人的悲哀，但乌鸦只是隔一阵子重复一句"never more"，人大为惊讶，因为这两个词就足以表达他所欲表达的一切了，于是，人称它为

---

[1] 飞白著：《诗海——世界诗歌史纲·现代卷》，桂林：漓江出版社，1989年，第811页。

"先知"。在这首诗里，我们看到了两个对比，一是人与乌鸦的对比，二是有言与无言的对比。人是语言的动物，乌鸦是无言的动物，只会叫一句"nevermore"。但人说了那么多，还不及乌鸦的这声叫唤贴近实在，因为乌鸦来自"夜的冥府之岸"，"属于神圣的古代"，是不可言说的存在的化身。整首诗体现的主旨就是，存在者对此在的体验是不可言说的，我们说得越多，离此在越远，说得越少，越有可能贴近实在。

不难看出，现代派先驱们的逃避实际上是一种"负越狱"，他们希望通过沉默把语言囚牢的栏杆"在心中化为乌有"，就像里尔克笔下的那只豹子一样。但事实上，这是不可能的，从一开始就陷入两难境地而不能自拔。《沉默》一诗本身就是不甘沉默的表现；乌鸦的叫声，要不是有人的言说为它提供语义，也只能是无意义的音响，而决不会成为"先知"的预言。海格·庞蒂说得好，"我所谓的沉默的'我思'是不可能的。为了认识'思维'这个观念……为了进行'还原'并回复到内在性和意识之中，……词句是必要的东西"。[1]于是我们转到另一种越狱方式。

2. 能指的超负荷

无论早期象征派和后期象征派的观点有怎样的差异，它们的基本出发点和梦想都是一致的，即要把不可言说的存在、不可言说的对此在的体验，转化为部分可见、可听、可嗅的东西。而要实现这个目标，对现有的语言进行一番改造是必要的。在市民的日常语言中，词语和事物存在着一一对应的指称关系，花就是花，不是草，也不是任何东西的象征。但是，马拉美却感悟道：

> 一朵花。我的声音不具任何外形，属于遗忘之外，但是思想，美妙的思想，像花萼上的某种东西，似音乐一般升起，而不需要其他花束。[2]

既然自然语言本身就具有这样一种非指称性的暗示力量，那么我们可否通

---

[1] 约瑟夫·祁雅理著：《二十世纪法国思潮》，吴永泉等译，北京：商务印书馆，1987年，第70页。
[2] 约瑟夫·祁雅理著：《二十世纪法国思潮》，吴永泉等译，北京：商务印书馆，1987年，第72页。

过有意的努力赋予它音乐般的魔力，使其摆脱一对一的能指/所指关系，把人们引向那神秘的、不可言说的存在呢？在这方面，魏尔伦和吉皮乌斯无疑是马拉美的忠实盟友，前者主张，"音乐先于一切"，创造了"无词的浪漫曲"；后者提出，"诗是统治世界音乐心灵的音乐"，写出了行云流水般动听并具有巫术般暗示魔力的诗句。

但年轻的兰波宁可通过另一条道路——"词语的炼金术"去沟通五官感觉，从潜意识中召唤出神秘境界来。在《元音》一诗中，他集中地对"联觉"作了发挥，赋予a、e、i、o、u五大元音以不同的色彩、音响、气味和形象。这样，他就超越了词语的指称性，让单一能指具有了无限丰富的所指。

这种给抽象空洞的能指加上音乐、色彩、气味等暗示性的尝试本身是值得赞许的，它部分地恢复了人与存在的原初联系。但在后期象征派诗人，尤其在叶芝和艾略特等人笔下，哲学、宗教、神话和原始秘仪渐渐加入了进来，要求得到能指的暗示。诗变成了典故的堆砌、宗教观念的演示和原型模式的复制，越来越远离对此在的体验，不堪重负的词语不得不呼唤并解救自己，于是就有了——

3. 词语的复活

艾亨鲍姆说："最初把形式主义者联合成一个团体的基本口号，是把诗歌词语从日益支配象征主义者的哲学倾向和宗教倾向的桎梏中解放出来的口号。"[1]事实的确如此，无论是以雅克布森为首领的莫斯科语言学小组，还是以什可洛夫斯基为主将的圣彼得堡诗歌语言研究学会，都持相同的信念：为了"恢复对生活的直接经验，为了感知事物，使石头具有石头的性质"，必须首先使"词语复活"[2]。在未来主义诗人的创作中，他们看到了这种复活的前景。未来主义者"相信能够创造出一种新的、专门的诗歌语言，这种语言从语言学角度来看是另一种语言，而根据同样的特征是诗歌语言，也就是说，其中特殊语言的语言特征（语音的、词汇的、词法特征等）与诗歌特征相符

---

1 米哈依尔·巴赫金著：《文艺学中的形式主义方法》，李辉凡等译，桂林：漓江出版社，1989年，第79页。
2 转引自托多洛夫著：《批评的批评》，王东亮等译，北京：生活·读书·新知三联书店，1988年，第15页。

合"[1]。未来派突破了传统的句法和词法,使用电报式、蒙太奇式诗句,随意自创派生的新词,或在诗中引进数学符号、音乐乐谱,或把诗描绘成图像等。由此形式主义者总结出了这样一个理论:"无论是从语言和词汇方面,还是从词的排列的性质方面和由词构成的意义的结构方面来研究诗歌言语,我们都可遇到艺术的这样一个特征:它是有意地为那种摆脱接受的自动化状态而创作的……这样我们就可把诗歌确定为受阻碍的、扭曲的语言。诗歌语言是一种作为构造的语言。散文则是通常的言语,它用词经济、易懂、正确——是司正常的、顺利的分娩和婴儿胎位'正不正'的女神。"[2]

这样,诗歌语言就作为一种自主的语言宣告了它的诞生,而它的诞生之日也就是物的复活之时,因为诗歌语言摆脱了日常散文语言的自动关系,在诗歌语言中,词不再是物的符号,物也不再依附于词,词就是词,物就是物,摆脱了一切命名行为,显现出本真的面目。但是,"形式主义者把词语的规律变成了自然主义的生理学的规律。在这里,物化是用自然主义丧失意义的代价达到的"。[3]

4. 直接处理事物

与未来派和形式主义诗学差不多同时兴起的意象派,从另一个角度出发对象征派进行了反拨。意象主义者并不认为需要创造一种特殊的语言来写诗,也不主张使词语摆脱意义。在休姆、庞德们看来,语言与实在之间的距离之所以越来越远,其根源还在于诗人自己。无数世代的无数诗人创造了无数形容词、修饰词、隐喻、比喻、象征,希望和实在建立更紧密的联系。结果适得其反,反而遮蔽了实在。其实,实在就直接呈现着自身,无须任何修饰语、形容词去描述,也不暗示、象征、比喻着别的什么东西。事物的本质与其显现的形象(image)是统一的,诗人无须操心去寻找什么象征意义,只须"直接处理

---

1 米哈依尔·巴赫金著:《文艺学中的形式主义方法》,李辉凡等译,桂林:漓江出版社,1989年,第110页。
2 米哈依尔·巴赫金著:《文艺学中的形式主义方法》,李辉凡等译,桂林:漓江出版社,1989年,第120页。
3 米哈依尔·巴赫金著:《文艺学中的形式主义方法》,李辉凡等译,桂林:漓江出版社,1989年,第84页。

事物"就足够了。诗歌语言应该是一种"超越比喻的语言"（language beyond metaphor），"直接的语言是诗，诗是直接的，因为它同意象打交道，不直接的语言是散文，因为它运用已经死了的、成为修辞用法的意象"[1]。而为了获得对事物的直接印象，诗人只须依靠自己的直觉，用干而硬的语言将意象这一"智性与情感瞬间的复合物"表现出来即可。这样，词语变成意象，而意象的排列和组合就构成了诗。

不难看出，意象派的这种语言观与东方哲学和西方现象学的观念是十分接近的。佛教禅宗一再强调"如"（suchness）、"如其本然"（as—it—is—ness），以及胡塞尔"回到事物本身"的口号，都要求人们摆脱逻各斯中心主义、人类中心主义，按照事物本真的状态去观照之。但是，意象派诗人忽略的一点是，实在并不都以形象显现自己。能直接为我们的视觉系统所感知的仅仅是实在的一小部分，对这一小部分，我们可以用意象派抒情小诗的形象表现出来，但是对于那更广大、深邃，并不以形象显现自身的实在事物，我们怎样去"直接处理"呢？

意象派留下来的这个空白，恰好为超现实主义所补上，后者开辟了另一条通向实在的越狱之途——

5. 无意识自动写作

如果说，意象派诗人们埋头于删削字句，"最大限度地离开卖弄词藻"，以便"直接处理事物"，那么，超现实主义者则钻到宇宙深处，想要达到那秘密的源泉。而要达到这个秘密的源泉，逻辑的、理性的语言是完全无能为力的，我们只能完全敞开理性阀门，让无意识去自动写作。执笔的人不需要事先知道自己将要写的是什么，也不知道他正在写什么，更不知道他重新阅读自己作品时会发现什么，而且他还会通过他的手写出来的东西对自己并不陌生的生命感到陌生。急流般涌来的无意识自动写作将会把"幻觉、天真、狂想、回忆、反复无常的普罗透斯、古老的故事、桌子和墨水瓶，从未见过的景色，旋转的夜晚，突然而至的记忆，激情的语言，观念、情感，以及物体对象的

---

[1] 托·厄·休姆：《论浪漫主义和古典主义》，转引自戴维·洛奇编：《二十世纪文学评论》（上），葛林等译，上海：上海译文出版社，1987年，第168页。

骚动,盲目的裸体,毫无目的的系统活动变成头等实用,逻辑失常以至于荒诞"[1]等,统统带入词语和诗歌当中。艾吕雅认为,正是这些现象才有助于诗歌的和谐,而不是那些安排得比较巧妙、比较令人愉快的……辅音、音节、字词的组合。[2]因此,超现实主义者拒绝对作品作任何改动,因为,"最小的删改,也会把启发全部灵感的原则破坏掉……傻瓜才会把枕头小心翼翼创造出来的东西抹掉。"[3]对于现实主义者来说,"尽善尽美,就是悠闲自得"。

但这样做绝不意味着否弃语言,相反,超现实主义者相信,存在着一种超越时空、超越个人,与某种伟大而模糊的东西同体共生的元语言。而他们的使命就是通过无意识自动写作,唤醒这些沉睡于理性阀门之下的词汇,从而体验到本真的存在。安德烈·布勒东说:"我有时用超现实的方法使用那些我已经忘记其意思的字词。事后,我会检查发现,我赋予它们的用途同它们的定义是完全一样的。这使人相信,人不需要学习,人只需重新温习就行了。"[4]

30年后,乔姆斯基用更为精确的专业化术语,把这段话重说了一遍,提出了"深层结构/语言能力"与"表层结构/语言行为"的对比理论。是"英雄所见略同",还是"拾取他人牙慧",恐怕只有乔氏本人知道了。

但是,承认存在着一个全人类共通的语言结构,我们等于又回到了笛卡尔唯理主义"内在论"的窠臼之中,这是那些以摧毁逻各斯中心主义为己任的先锋派诗人所不能接受的,他们宁可另觅出路,于是就有了——

6. 能指游戏与拆解实验

企图通过这条途径逃逸语言囚牢的诗人以马雅可夫斯基、阿波里奈尔、肯明斯为主要代表。虽然这三位诗人从事语言操作,玩能指游戏的兴奋点不尽相

---

[1] 尹沃纳·杜布莱西斯著:《超现实主义》,老高放译,北京:生活·读书·新知三联书店,1988年,第73页。
[2] 尹沃纳·杜布莱西斯著:《超现实主义》,老高放译,北京:生活·读书·新知三联书店,1988年,第74页。
[3] 尹沃纳·杜布莱西斯著:《超现实主义》,老高放译,北京:生活·读书·新知三联书店,1988年,第75页。
[4] 尹沃纳·杜布莱西斯著:《超现实主义》,老高放译,北京:生活·读书·新知三联书店,1988年,第127页。

同,但有一点是一致的:他们都旨在打破西方拼音文字的抽象性,企图使之具有汉语般的象形表意功能。阿波里奈尔的"图像诗"把非象形的法语拼音文字拆解开来,重新组合成一个视觉图像,传达出某种新的意义。在《镜子》一诗中,作者把自己的姓名"纪尧姆·阿波里奈尔"镶在由诗句圈成的菱形图像中,迫使读者绕着圈圈读完像"回文"般、符咒般带着神秘意味的诗句,产生出似实似虚、亦虚亦实的印象,发出"是存在,还是幻影"的遐思。[1]

在这方面,肯明斯的旨趣与阿波里奈尔完全相似。例如,《九十五首诗》(1958)中的第一首诗就是一个"孤独"的定义。它用的手法是一种隐喻,把孤独比作一片落叶;在诗中他写到了字母"l"与数字"1"的相似性;发现了孤独(loneli-ness)中隐藏着的"一"(one)字;用一种印刷式样强调又长又窄的"1"及一片落叶孤独地掉落;而孤独的最终定义就是"一"(1),等等。

如果说阿波里奈尔和肯明斯主要致力于为眼睛写诗,马雅可夫斯基则既为眼睛也为耳朵写诗,他创造的楼梯诗的梯级表示的是诗句运动的"顿",或者击节高歌的"节"。而楼梯本身又是清晰可辨的视觉形象。

虽然德国表现主义诗人早在1910年就提出了"用打碎语言来打碎世界"(贝恩)的口号,但实际上真正实践了这一口号的是法国的解构主义者们。其中最值得一提的自然是罗兰·巴特,他虽然不能归入诗人之列,但他的一个解构主义文本《恋人絮语》无疑是拆解话语结构从而拆解逻各斯中心主义的最成功的范例。整部诗体小说(姑且名之)是对正在叙述中的恋人的写照,但这里的恋人成了一部热情的符号机器,丧失了主体性;在无穷无尽的制造符号、消费符号的过程中,消解了自己,也消解了意义。这是对诗人前途的一种预言,还是对所有符号动物的前途的忧虑?

这样,我们看到,20世纪西方诗人解决表征危机、逃逸语言囚牢的尝试,从静听而沉默始,历经"喧哗和骚动",终以对主体和语言的双重解构而告终。沉默产生于对日常逻辑语言的反思,反思导致对逻各斯中心主义的怀疑和对不可言说的存在的领悟;"喧哗和骚动"则以各种形式试图言说那不可言说的东西,伴随着这个过程的是理性语言通天塔的倒塌和逻各斯中心主义的崩溃;最后,解构主义以消解终极意义的能指游戏完成了这个过程。

---

[1] 飞白著:《诗海——世界诗歌史纲·现代卷》,桂林:漓江出版社,1989年,第1218页。

可能与极限

不管上述六种逃逸方式最终如何转向自己的反面或遗留下什么空白,它们都为解决现代性表征危机、突破语言的囚牢展开了一个新的视野,也都为我们对此在的语言体验提供了一种新的可能性。它们揭示出语言的本质是"生成(becoming)而不是存在(being)"[1],因为实在世界本身就处在生生不息的变异过程之中。"生成"意味着创造、发展、演化、流动,而不是停滞、僵化、墨守成规。生成的主体是人,而不是语言;语言自身无法生成自身。"恰如不是为了安息日而创造人,而是因为有了人才创造安息日一样,因为有了人,才产生了语言,不是因为有了语言才产生人。"[2]在语言生成过程中,儿童是不自觉的语言实验者,通过牙牙学语的变音、变调、语法错误和某些特殊变化,他实际上在使语言发生微妙的变化(当然,这种变化只能通过世世代代的累积定型才能被整合进特定的语言系统中)。诗人则是自觉的语言实验者或改革者。诗(poesis)这个词,正像古希腊词源提示的那样,本身就是一种创造,是一种借助于语言的创造。通过对语言种种不同的排列组合的尝试,诗言说出可言说的存在之在;通过种种不同的隐喻、象征手法的运用,诗暗示出不可言说的存在之"如"。诗是此在的本真的语言,是尚未由于实用、滥用而丧失其活力和魔力的语言。通过诗的创造,语言保持了其创造之初与存在的原初联系和原始活力,把我们带进开敞的真理的澄明之境,与世界万物重新契合。

但是,绝不能过高估计了诗在语言生成过程中的创造作用。创造自有其限度。创造的极限在于创造工具的极限。用斧头可以创造出独木舟、桌椅和木屋,却不能创造出弦乐四重奏和抽象派绘画。正如巴赫金在批评形式主义者时指出的,不存在任何专门的诗的语言体系。[3]诗只能以日常语言为工具。虽然我们可以不接受存在着一种先验的语言结构或语言能力的说法,但必须承认,迄今为止我们所使用的语言是历经几万甚至更久远年代的无数代人共同创造的

---

[1] 恩斯特·卡西尔著:《语言与神话》,于晓等译,北京:生活·读书·新知三联书店,1988年,第107页。

[2] 约瑟夫·祁雅理著:《二十世纪法国思潮》,吴永泉等译,北京:商务印书馆,1987年,第178页。

[3] 米哈依尔·巴赫金著:《文艺学中的形式主义方法》,李辉凡等译,桂林:漓江出版社,1989年,第116页。

文化成果，它已经形成了一套固定的规则和习惯用法，积淀了人类文化、历史、心理的潜影，"一个民族的语言多少世纪来所经验的一切，对该民族的语言的每一代起着塑造成型的影响，而接触到这种影响的只不过是单独一代人的力量；况且，所谓一代人从来不是纯一的，因为正在成长的一代人和正在消逝的一代人总是交混生活在一起。如果考虑到这些，就可以看出，面对语言的威力，个人的力量实在微不足道……"[1]。正如我们不能用手拔住头发跳出地球一样，我们也不能废弃语言而直接进入存在。我们所能做到的，只能是在接受的、既定的民族语言基础上加以创造，使之不致沦于僵化的地步，而不能指望在一夜之间通过几位诗人的语言实验对之进行全面的改造乃至否弃，例如使拼音语言文字具有象形表意功能，或者相反，使后者具有前者一样丰富、裸露的形态变化。比较现实的做法可能是，承认并且接受我们居住于"语言的牢房"之中这个事实，同时又注意到，这个囚牢并不是密不透风的，而是留有相当的缝隙的，可供我们自由呼吸、创造，并能瞥见外面的世界。正如当代美国批评家J·希利斯·米勒所说：

>"语言的牢房"就像宇宙，按照某些现代宇宙论学者的假定，它既有限又无涯。在这个围闭的范围内，人们可以到处自由地走动，从来也不会遇到一堵墙，然而它又是有限的。它是一所牢房，一种既无起端又无边际的环境。因此，这样一个所在是真正的边缘地带，在一个意义上说，没有和平的家园，即没有当家做主人的人及家庭范畴，在另一意义上说，即"在边境线以远"，也没有任何属于怀有敌意的陌生者的异国。[2]

1　洪堡著：《论人类语言结构的差异机器对人类精神发展的影响》，见胡明扬主编：《西方语言学名著选读》，北京：中国人民大学出版社，1988年，第48页。
2　见王逢振、盛宁等编译：《最新西方文论选》，桂林：漓江出版社，1991年，第168页。

第八章
主体的分裂与自我的消解

现代性的断裂造成了现代性主体的分裂,促使现代主义作家努力寻找修复或克服这种分裂状态的途径,对原始主义的追寻、对语言的突破是这种追寻的两个大的方面。本章及以下三章主要通过一些经典现代主义文本的分析,讨论现代主义作家如何通过自己的独特的创作理念、独特的时空意识,来表现其对于主体的分裂与自我的消解的感悟,以及对自我身份危机的体验和认识。

巴赫金在他那著名的《陀思妥耶夫斯基诗学问题》中说过:"在一部作品中能够并行不悖地使用各种不同类型的语言,各自都得到鲜明的表现而绝不划一,这一点是小说散文最为重要的特点之一。小说体与诗体的一个深刻区别,就在这里。"[1] 这个论断对于传统小说语言和诗歌语言的区分,无疑是正确的。但当我们把视野扩大到现代诗歌领域中,就会觉得巴赫金的这个观点未免有失偏颇。现代西方诗歌在经历了唯我的浪漫主义和唯美的巴那斯主义后逐渐走向成熟,而成熟的标志之一恰恰就是"在一部作品中能够并行不悖地使用各种不同类型的语言,各自都得到鲜明的表现而绝不划一",这一点在T·S·艾略特的《荒原》(*The Waste Land*,1922)中得到了充分体现。

文本主体与中心的消解

抒情诗一向被认为是最具主体性的文学体裁。在浪漫主义抒情诗中,以第一人称出现的"我"作为文本主体的身份是无可怀疑的。"我"就是诗人本人,"我"发出的就是主体的声音。虽然在某些情况下,"我"也可以化为

---

[1] 米哈伊尔·巴赫金著:《陀思妥耶夫斯基诗学问题》,白春仁等译,北京:生活·读书·新知三联书店,1988年,第274页。

云,化为风,化为云雀,化为水仙,但读者在这些客体中看到的还是诗人的自我形象,听到的还是诗人的自我独白。但在现代诗歌中,情况就不一样了。与艾略特同时代的法国象征派诗人瓦雷里就痛苦地感到:"我被一分为二……我感到自己是两个互不相容的人。在这两种存在之间产生一种不定期的对称摆动。在这两个彼此没有联系的世界里都有我的位置。我或梦或醒,或看或创造。"[1]可以说,这是现代诗人对主体分裂的经典描述。我们发现,在《荒原》中,主体经历了一个更为复杂的自我解构过程。

《荒原》全诗正文开始前,艾略特引用了但丁的一句意大利语原文诗"最杰出的艺人"(il miglior fabbro),题献给同时代诗人埃兹拉·庞德。显然,在艾略特眼中,作为创作主体的诗人已经被降格为艺人或匠人(craftsman),他的工作不过是将现有的材料即他人的话语进行一番加工整理而已。艾略特之所以称庞德为"最杰出的艺人",是因为后者曾建议他对长达一千多行的《荒原》初稿大加删改,使得全诗更加精炼,而删去的数百行诗中有不少篇幅恰恰是联结全诗的诗人自己的话语。显然,艾略特是在庞德的影响下,从"非个人化"的诗学观点出发,有意识地对主体进行了一番自我消解。经过这番自我消解以后,全诗也就没有了一个主体、一个中心。我们面对的是几个不同的、互相冲突的主体——"我"。仅以第一节《死者葬仪》[2]为例,"我"的身份就有几种变化:(1)一开头说话的"我们"显然是荒原上的死者。(2)接下去,这个"我们"又变成了"我",一位前奥匈帝国的伯爵夫人,她正在回忆失落的贵族身份、地位和悠闲的生活。(3)再接着"我"的声音变成了上帝的声音,正在对"人子"进行告诫,"我给你看一捧尘土中的恐惧"。(4)再接下去,"我"又变成一位中世纪水手,正在歌唱幸福和淳朴的爱情。(5)"我"变成欧洲著名的女相士索索特利斯,正在用纸牌给人算命。(6)"我"与中世纪意大利诗人但丁合为一体,"我"进入了现代的活地狱,"我"讲的是但丁的话,面对的是伦敦的现实;像但丁一样,"我"在地狱中发现了熟人,并向他提出一连串的问题。(7)"我"又与法国诗人波德莱尔

---

[1] 转引自陈力川:《瓦雷里:思想家与诗人的冲突和协调》,见周国平主编:《诗人哲学家》,上海:上海人民出版社,1987年,第297页。
[2] 本文所引《荒原》中译文均采用赵毅衡译本,见《美国现代诗选》(上),北京:外国文学出版社,1985年,第196—227页。以下引诗不一一注明页码,只注明行数。

合为一体，在向读者发问，把读者称为"我的同类，我的兄弟"，这里显然，诗人把自己与读者等同起来了，"我"就是"你"或者"你们"。请看，在这76行诗中，"我"的身份、地位和口气就至少有了7种变化，到底哪个是诗人的主体"我"呢？可以说这里没有主体，我们看到的是一个众声喧哗的局面，主体似在非在，介于一连串他者的话语之间。主体在自身的缺席（absent）中成为此在（present），在自身的分裂中构成自身，在他者话语的延展中显现自身。

《荒原》中最值得注意的人物是一位名叫梯雷西亚斯的预言家。艾略特在注释（218行）中说："梯雷西亚斯虽然只是个旁观者，并非一个真正的'角色'，却是全诗最重要的人物，他把其他的人物都联结起来。"《荒原》的原稿中，梯雷西亚斯是一个矮小、快活的单身汉，全诗开头，他正在回忆在波士顿度过的一个冬夜。[1] 显然，在艾略特原先的构思中，梯雷西亚斯只是一个普通的叙述人。但到发表的定稿里梯雷西亚斯成了一个矛盾的复合体，被赋予四个特点：（1）他既是男人，又是女人，既有女人的感觉和经验，又有男人的感觉和经验。他的心"跳动在两个生命之间"。（2）他既是盲人，又是预言家。朱诺把他变成瞎子，因为他说过对女人不利的话。丘比特赋予他语言的能力。所以他虽然双目失明，却能在暮色苍茫时分看见东西。这意味着理性和直觉是不相容的。（3）他既是核心人物，又是边缘人物。他是诗中的一个角色，又是旁观者。（4）他既是活人，又是死人。他"曾在底比斯城墙下坐过，也曾在最卑贱的死人中走过"（45—46行）。这样，梯雷西亚斯就成为一个超越了生命与死亡、时间与空间、种族与性别、理性与直觉的人物，是一个非主体的主体，非中心的中心，非角色的角色，这个人物本身具有在自我解构中构成自身，并与他人对话的复调性。

他者话语进入诗歌文本

中心的被解构，与他者的话语进入诗歌文本，是并行不悖的、相辅相成的过程。在《荒原》中，他者话语通过两种途径进入诗歌文本，组合为一个统一体。

---

[1] Richard Ellmann. "The First Waste Land", in Harold Bloom ed, *Modern Critical Interpretation*/T.S.Eliot *The Waste Land*, New York, 1986, p.72.

一、作为诗歌整体框架的他者话语。据诗人自己说，主要是两个，一个是英国人类学家弗雷泽的《金枝》，其中讲到流行于古代小亚西亚一带的繁殖神的故事；另一个是魏斯登女士的《从仪式到传奇》中有关渔王的传说和中世纪的圣杯传奇。但实际上，近年来有一些评论家注意到，1922年出版的《荒原》与比它早4年出版的另一部探讨西方文明出路的著作，斯宾格勒的《西方的没落》（1918），有诸多相似之处。斯氏的著作以有机体的生长、凋落比拟文明的周期节律，"把世界历史看作一幅无止境地形成、无止境地变化的图景，堪称一幅有机形式惊人的盈亏相继的图景"[1]。这一点与艾略特本人的思想及其相似。《荒原》整首诗的框架就建立在宇宙四季循环和文明有机体生长凋落的模式基础上（详下）。值得注意的是，这种模式具有一种明显的未完成性。因为循环本身就意味着是可以周而复始地进行的。而这也正是巴赫金指出的复调小说的基本特点之一。

二、作为诗歌本文内容的他者话语。以文学片断的形式出现，对这些文学片断的模仿、引用和讽拟形成整个诗歌的双声语，按照巴赫金的说法，双声语是一种双重指向的话语。它一方面针对语言的内容而发，另一方面又针对另一个声音（即他者话语）而发，这样，它既具有双重客体，又具有双重主体。双声语有五种形式，即仿格体、讲述体、讽拟体、暗辩体和对语体。[2] 我们发现，《荒原》中不但"五体俱全"，而且互相交杂，难解难分，形成一种十分复杂的对话关系。

对于上述两种类型的他者话语，诗人均让它们以第一人称出现，把它们当作具有独立人格的主体看待，也就是说，把他们作为另一个"我"来看待，诗人与他者不再是主体与客体的隶属关系，而转变为主体与另一个主体平衡对话的关系。诗人的视野转入他者的视野，整首诗也就从独白型转为复调型。巴赫金指出，复调的实质在于不同声音在这里仍保持着各自的独立，作为独立的声音结合在一个统一体中，形成一个比单生结构高出一层的统一体。[3] 我们可

---

1 奥斯瓦尔德·斯宾格勒著：《西方的没落》（上册），齐世荣等译，北京：商务印书馆，1995年，第39页。

2 米哈伊尔·巴赫金著：《陀思妥耶夫斯基诗学问题》，白春仁译，北京：生活·读书·新知三联书店，1988年，第255页。

3 米哈伊尔·巴赫金著：《陀思妥耶夫斯基诗学问题》，白春仁译，北京：生活·读书·新知三联书店，1988年，第50页。

以借用巴赫金的说法,把《荒原》这首复调诗歌比作一个教堂,聚集到这里来的既有犯了罪的人,又有严守教规的人;既有不思悔改的人,又有虔诚忏悔的人;既有受惩罚的人,又有得到拯救的人。互不融合的心灵在这里可以进行交往。[1] 它是几个意识互相作用而形成的总体,其中任何一个意识都不会完全成为他人意识的对象。对话之间,有同意和反对的关系,肯定和补充的关系,问和答的关系。这样,《荒原》最终就成为一个大型对话。但必须指出的是,进入《荒原》的他者话语也在不同程度上被解构,成为文本碎片(fragments),其原意有的得到了扩展,有的反而缩小,有的干脆走向自己的反面,而整个《荒原》就建立在这些碎片之上,正如诗人在诗的末尾所写的"我用这些片言只语支撑我的废墟"(these framents I have shored against my ruins)。

多元主体之间的对话

巴赫金说:"在一个谈话的集体里,哪个人也绝不认为话语只是一些无动于衷的词语,不包含别的意向和评价,不透着他人的声音,充满他人的声音。相反,每个人所接受的话语,都是来自他人的声音,充满他人的声音。每个人讲话,他的语境都吸收了取自他人语境的语言,吸收了渗透着他人理解的语言,每个人为自己的思想所找到的语言,全是这样满载的语言。"[2]《荒原》正是这样一个"谈话的集体",在这个有多种语言构成的语境中,我们主要听到的至少有以下几种对话:

一、现代文学与传统文学话语间的对话。这主要表现在暗辩体的运用上。按照巴赫金的说法,暗辩体在文学语言中意义重大。一方面任何一种文学语言都会或多或少感受到自己的阅读对象的存在,所以都含有内在辩论的成分,即预先对将会出现的观点、评论和反驳作出某种反应。另一方面,每一种文学语言总会感到同时还存在另一种文学语言,另一种风格。所以,都会在不会程度上对此前的文学语言风格作出隐蔽的反应。[3]《荒原》第一节《死者葬仪》,

---

1 米哈伊尔·巴赫金著:《陀思妥耶夫斯基诗学问题》,白春仁译,北京:生活·读书·新知三联书店,1988年,第277—278页。
2 米哈伊尔·巴赫金著:《陀思妥耶夫斯基诗学问题》,白春仁译,北京:生活·读书·新知三联书店,1988年,第270页。
3 米哈伊尔·巴赫金著:《陀思妥耶夫斯基诗学问题》,白春仁译,北京:生活·读书·新知三联书店,1988年,第264页。

一开头就用了暗辩体。"四月是最残酷的月份……"这段话语是具有双重指向的,一方面,它表达的是现代人在经历了第一次世界大战的灾难后,对现实产生了一种幻灭感;另一方面,这也是对中世纪诗人乔叟的《坎特伯雷故事集》序曲的一种暗辩。乔叟在序曲开头用春天自然界万物组成的意象为读者提供了一幅"快乐的英格兰"(merry England)的图景。但在艾略特笔下,四月不是美好的,而是"残酷"的;大地不是孕育生命的,而是一块"死地";催动花蕾的根芽不是生机勃勃的,而是"迟钝"的。两首诗歌的对话反映出两种价值观的对立。一首是没有经受过灾难和浩劫的"天真之歌",一首是经受了第一次世界大战这一人类历史上最惨痛的浩劫后产生的"经验之歌"。这个隐含的对话同时也是活人与死人的对话。诗中出现的"我们"不是诗人,而是死者,从躺在荒原上的死者的角度来看,冬天自然比春天好。春雨搅动了他们生前的回忆和欲望,却无法使他们复活和再生,反而使他们更加痛苦,倒不如冬天用遗忘的雪覆盖了一切。所以,这个对话实际上隐含了三个对话:现代诗人与古代诗人的对话、传统价值观与现代价值观的对话、活人(健全的人)与死人(行尸走肉)的对话。这个基本对话为后文其他的类型的对话奠定了一个基础。

二、不同社会阶层话语之间的对话。主要表现在讲述体的运用上。按照巴赫金的定义,讲述体是安排一个叙事人,以这个他人的声音带出某个特定社会阶层的声音和意识形态。讲述体一般以口语的形式出现。[1]《荒原》中共有两处明显的讲述体。第一处是在第一节(7—18行),引用了一位名叫玛丽希拉里伯爵夫人的回忆录《我的过去》中的一段文字,带出的是第一次世界大战后衰落的奥匈帝国贵族阶级的声音。她/他们悠闲的生活方式和浪漫的爱情都已不复存在,就像雪橇一样从山上滑下来了。第二处是第二节(139—169行),引用的是艾略特的女仆对作者讲的一段话。她说她的儿媳妇丽尔不像话,丈夫出去打仗,她在家里与别的男人鬼混,已经打了五次胎,人也显得很老。这里引出的是另一个社会阶层的声音,体现的是现代社会普通小市民的生活方式和价值观。在这段讲述体中还不时插入英国小酒店里催客人回家,准备关门时的呼叫声:"请抓紧一点,时间到了(hurry up please it's time)",这是一种仿

---

[1] 米哈伊尔·巴赫金著:《陀思妥耶夫斯基诗学问题》,白春仁译,北京:生活·读书·新知三联书店,1988年,第260—261页。

格体，但其目的与原意显然不一样了，它暗示了现代生活的快节奏与现代人及时行乐的价值观。上述三段话互相映照，互相呼应，反映了现代社会中人们醉生梦死的生活，实际上是暗示了造成荒原的原因。值得注意的是，在这三段话中，讲述者"她"或"他"都变成了"我"，仿佛诗人自己直接在跟读者讲话，这样讲述者和读者之间就产生了一种平等的对话关系，便于读者思考生活的本质问题。第二节末，诗人把莎士比亚的名剧《哈姆雷特》中奥菲利亚告别生活的一段话，插入女仆与诗人的对话之中。这里用的是讽拟体，其含义是相当深刻的。奥菲利亚为爱情而发疯，最后死去，但现代人已经没有了爱情，只剩下欲望，所以现代人是没有明天的行尸走肉，他们虽生犹死。

三、传统价值观与现代价值观的对话。在《荒原》中，传统价值观是通过文学作品片断体现出来的。正如在陀思妥耶夫斯基的小说中，各种不同的意识是由主人公体现出来的。《荒原》引用的作品有中世纪的圣杯传奇和民间歌谣，有《圣经》中的片断，有从但丁到波德莱尔等著名文学家的作品片断。所有这些片断进入《荒原》就都成为仿格体或讽拟体，进入复杂的对话关系的运动之中，产生一种比原作更深广的，甚至完全相反的含义。按照巴赫金的定义，仿格体是利用他人语言作文章，使别人的意图服务于自己的目的，亦即服务于自己的新意图，它用的是"借花献佛"的方法。[1] 讽拟体则是作者赋予他人语言的一种意向，并且同那人原来的意向完全相反。隐匿在他人语言中的第二个声音，在里面同原来的主人公发生了冲突，并且迫使他人语言服从于完全相反的目的。语言成了两种声音斗争的舞台。[2]

试以第三节《火诫》为例。这里较重要的仿格体和讽拟体有五处：（1）一开头用的是斯宾塞的《结婚曲》，这是一只很动人的、优美的曲子。但诗人用的是它的讽拟体。因为斯宾塞诗中出现过的"泰晤士河的女儿们"已不复存在，现代的泰晤士河上全是丢弃的空瓶、丝手帕和三明治盒，在这个背景中出现这首写于16世纪的结婚曲就具有一种讽刺意味。（2）于是，作者模仿《圣经·旧约》中的颂诗第37篇："在巴比伦河畔我们坐下……我们哭泣，当我们想起了锡安时"，写下了"在莱门河畔我坐下哭泣……"这句诗明显用了仿格

---

[1] 米哈伊尔·巴赫金著：《陀思妥耶夫斯基诗学问题》，白春仁等译，北京：生活·读书·新知三联书店，1988年，第266页。

[2] 米哈伊尔·巴赫金著：《陀思妥耶夫斯基诗学问题》，白春仁等译，北京：生活·读书·新知三联书店，1988年，第116页。

体。因为当年被流放为"巴比伦之囚"的希伯来人还有回归家园的渴望,为无法回到家园而哭泣,而诗人为现代人失落精神家园、没有生活目标的醉生梦死而哭泣。(3)为了揭示现代人的生存状态,诗人还两次讽拟了17世纪英国玄学派诗人马弗尔的诗《致我的羞怯的情人》中的诗句:"但是在我背后我总是在听/时间的飞轮在急急地走近,/在那里我们所看见的一切/是广大无边永生的荒野。"当年马弗尔的情人还懂得羞怯,一再拒绝诗人的追求,而现代的男男女女奉行的是一种享乐主义人生观,不会再有任何羞怯了。(4)与此对应的另一段讽拟体是斯蒂文森的《安魂曲》,这是一首讲人类终极关怀的诗歌,原诗中写道:"在这寥廓的星空下,/掘一座坟墓,让我安眠。/我活得快活,死也无怨,/躺下的时候,心甘情愿。/请把下面的诗句给我刻上:/他躺在自己心向往之的地方;/好像水手离开大海归故乡,/又像猎人下山回到了家园。"全诗表现的是诗人达观的人生态度。但艾略特引用这首诗的诗句,是为后文出现的现代人有欲无情的做爱场面作反衬,具有明显的讽刺意味。两句诗放在一起就产生了一种诗的张力。"夜晚大步,往家里走,从海上带回来水手",接着是"打字员回家喝茶",就在这短短的时间里,她和一位小职员在办公室沙发上发生了一段露水"爱情",然后,她对自己说:"总算完事了;完了就好"。(5)引用但丁《神曲·地狱篇》中的诗句,把其中的地名改为现在的伦敦的地名,暗示现代社会就是但丁笔下的地狱。

四、东西方宗教之间的对话。这种对话关系不是对立的,而是互补的、同义的关系。明显的有两处。第一处是在第三节的最后,东方佛陀《火诫》中的词语和西方圣者奥古斯丁的《忏悔录》中的有关词句相互印证,两人都是苦行主义者,都强调要摆脱情欲的控制,通过对神的信仰把自己从欲火中救出来。第二处是在全诗的最后,诗人引用《圣经》中有关耶稣在客西马尼花园被捕、审判、上十字架和复活的故事,反讽现代人虽生犹死,没有复活的希望。随后引用婆罗门教经典《奥义书》中的三个以"DA"开头的词,第一个"DA",意为"舍予",但现代人摆脱不了的是财产,临死前还忘不了立下遗嘱。第二个"DA"是"同情",但现代人"每人守着一座监狱",每人只想着自己,眼睛只盯着自己的脚下。第三个"DA"是"克制"。但现代人能否做到这一点,像高明的水手保持船与水面的平衡呢?这里是在东西方互补的对话中又夹杂着讽拟体,形成一种复杂多变的关系。

五、微型对话。巴赫金所谓的"大型对话",是指不同人物及其背后所代表的意识形态之间的对话;"微型对话"是指同一人物的内心独白,对话渗透到每个词语中,激起两种声音的斗争和交替。[1]在《荒原》中,我们所谓的"大型对话"是指前述不同文学片断及其所代表的意识形态和文化传统文化之间的对话,而"微型对话"则是指同一诗歌意向所具有的双重含义之间的对话。《荒原》中重要的意象有"水"、"火"、"腓尼基水手"和"渔王"等。这些意象自身也形成一种对话关系。"水"既是生命的活水,又是会带来死亡的情欲之水。"火"既可理解为情欲之火,也可理解为地狱中净化灵魂的圣火。"腓尼基水手"由于欲望过于强盛而被欲望之海淹死;渔王则由于性能力衰竭而得病,导致国土荒芜。这样,就形成了一个微型对话:雨水降临能解救干旱,雨水过多又会淹没荒原;净火能烧毁一切不洁的东西,欲火过旺也会烧毁人类创造的文明成果。面对这个生存的两难选择,现代人究竟应该怎么办呢?

狂欢节精神

《荒原》的复调性还表现在它的狂欢节精神上。按照巴赫金的说法,"狂欢节究其意义来说是全民性的,无所不为的,所有的人都需要加入亲昵的交际。广场是全民性的象征。……在狂欢化的文化中,广场为情节发展的场所,具有了两面性,因为透过了现实的广场,可以看到一个进行随便亲昵的交际和全民性加冕的狂欢广场"[2]。

我们看到,在《荒原》中不同文体、语言、人物之间的界限荡然无存,各种体裁、各种形式、各种语言、各色人等,进入同一文本,仿佛中世纪的人们进入广场,参加狂欢节游行一样。古希腊的神话、中世纪的传奇与近代文学片断相互印证,瓦格纳的歌剧与中世纪的民谣、现代的儿歌同声合唱;现实中的人物和历史中的人物,奥匈帝国贵族最后残余与伦敦城里的小市民、小职员相互交杂;梵文、希腊文、拉丁文与现代欧洲语言相互参照;东方的《奥义书》

---

[1] 米哈伊尔·巴赫金著:《陀思妥耶夫斯基诗学问题》,白春仁等译,北京:生活·读书·新知三联书店,1988年,第245页。
[2] 米哈伊尔·巴赫金著:《陀思妥耶夫斯基诗学问题》,白春仁等译,北京:生活·读书·新知三联书店,1988年,第183页。

与西方的《圣经》频频对话。没有一个统一的占主导地位的主体，也没有一个统一的占主导地位的观点，更没有一种占主导地位的、统一的、和谐的语言。相反，它们是种种对立的、变化的话语的大杂烩；它们不断发展，又不断自我更新。在这里，一般的、日常的语言和时髦的语言互相照亮、互相揭示，各个不同的视点互相交织，互相补充又互相解构。语言形象与其所代表的世界观，与其背后活生生思考、行动的人及其具体的环境密切相关。我们面对的是从远古、中世纪到近现代的几个时代的复杂的话语系统，进入了对话活动，充满了狂欢节精神。

时间也是狂欢节上的一个重要的因素。按照伽达默尔的方法，人类有两种基本的时间经验，一种是按钟表分割、繁忙、无聊、按部就班的时间。另一种是真正的时间，真正的时间是实现了的时间或特有的时间，它与节日及艺术有着最深刻的亲缘关系。节日的时间以一种沉醉之情和解放之感弥漫整个心灵，使人的精神感到分外亢奋和充实。节日的时间打破了日常生活的一分一秒流逝的链条，成为瞬间生成的。[1]从《荒原》原文来看，全诗共出现六种时态，即一般现在时、现在进行时、现在完成时、一般过去时、过去完成时和一般将来时。这六种时态在诗中都被纠结在一起，呈现出一种共时态，而各种大型的和微型的对话就在这种共时态的背景中展开。这也预示了诗人后来在《燃烧的诺顿》（*Burnt Norton*，1941）中表达的时间观：

Time present and time past

Are both perhaps present in time future,

And time future contained in time past.

If all time is eternally present

All time is unredeemable.

（现在时和过去时，

两者或许都出现于未来时，

而未来时就包容在过去时中。

如果所有时间都是永恒的现在，

所有的时间就都不能够得到拯救。）

1　参见王岳川：《伽达默尔的哲学解释学与艺术本体论》，见《东西方文化评论》第三辑，北京：北京大学出版社，1986年，第60页。

共时态的时间模式反映了狂欢节的基本精神，这就是交替与变更的精神，毁坏一切和更新一切，促使死亡和新生转化的精神。这种精神深深植根于原始时代四季更替的仪式和庆典中。纵观《荒原》全诗，诗人突出和强调了一般现在时和现在进行时，其他几种时态都被笼罩在现在时的框架中。第一节《死者葬仪》，用的是极富动作性的现在进行时："breeding……mixing……stirring……"暗示了正在孕育的死中之生，最后一节《雷声说的话》结束前引用一首伦敦民谣："London bridge is falling down falling down falling down"，用的也是现在进行时，暗示了正在孕育的生中之死。这两个狂欢节的主题犹如音乐中对位的主旋律贯穿始终，形成狂欢体形象结构的两极：诞生—死亡、毁灭—重建、高雅—卑俗、禁欲—纵欲、肯定—否定、荒原—沃土、历史—现实等，全诗就在代表新生和腐朽交替的现在进行时中宣告开始、结束和进入下一轮循环。

　　从整体结构上看，《荒原》全诗是一个模拟四季循环的仪式，叙事时间正好相当于巴赫金所谓的"仿佛是从历史时间中剔除的"、"狂欢节时间里的一天"[1]，形成春夏秋冬的循环和晨昏昼夜的交替的微妙对应的格局。第一节《死者葬仪》举行的季节是春天，时间是早晨，作为现代西方文明象征的伦敦弥漫在雾中，圣玛利亚·乌尔诺斯教堂"钟敲九下"（69行），市民们开始鱼贯地流过伦敦桥去上班。第二节《一局棋》，时间转到了上午十点钟，旅馆供应热水的时间（135行）。没有明显季节的标志，但从充满全节的火——光的意象和关于情欲、诱奸的故事，显然是情欲旺盛的夏天的象征。用叶芝的话来说，"鱼肉禽整个夏天都赞扬个不停、一切被养育、降生和死亡着。他们都迷恋于种种肉感的音乐，忽视了不朽的理性的杰作。"（《驶向拜占庭》）。从第三节《火诫》开始，全诗转入悲凉的秋季："河的帐篷已破；树叶临终的手指揪紧着，陷入潮湿的河岸。而风无人察觉，掠过棕黄色的大地"（173—175行），时间也转到了"紫色的黄昏"——下班和喝茶时间，"人体发动机"等待着。随后便发生了女打字员和银行小职员机器般自动的做爱场面。最后一节《雷声说的话》，荒原进入了冬天的枯水期，"这里没有水，只有岩石，只有岩石，没有水……只有干枯的不生育的雷鸣，没有雨"（331—377行）。时间

---

[1] 米哈伊尔·巴赫金著：《陀思妥耶夫斯基诗学问题》，白春仁等译，北京：生活·读书·新知三联书店，1988年，第245页。

转为夜晚。女巫在黑暗中奏琴，蝙蝠在紫光中飞翔，月光照耀在废墟上。四季的循环到了尽头，黑夜也到了尽头。另一轮循环就要开始了。一只公鸡站在屋脊上发出"咯咯依咯"啼叫，这使我们想起《圣经》中彼得不认主的那个著名典故[1]，又与伦敦的民谣互相回应（"伦敦桥正在塌下来塌下来塌下来"），这是毁灭之歌，也是新生之歌。值得注意的是，这里写到的西方的夜晚正是东方的黎明，西方的冬天是东方的春天，恒河上空乌云翻卷、雷声隆隆，这是否意味着解除荒原的干旱状态、人类得救的希望在东方呢？

综上所述，笔者认为，《荒原》是一个用他者话语精心构筑起来的诗歌文本，它以他者话语作为诗歌的整体框架，以他者话语作为诗歌的本文内容；主体在自身的分裂中构成自身，在他者话语的延展中呈现自身。全诗具有的明显的未完成性和复杂性对话关系，正体现了现代—后现代诗学的普遍特征。

1　参见《新约·马太福音》：彼得在耶稣被捕后，被人指认是与耶稣是一伙的，但他三次否认，在第三次否认后，鸡就叫了，这时彼得想起耶稣说的话："鸡叫以先，你要三次不认我。"他就出去痛哭。（26：34—75）

第九章
时间、追忆与身份认同

西方现代性的展开与其独特的时间意识相关。按照卡林内斯库的观点，"一般意义上的现代性及其特殊意义上的文学现代性，都是一种时间意识的不同侧面"[1]。现代性的时间意识是不可逆的线性时间，一种永远面向未来，求新、求变、求异的时间意识。它迫使人们无情地抛弃过去，与传统彻底决裂，它把时间视为一种可计量的商品，凡是不能转化为财富的时间，就是无用的时间，必须被贬入非理性、无意识的冷宫。另一方面，现代性以单一的、共时的时间框架（基督纪元）考量人类历史，凡是在空间上远离西方中心的，就被认为是在时间上远离文明、尚处在蒙昧阶段的，这种时间意识为帝国主义的殖民扩张及其对殖民地资源的掠夺、原住民文化的排斥，提供了合法化和合理化的依据。于是，与时间相关的记忆，无论是个体的私密记忆还是族群的集体记忆，均没入沉沉暗夜。

现代性制造了遗忘，也催生了它的反面——追忆。正是出于人类反抗遗忘的本能、个人和族群建立身份认同的需要，记忆通过文学叙事再次顽强地凸现了它的存在价值。

保罗·康纳顿说，"记忆不是一个复制问题，而是一个建构问题"[2]。从历史上看，文学为抗拒遗忘而生。据希腊神话，回忆女神摩涅摩绪涅（Mnemosyne）与宙斯交合九天九夜后生下了九位缪斯，史诗、悲剧和琴歌都归缪斯女神管辖。因此，记忆或追忆，既是文学的永恒主题，也是文学叙事的

---

1 马泰·卡林内斯库著：《现代性的五副面孔》，顾爱彬等译，北京：商务印书馆，2003年，第58页。
2 保罗·康纳顿著：《社会如何记忆》，纳日碧力戈译，上海：上海人民出版社，2000年，第26页。

基本手法。记忆进入语言文字得到讲述,但记忆具有选择性,什么东西应该记住,什么东西应该遗忘,哪些东西应该讲述,哪些东西应该抹去,生理的和文化的筛选机制均起了作用。从文化筛选机制考察,每个个体、每个族群都有自己的一套标准或原则。但无论这些标准和原则之间有着多大的差异,有一点是肯定的,它们都必然会涉及自我身份的认同问题。因为人类对自身的存在和身份的感知是以记忆的延续为前提的。一旦丧失了记忆或中断了记忆的连续性,身份就无法得到确认,自我就没了灵魂,存在就成了虚无。正是记忆把我们的感知经验联为一体,使我们确认自己是一个统一的、具有连续性的存在者。在本章中,笔者将通过对两个现代主义作品和一个古代经典文本中三个与追忆相关的细节的比较,探讨文学叙事与时间、追忆和身份认同的关系。

"小玛德兰点心"与"见识冰块的下午"

普鲁斯特的《追忆似水年华》(以下简称《追忆》)向来被认为是意识流小说的奠基之作,开创了20世纪心理小说的崭新的艺术风格,成为法国小说由传统派向现代派正式过渡的一座桥梁。但笔者认为,从现代性批判的视野来考察,这部小说还开创了另一个传统,即以个人记忆—小叙事展开对现代性启蒙大叙事的批判的传统。第一卷中的著名细节"小玛德兰点心"是开启这部小说的钥匙。

> 这已经是很多很多年前的事了,除了同我上床睡觉有关的一些情节和环境外,贡布雷的其他往事对我来说早已化为乌有。可是有一年冬天,我回到家里,母亲见我冷成那样,便劝我喝点茶暖暖身子。而我平时是不喝茶的,所以我先说不喝,后来不知怎么又改变了主意。母亲着人拿来一块点心,是那种又矮又胖名叫"小玛德兰"的点心,看来像是用扇贝壳那样的点心模子做的。那天天色阴沉,而且第二天也不见得会晴朗,我的心情很压抑,无意中舀了一勺茶送到嘴边。起先我已掰了一块"小玛德兰"放进茶水准备泡软后食用。带着点心渣的那一勺茶碰到我的上腭,顿时使我浑身一震,我注意到我身上发生了非同小可的变化。一种舒坦的快感传遍全身,我感到超尘脱俗,却

不知出自何因。我只觉得人生一世，荣辱得失都清淡如水，背时遭劫亦无甚大碍，所谓人生短促，不过是一时幻觉；那情形好比恋爱发生的作用，它以一种可贵的精神充实了我。也许，这感觉并非来自外界，它本来就是我自己。我不再感到平庸、猥琐、凡俗。这股强烈的快感是从哪里涌出来的？我感到它同茶水和点心的滋味有关，但它又远远超出滋味，肯定同味觉的性质不一样。那么，它从何而来？又意味着什么？哪里才能领受到它？[1]

一块小小的点心，竟然引出了大段的人生哲学；一种纯粹个体化的味觉，居然升华为超凡脱俗的快感，赢得了作者如此的赞叹。这里，我们看到是以一个以个人主观的感觉记忆为轴心而旋转的文学叙事空间。一个又一个零碎的记忆断片，从浸泡着小玛德兰点心的茶杯中脱颖而出，将整个世界囊括于其中。追忆成为生命的根基，存在的连续性标志。叙述者的生命由一连串小玛德兰点心式的细腻而温暖的回忆构成。现时的感受引出往事的回忆，带回一段逝去的时间——脚踩在斯万家高低不平的石阶上，使他重新找到了青年时代踩踏过的威尼斯圣马可教堂的台阶的感觉；手摸到仆人递来的浆过的餐巾，蓦然使他回想起海滨浴场上用过的同样粗硬的毛巾，勾出一段已逝的爱情；斯万家的门铃声使他想起贡布雷老家花园的铃声，由此引出一段童年往事……

弗洛伊德告诉我们，任何东西——从一个字的发音、一片叶子的颜色，到一张皮的触感——都可以用来将一个人的自我同一感（自我认同）加以戏剧化和具象化。因为，这一类东西在个人生命中所扮演的角色，其实是过去哲学家认为可以（或至少应该）只由普遍共通的东西来扮演的。这一类的东西可以把我们一切言行所负载的盲目模糊印记加以象征化；它们表面上杂乱无章的凑合，其实都可以构成生活的基调；任何这样的凑合，都可以构成人生奉献服膺的无条件命令。[2] 普鲁斯特通过他独特的"追忆"方式证明了这一点。他想告诉我们的是，生活——我们所过的生活是由一些小得不能再小的、纯个体化的感觉及其回忆构成的，"这一切回忆重重叠叠，堆在一起，……有些回

---

[1] 玛赛尔·普鲁斯特著：《追忆似水年华》，李恒基等译，南京：译林出版社，1994年，第28—29页。

[2] 转引自理查德·罗蒂著：《偶然、反讽与团结》，徐文瑞译，北京：商务印书馆，2005年，第55页。

忆是老的回忆，有些是由一杯茶的香味勾引起来的比较靠后的回忆，有些则是我从别人那里听来的别人的回忆，其中当然还有'裂缝'，有名副其实的'断层'，至少有类似表明某些岩石、某些花纹石的不同起源、不同年代、不同结构的纹理和驳杂的色斑"。[1]但无论如何，这些都是完全属于个人的私密化的小叙事，而不是什么涉及国家政治命运的大叙事。"当大家都在谈论狄奥多西二世国王作为国宾和盟友在法国的访问将产生的政治影响时，我连听都不听。但与此相反，我是多么想知道当时斯万是不是穿着他那件披风式的短大衣！"[2]就这样，凭借个体化的视觉、听觉、味觉和触觉，一种完全属于个人的记忆被开采出来，一个纯粹私密化的空间被展现出来，一种与现代性启蒙大叙事（grant narrative）格格不入的个人小叙事（petit narrative）诞生了。

如果说，普鲁斯特以"小玛德兰点心"显示了私密化记忆对现代性体制化社会的顽强抵抗，从而开启了一种个体化的身份叙事，那么，马尔克斯则以童年时代外祖父带自己去香蕉公司仓库见识冰块的追忆为起点，[3]成功地将私密化的个人记忆转换为集体记忆，展开了对族群身份问题的反思。

《百年孤独》的开头耐人寻味，如同《追忆》一样，那也是一个成人对童年时代的追忆，不过，这是一个面临生命终点的成人，从心理学层面上讲，他的追忆更加遥远，更加清晰，也更加刻骨铭心。

> 许多年以后，面对行刑队，奥雷良诺·布恩地亚上校将会回想起，他父亲带他去见识冰块的那个遥远的下午。那时的马贡多是一个有二十户人家的村落，用泥巴和芦苇盖的房屋就排列在一条河边。清澈的河水急急地流过，河心那些光滑、洁白的巨石，宛若史前动物留下的巨大的蛋。这块天地如此之新，许多东西尚未命名，提起它们时还须用手指指点点。[4]

---

1 玛赛尔·普鲁斯特著：《追忆似水年华》，李恒基等译，南京：译林出版社，1994年，第109页。
2 玛赛尔·普鲁斯特著：《追忆似水年华》，李恒基等译，南京：译林出版社，1994年，第239页。
3 加西亚·马尔克斯/门多萨著：《番石榴飘香》，林一安译，北京：生活·读书·新知三联书店，1987年，第33页。
4 加西亚·马尔克斯著：《百年孤独》，黄锦炎等译，杭州：浙江文艺出版社，1991年，第1页。

叙述者从现在出发，推测将来要发生的事情，而这个事情的亲历者又将在将来的现在回想过去，随后，叙事时间又从较近的过去滑向更远的过去，直至史前时代。由此，小说展开了一个人、鬼、物交感的世界，体现了具有拉美本土文化特色的、建立在古老的"万物有灵论"基础上的魔幻和巫术世界观。

为什么追忆以"冰"开头，为什么那个见识冰块的下午是如此之"遥远"？对于从来没有见识过冰的小奥雷良诺来说，冷冻的感觉与"煮开"的感觉没有什么差别。从隐喻的层面上看，冰块是一系列外来的、陌生的、无法理解、无法把握的东西的表征。而它正是一位名叫墨尔基阿德斯的吉普赛人带来的。这个外来者不光带来了冰块，还带了磁铁、放大镜、望远镜等一系列新鲜的、陌生的事物，进而带来了封闭的小镇原住民对异域的向往，带动了布恩地亚家族第一代人对马贡多以外的世界的探索，之后带来了自由党和保守党的概念，引发了一系列的选举、起义、暴动、罢工与血腥的镇压，带来了那场整整下了4年零2个月零2天的雨，鱼可以游进门，游进窗子……

《百年孤独》以个人追忆始，以集体遗忘续，以预言实现终。第一章开头布恩地亚上校的追忆与第三章中间遗忘症在小镇的流行，两者之间形成了强烈反差，其所表征的正是族群记忆丧失的这个历史事实。族群记忆—遗忘是整个小说身份叙事的核心。由于大量外来人口和新奇事物的涌入，原先封闭而平静的生活被打破了，马贡多的原住民全都患上了由失眠症转化而来的遗忘症，"变成一个没有过去的白痴"[1]，以至大家不得不赶在记忆完全丧失之前在每件物品上贴上标签，写上"这是××"，"那是××"，作为引发集体记忆的线索。一个丧失了集体记忆和身份认同的族群，其必然的命运就是灭亡。小说结尾，奥雷良诺·布恩地亚面对丧妻失子的哀痛，忽然领悟了墨尔基阿德斯提前一百年写在羊皮纸手稿上的这个家族的历史，随即他与马贡多这座幻景之城一起被飓风刮走，并将从人们的记忆中完全消失。

"奥德修斯的伤疤"与身份认同

在初步考察了两个现代主义作品中有关追忆的细节之后，我们返回过去，

1　加西亚·马尔克斯著：《百年孤独》，黄锦炎等译，杭州：浙江文艺出版社，1991年，第37页。

将上述片断与古老的荷马史诗《奥德赛》中著名的细节"奥德修斯的伤疤"作一联系和比较。

《奥德赛》第19卷讲到，奥德修斯在历尽艰险终于抵达家乡伊萨卡的时候，为了考验分别多年的妻子是否对他忠诚，乔装打扮成一个乞丐，在自己家门口行乞，结果被佩涅洛帕收留。老女仆按照好心的女主人的吩咐给这位外乡人洗脚。在所有的古老故事中，这通常是向疲惫的流浪者表示好客的第一道礼节。老女仆打了凉水，兑上热水，这时奥德修斯坐在柴火旁，立即把身子转向暗处，因为他倏然想起，老女仆抓住他的脚，会立即认出他小腿上的伤疤（那是他小时候打猎时留下的），从而暴露秘密。果然，老女仆给他洗脚，立即发现了那伤疤。

接下来的情节是大家耳熟能详的。关于洗脚的叙事暂时中断了。荷马插入了足足74行讲述了奥德修斯伤疤来历（19：392—466）。之后，

> 老女仆伸开双手，手掌抓着那伤疤，
> 她细心触摸认出了它，松开了那只脚。
> 那只脚掉进盆里，铜盆发出声响，
> 水盆倾斜，洗脚水立即涌流地面。
> 老女仆悲喜交集于心灵，两只眼睛
> 充盈泪水，心头充满热切的话语。
> 她抚摸奥德修斯的下颌，对他这样说：
> "原来你就是奥德修斯，亲爱的孩子。
> 我却未认出，直到我接触你主人的身体……"[1]

她还来不及兴奋地喊出声来，足智多谋的奥德修斯便轻轻捂住她的喉咙，对她又哄又吓，不让她出声，以免坏了自己的大计。直到第21卷，他与儿子特勒玛科斯合作，用计将外来的求婚者统统杀死后，奥德修斯才撩起衣衫露出大伤疤（21：220），分别二十年的夫妻经过一番互相试探，才最终相认，互叙离情别苦。

在"奥德修斯的伤疤"这个著名的片断中，被追忆和讲述的核心是那个作为冒险家和浪游者的奥德修斯的身份。二十年的离家和还乡之旅使他感到担

---

[1] 荷马著：《奥德赛》，王焕生译，北京：人民文学出版社，1997年，第412页。

心和恐惧的正是自我身份的认同，以及与此相关的财产、地位、荣誉等一系列标志个人价值的东西。没有了身份，他就成了一个孤魂野鬼，一个无法被自己的家庭和部族认可的异乡人。没有了身份，他的回归就没有了意义，他向求婚人的复仇就没有了合法性基础。但悖论的是，他只能首先将自己的真实身份隐藏起来，才能获得自己的身份。因此，伤疤就成为整部史诗叙述的一个关键细节。荷马既要让他的听众知道奥德修斯的真实身份，又要隐藏起这个真实身份；既要让听众知道他的伤疤的来历，又不能让女主人知道而坏了他的大计。换言之，他既要追忆，又要遗忘；既要展示这个伤疤，又要隐匿这个伤疤；既要讲述伤疤的来历，又要保守伤疤的秘密。伤疤深藏在时间这个巨大的褶皱中，从童年一直到壮年，中间经历了十年的特洛伊大战、十年的海上历险，是刻骨铭心的身份标志，必须好好隐匿一讲述。

　　似乎巧合的是，在普鲁斯特笔下，叙述者也是从回忆在外祖母家度过的童年生活开始他的追寻时间之旅的。不过，玛赛尔拥有的不是一个显赫的贵族世家，而是一个温情脉脉的小市民家庭。类似奥德修斯从壮年向少年的回归，玛赛尔也从中年开始凝望着自己的童年。像生活在神话时代的奥德修斯一样，生活在理性时代的玛赛尔也关注着自己的身份，也害怕失去自己的身份。不过，他所关注的不是外在的、生理性的身份标志，而是内在的、纯心理性的身份认同感，因为经历了五百年的现代性进程，二十世纪初的市民社会已经物质化、体制化和同质化了，人们从外貌到内心变得越来越相似。对于一个努力想保持自己个性的人来说，该被追忆和讲述的不是物质的伤疤，而是精神的"伤疤"，一种独一无二的、刻骨铭心的、完全个体化的情感体验，而这种情感体验在现化性的进程中正面临缺失的危险，从而危及自我身份的认同，导致存在的被遗忘。因此，小玛德兰点心就在《追忆》中担当起了类似奥德修斯的伤疤在《奥德赛》中曾经担当过的叙事功能。通过一次又一次的追忆和讲述，玛赛尔找回了一段又一段温情脉脉的时光，从而确认了自己的身份，认识了自己作为一个作家的使命，即通过回忆往事，追寻失去的时间，将生活变成艺术，从而延续自己的生命，避免存在的被遗忘。

　　在接受哥伦比亚作家兼记者普利尼奥·门多萨的采访时，马尔克斯自陈，写作《百年孤独》的初衷是"为我童年时代所经受的全部体验寻找一个完美无缺的归宿"[1]。这个归宿最后落实在布恩地亚家族的历史中，而这个"布恩地

---

[1] 加西亚·马尔克斯、门多萨著：《番石榴飘香》，林一安译，北京：生活·读书·新知三联书店，1987年，第103页。

亚家族的历史可以说是拉丁美洲历史的翻版"，与此同时，他又指出，"拉丁美洲的历史也是对一切巨大然而徒劳的奋斗的总结，是一幕幕事先注定要被人遗忘的戏剧的总和。至今，在我们中间，还有着健忘症。只要事过境迁，谁也不会清楚地记得香蕉工人横遭屠杀的惨案，谁也不会再想起奥雷良诺·布恩地亚上校"[1]。这样，个人叙事、家族历史和民族寓言这三者就融为一体了。借助童年记忆，马尔克斯成功地为布恩地亚家族—哥伦比亚—拉丁美洲制造了一架巨大的"记忆机器"，通过《百年孤独》的追忆和讲述，将遗忘之物呈现在世人面前，促使人们牢记过去，消除遗忘症，摆脱消失于飓风中的命运。

时间的重组与扭曲

记忆必定与时间相关，时间只能通过叙事才能得到表述。而叙事对时间的表述不是毫无节制的，必定要经过精心的筛选和复杂的再组织。在上述三个细节中，时间都被叙事者重组和扭曲了。只不过重组和扭曲的方式是不一样的。

在荷马史诗中，时间的重组是有理可依，有章可寻的。无疑，荷马一面在追忆他的主人公的往事，一面也在追忆和歌唱希腊部族的历史。在关于伤疤的插入情节中，荷马"以田园牧歌式的笔调讲述了奥德修斯的孩童和少年时代"[2]。但是，正如奥尔巴赫指出的，在荷马史诗中，"所有事件都呈现出一种连续不断的、有节奏的、动态的过程……任何地方都不会留下断简残篇，现象的进展总是处在主要位置，始终处在地点和时间的现时性中"[3]。荷马仿佛站在奥林匹斯山上的宙斯，俯瞰着山下的芸芸众生在欲望的催逼下摸打滚爬，而他则以地中海水般清澈的目光观察着、记录着这一切。他的叙事不带任何个人偏见和主观色彩。他的时间模式是一种"客观现时性"[4]，一种属神

---

[1] 加西亚·马尔克斯、门多萨著：《番石榴飘香》，林一安译，北京：生活·读书·新知三联书店，1987年，第105页。

[2] 埃里希·奥尔巴赫著：《摹仿论：西方文学中所描绘的现实》，吴麟绶等译，天津：百花文艺出版社，2002年，第19页。

[3] 埃里希·奥尔巴赫著：《摹仿论：西方文学中所描绘的现实》，吴麟绶等译，天津：百花文艺出版社，2002年，第5页。

[4] 埃里希·奥尔巴赫著：《摹仿论：西方文学中所描绘的现实》，吴麟绶等译，天津：百花文艺出版社，2002年，第6页。

的，处于时间之外的、永恒的现在时。荷马关注过去的目的是为了更好地讲述现在。在荷马文体里，先讲一大段往事之后再讲现在的这种现时主观性视角的写作技巧是找不到的。"荷马只懂得运用前景，只会运用着墨平均的客观现在时"。[1] "荷马风格是使事件展现在画面的前景，他的诗里虽然有大量的前后跳跃，但他每次都把正在讲述的事情作为目前唯一而不与其他事情相混淆，没有讲述人视角的出现。"[2]

但是，在《追忆》中，荷马式的客观现在时转变为普鲁斯特式的主观现在时。时间的亲历者和时间的讲述者合而为一。普鲁斯特自觉意识到，"我并非处于时间之外，而是像小说人物一样受制于时间的规律"[3]。正因为这样，为了使读者感到时间在流逝，作家不得不疯狂地拨快时针，使读者在两分钟内越过十年、二十年、三十年。正如莫洛亚指出的，普鲁斯特采用的"某种的回忆过去的方式"是"通过无意的记忆来回忆"[4]，即通过现时的感受与某一回忆的巧合而产生无意的记忆，从而找回了失去的一段时间。时间在叙事中展开非线性的跳跃。普鲁斯特说："我的书完全起源于对某种特殊感觉的运用……，这种特殊感觉类似于一台望远镜，是以时间为目标的；因为望远镜使肉眼看不清楚的星星变得清晰，而且我还尝试去清楚地认识那些下意识的现象，这些现象完全被遗忘了，有些在时间上已经变得非常遥远了。"[5] 这种叙事时间模式显示出，荷马笔下那个完整的、统一的、理性的世界已经崩解。在现代化进程中，时间链条脱节了，完整而统一的个人身份崩解了。追忆者所能抓住的只是自己生存的一些碎片和残屑。就像同时代的艾略特用一大堆"破碎的意象"支撑起他的诗歌大厦一样，普鲁斯特也只能用零碎的个人记忆残片支撑起他的自我身份意识，以对抗那个在他封闭的密室外喧嚣的现代性进程。通过进入时

---

[1] 埃里希·奥尔巴赫著：《摹仿论：西方文学中所描绘的现实》，吴麟绶等译，天津：百花文艺出版社，2002年，第6页。

[2] 埃里希·奥尔巴赫著：《摹仿论：西方文学中所描绘的现实》，吴麟绶等译，天津：百花文艺出版社，2002年，第12页。

[3] 玛赛尔·普鲁斯特著：《追忆似水年华》，李恒基等译，南京：译林出版社，1994年，第277页。

[4] 安德列·莫洛亚著：《从普鲁斯特到萨特》，袁树仁译，桂林：漓江出版社，1987年，第15页。

[5] 瓦尔特·比梅尔著：《当代艺术的哲学分析》，孙周兴等译，北京：商务印书馆，1999年，第223页。

间之中而越出时间之外，普鲁斯特逃脱了物质时间的压迫，进入生命的存在本源。

与《追忆》相似，《百年孤独》也是一种碎片化的叙事。只不过后者采用了一种被作家自称为"像外祖母讲故事一样"[1]的方式叙述一个家族的历史。在《百年孤独》中，布恩地亚上校见识冰块的"那个遥远的下午"成了叙事时间起承转合的关键。四种复杂的时态交汇在一起，现在时中的将来时、将来时中的现在时、将来现在时中的过去时、过去时中的过去融为一体，体现了人类的对时间的感知和讲述在新的时空条件下的发展，它不光是线性的、流动的，而且是四散的、漫溢的、交融的、循环的。荷马式的明快简洁转化为魔幻现实主义的万花筒式呈现，普鲁斯特的非线性跳跃升华为令人目不暇接的烟花般的绽放。线性的叙事转变为非线性的展开，记忆的空间变得更加广阔，更加激动人心。由于整个族群的集体记忆已经在民族大流散、殖民体制和克里奥尔式的杂交中丧失或部分丧失，援引已往经典作品中的类似记忆碎片就成为恢复族群记忆的一种手段或途径。叙事者大量运用了从古希腊、希伯来到美洲的神话原型，使人感到历史的延续性和时间的循环性。马贡多的开发者布恩地亚与其妻子的乱伦关系，以及其后他俩离开家乡，去自谋生路的经历令人想到《圣经·创世纪》中亚当与夏娃被放逐的故事。布恩地亚率领马贡多的人去寻找通向外部世界出路的故事，显然与《圣经·出埃及记》中摩西带领希伯来民族寻找迦南地的故事具有某种对应关系。小说中那场下了整整4年零2个月零2天，冲刷了被政府军屠杀的罢工工人的血迹的大雨，也明显与《圣经·创世纪》中的大洪水有相似之处。布恩地亚家族的大女儿阿玛兰塔终身未嫁，把自己关在家中，不断为自己缝殓衣的情节，令人想起《奥德赛》中奥德修斯的妻子佩涅罗帕为应付求婚者而不断织布的故事。与此同时，小说还反复运用了重复的手法。同样的事件、人物、行为不断重复，布恩地亚家族中人物的名字、性格特征、行为等不断重复，令人感到时间在原地打转，历史在不断地循环往复。

奥尔巴赫曾提醒我们，在他引用的关于伤疤的故事中可以看到，"洗脚这一祥和的家庭场景是怎样嵌进伟大、重要、崇高的返乡情节中的"[2]。通过本

---

[1] 加西亚·马尔克斯、门多萨著：《番石榴飘香》，林一安译，北京：生活·读书·新知三联书店，1987年，第341页。

[2] 埃里希·奥尔巴赫著：《摹仿论：西方文学中所描绘的现实》，吴麟绶等译，天津：百花文艺出版社，2002年，第25页。

文的论述，我们想进一步说明的是，奥德修斯的伤疤、玛赛尔的小玛德兰点心和布恩地亚上校见识的冰块这三个小小的细节，是如何被嵌进更加伟大、重要和崇高的身份叙事中的。伊萨卡、贡布雷、马贡多与其说是世界上的某个地方，不如说是某种精神状态，其所表征的是人们对自我身份和族群身份深深的眷恋和怀念。上述三个经典文本中的细节，分别来自古典时代、现代主义和后现代—后殖民时期，都涉及一个成年人向自己孩童时代的追忆。三位作家从不同的立场和角度出发，以不同的叙事方式，不同的时间模式，通过个人化的追忆，确认了自己的或自己所属的族群的身份和历史使命。

由此可见，文学的追忆不是单纯的再现，而是通过想象的再现，不是单纯的恢复，而是创造性的修复。只有对处在理性和体制双重压迫下的记忆加以重组、重构和重现，使之变得更为强烈、更为集中、更为深刻，才能把散乱的记忆整理为叙事，让分散的经验凝聚起来，才能更有力地发挥其促使个人和族群新生，认识到自己的使命和历史命运的作用。

第十章
现代性主体的空间意识与身份焦虑

现代性不但展开了一种全新的时间意识，也催生了一种迥异于传统的空间意识。福柯指出，19世纪的着魔是时间，20世纪的着魔则是空间。[1]我们看到，普鲁斯特着眼的是时间感觉，在他笔下，主人公的自我认同是建立在历史和回忆的基础上的。玛赛尔拼命回忆，努力捕捉童年的记忆，企图通过莫洛亚所说的那种"特殊的回忆"方法，通过一块小玛德兰点心，或一块粗硬的海滨浴场毛巾来"追寻失去的时间"，达到一种自我认同。主人公对过去和现在之间存在的时断时续的线索的追寻成了整部小说叙事的内驱力。但在20世纪另一些现代主义作家的小说中，我们几乎看不到这种"追寻失去的时间"的努力，他们的自我认同建筑在一种完全不同的基础上，这就是爱德华·索亚所说的，隐藏在现代性内部的一种深刻的"空间困境"[2]。在卡夫卡的作品中，我们发现，主人公们时刻面临着这种深刻的空间困境。主人公只有进入自己的私密化空间才觉得自己是安全的，才是自己的主人，才能找到自我认同。而时间对主人公来说仿佛是可有可无的。这就是为什么卡夫卡小说中的人物大多没有名字，或者如果有的话，也只有一个抽象的符号（典型的如K）的一个原因。因为名字是历史的符号，代表一个人与他或她的家庭、祖先之间存在的历史绵延性。普鲁斯特小说中出现多少名字啊，那些名字都是私密的、亲切的、芬芳的，引起绵绵不断的怀旧情绪。但卡夫卡似乎没有怀旧感。作为一个犹太

1　米歇尔·福柯：《不同空间的正文与上下文》，见包亚明编：《后现代性与地理学的政治》，上海：上海教育出版社，2001年，第18页。
2　爱德华·索亚：《现代性的解构与重建》，见汪民安、陈永国、张云鹏主编：《现代性基本读本》（下），郑州：河南大学出版社，2005年，第834页。

人，一个边缘人，一个精神流散者，他与他笔下的主人公一样，生活在空间的焦虑之中，他更为关注的是如何保住现有的、熟悉的、私密的空间，或是如何进入新的、未知的、陌生的空间。为此，他让他小说中的人物展开了艰苦卓绝的斗争，或是为进入一个无法进入的空间而焦虑，或是为保卫一个私密的空间而努力奋斗。空间意识构成了卡夫卡小说的典型特征，也为我们认识20世纪小说叙事的美学特征提供了重要线索。从这个意义上说，普鲁斯特更多地属于19世纪，而卡夫卡则完全属于20世纪，尽管俩人差不多生活在同一时间段中。

封闭的私密空间

从现象学角度来看，空间决不仅仅是人类生存的背景，而是生存本身。正如加斯东·巴什拉在其《空间诗学》一书中引用的法国诗人N·阿那德（Noel Arnaud）诗句所言：

我就是我占据的空间[1]

只要稍稍注意一下卡夫卡小说的标题，我们便不难看出这位敏感的作家对空间问题的关注程度：《流放地》、《城堡》、《地洞》、《中国长城建造时》是直接与空间有关的，《审判》、《变形记》、《杂货商》等则间接与空间有关。这些空间或是私密的，或是公共的；或是封闭的，或是开放的；或是安全的，或是令人不安的；或是可以进入的，或是永远无法抵达的。空间不但为主人公的活动提供了背景，甚至可以说，它们本身就是主人公存在状态的一种象征。统而言之，我们可以从互文性的角度将卡夫卡小说中的空间看作一个整体。《地洞》无疑是一个很好的切入点。

细读全文不难看出，《地洞》中的主人公/叙述者，一只生活在地下的小动物，被一种无可名状的焦虑感压倒。小说开始时它为自己终于建成了一个地洞，一个完全属于自己的私密空间而感到高兴，但不久这种感觉就被另一种更为强烈的感觉压倒，那就是对于可能的入侵者的焦虑。它不断地挖掘着，扩大着自己的私密空间，不断堆积着它的捕获物，以备不时之需；与此同时，它又不断地倾听着周围的动静，提防着一切可能的不怀好意的陌生者的入侵。正

---

[1] Gaston Pachelard. *The Poetics of Space*. New York: Beacon Press, 1994, p.137.

是这种焦虑感支配了主人公的整个生存状态，成为整个叙事的内驱力。按照宇文所安的说法，"内驱力就是驱动叙述的推动力：是谁或者是什么，对事件的发生负责？这又如何结构和定型整个叙事？"[1]《地洞》中整个叙事的内驱力正源于主人公的空间焦虑。巴什拉在《空间诗学》中指出，一座屋子中的每个角落，一个房间中的每个转角，我们想隐身于其中，或退回自我的每寸僻静的空间，都是想象力创造出来的孤独的象征；这就是说，它是一个房间或一幢屋子的胚芽。[2]《地洞》正是卡夫卡的想象力创造出来的一个房间或一幢屋子胚芽，无论从实用的意义还是从美学的意义上来看都是如此。凭借写作，他为自己构筑了一个虚拟的文本上的地洞，他就生活在这个地洞中。

从《地洞》到《城堡》，卡夫卡的叙事空间发生由内向外的转折。两部小说中的主人公都对土地测量有着浑厚兴趣。《城堡》的主人公K是一个土地测量员，而《地洞》中那个无名的小动物则是实实在在地测量着土地。换句话说，前者应做，想做，而没有做的事，由后者在地洞中完成了。反过来，地洞中的小动物担心或提防的事，也正是K在《城堡》中做的事。地洞中的动物等待着，焦虑着，被想象中的可能的入侵者折磨着而弄得心力憔悴。在《城堡》中，地洞中那个可能的入侵者变成了土地测量员K，他想进入城堡这个陌生的空间，但他的努力一次又一次地受挫，不得不永远被流放于城堡与村子之间，一个类似于但丁笔下上不着天、下不着地的悬置空间——"林勃"（limbo）。从这个意义上我们可以说，地洞是内部的城堡，而城堡则是外部的地洞。两部小说都没有写完，显然不是偶然的巧合，因为它们都弥漫着一种类似的情绪，一种无可名状的空间焦虑感。

其实，《地洞》和《城堡》中的空间意识，在卡夫卡更早些时候发表的《变形记》中已经有所体现。从互文性角度考察，《变形记》中的主人公格里高尔这个虫形人同时结合了《城堡》中的土地测量员和《地洞》中那个无名的小动物的特征。格里高尔的职业是旅行推销员，与城堡中的K一样，处在一种不安定的生存状态。他需要一个私密空间，因此养成了每晚上床之前必定锁门的习惯。像地洞中的那个小动物一样，格里高尔时刻担心着这个私密空间被外部力量入侵。这种担心以他变成虫子而最终得以外化。变形为虫子后，格里高

---

1 宇文所安著：《他山的石头记》，田晓菲译，南京：江苏人民出版社，2003年，第68页。
2 Gaston Pachelard. *The Poetics of Space*. New York: Beacon Press, 1994, p.136.

尔从地上来到地下,从直立行走变为爬行,开始用自己的身体丈量空间。

另一方面,《变形记》中主人公的生存空间也兼备了城堡和地洞的双重特征。一方面,他拥有一个属于自己的房间,晚上可以锁上房间门不受外界干扰。另一方面,这个房间又不是完全私密化的,因为它有三头门,分别正对着他父亲的、母亲的和妹妹的房间。因此,他时时刻刻感觉到外部力量对他的私密空间可能的入侵。这种担心和焦虑在他变形为虫子后果然发生了。首先是他母亲的温和的叫声,接着是父亲的低沉的嗓音和用拳头叩门的声音,然后是妹妹的轻轻的悲哀声音。最后出现了官方的声音——公司老板派来的秘书加入了这个大合唱,外部世界的声音一个接着一个地传进他的私密空间中,使他不得不艰难地用上颚打开了房间门。这样,我们看到,地洞主人公担心的可能的场景变成了现实。私密的、安静的空间完全被外力的入侵打破。

此后,《变形记》中的空间意识发生了一个逆转。格里高尔身上出现了《城堡》中那位土地测量员的影子。变形为虫子的格里高尔既已无法完成在人类世界的使命,就自由自在地享受了虫子世界的私密空间之乐。他爬行于自己的房间内,天花板上,沙发底下,墙壁上,窗户口,享受着"生命中不能承受之轻"。但另一方面,作为一个始终保持着人的意识的虫子,格里高尔又竭力想加入公共空间,就像K想进入城堡那样,于是,一次又一次艰苦卓绝的斗争开始了。正如K只能徘徊于城堡的外围,不能进入城堡一样,格里高尔只能徘徊于打开的房间门外,倾听妹妹的小提琴声,看母亲在灯光下打毛衣,父亲在灯光下读报、打瞌睡……但同样,格里高尔不能享受这个温馨的空间,而永远被放逐于家庭的边缘。从这个意义上,我们可以说,虫形人格里高尔既是K,又是地洞中的那只无名的小动物。而格里高尔的家,则综合或兼备了地洞和城堡的空间特征。它既是私密化的,又是公开的;既是封闭的,又是开放的;既是可以进入的,又是无法进入的。作为一个虫形人,格里高尔被两种矛盾的空间意识折磨,一方面,他需要一个私密空间,可以自得其乐,保持个人生活的尊严和独立。另一方面,变形为虫子的他又渴望进入人的世界,与之亲密接触。整部叙事就是在这两种看似相反,实质同一的空间焦虑中逐渐展开,并走向结局的。在我看来,格里高尔的死,既不是由于家人的冷漠,也不是由于他父亲掷出的一个苹果,而是由于他无法在私密空间和公共空间之间保持平衡而产生的焦虑,而这种焦虑也正是完全属于流放者、边缘人的焦虑。

过渡空间

纳博可夫在他早年写的《文学讲稿》中，曾提到了《变形记》中的三头门，不过他只是提请我们注意"三"这个数字在小说中的象征意义，如三个房间，三个房客，三个仆人等[1]，而没有对"门"这个意象本身作进一步的分析。

美国宾夕法尼亚大学德语系教授法兰克·特罗姆勒，在其一篇题为《谁的变形？有关卡夫卡小说的若干问题》的论文中提及，当卡夫卡得知《变形记》单行本即将出版时，他特意写信给莱布泽的出版商，告诉他们封面上不要出现画有虫子的插图，因为虫子本身是无法表现的。同时，他又建议可以在封面画一些"父母亲和办公室主任站在关闭着的前门，或是父母和妹妹站在开着灯的房间里，而那头通向隔壁房间的开着的门则完全笼罩在黑暗中"的场景。[2]

这个细节是饶有趣味的，它说明了卡夫卡对门的关注程度甚至超过了对其主人公变形问题的关注。我们不禁要问，为什么卡夫卡不像我们想当然的那样，关注那个变形人—虫子形象本身，而反而去关注那扇笼罩在黑暗中的门？

在《变形记》中，格里高尔房间的门隔开了两个世界：虫的世界和人的世界，儿子的世界和父亲的世界。主人公穿行于两个世界之间，以他的身体丈量着空间的广度和人性的广度。门的一开一合在小说中有意识地被强调了，置于前景之中。

小说开头，门是关着的。格里高尔是个自由人。然后恐怖事件发生了，他变形为虫子，但还保持着人的意识和思维，记起该起床去赶早班火车，履行自己作为旅行推销员的本职工作，但他发现自己的身体被虫的坚硬的外壳困住了，无法动弹。他的卧室分别通向父亲的、母亲的和妹妹的房间，透过房门，他听到了来自母亲、父亲和妹妹的催促声，以及赶来的公司秘书的嗓音，经过一番努力，他终于成功地用虫子的硬颚咬开了门锁，于是门开了，引发了一阵预料中的恐慌。然后，门被他的父亲粗暴地关上了。此后，他就无法进入人的

---

1 纳博科夫著：《文学讲稿》，申慧辉译，北京：生活·读书·新知三联书店，1991年，第378—380页。

2 Frank Trommler. *Whose Metamorphosis? Questions about Kafka's Story*, http://www.upenn.edu/resliv/prp/met/trommleressay.html, 2003/11/7.

世界，只能透过门缝瞥一眼那个熟悉的、亲切的、温暖的世界。此后，直至死去，他就一直生活在封闭的门背后，只能凭借门后传来的声音想象门外的那个世界。卡夫卡写道："虽然格里高尔无法直接得到任何消息，他却从隔壁房间里偷听到一些，只要听到一点点声音，他就急忙跑到那个房间的门后，把整个身子贴在门上。"[1] 综观整个小说，格里高尔基本上是通过三头门传递出来的声音来感觉世界的。一方面，他紧紧贴门站着，倾听隔壁房间里的谈话声，另一方面，他的家人也在通过门倾听他的声音。门口的沉思与徘徊，开门与关门的间隙形成的焦虑，突出反映了流散者的生存困境。一家人隔着门进行的心照不宣、无声无息的交流正反映了现代社会的异化特征。

门的意象不光限于《变形记》，在别的小说中也出现，成为理解卡夫卡小说空间意识的关键。在《诉讼》中，门的意象有个逆转，约瑟夫K一早醒来发现被陌生人入侵了，也就是说，他的私密化的房间门被外来者打开了。然后是他被宣布被捕了。为了洗清自己莫须有的罪名，他想方设法进入另一头门，法的大门。但直至"像一条狗"般死去，还是不得其门而入。这里，门具有双重的象征，它既是可进入的，又是不可进入的。对于作为抽象的人类集体意志的法而言，它是无所不入的，可以肆无忌惮地进入任何私密空间。对于具体的个体来说，法的大门又永远是无法进入的。

这就使我们来到了《在法的门前》的那头门。在《诉讼》第四章中Herr K.讲了一个乡下人企图进入法的大门的故事。[2] 乡下人想进入法的大门，却被站在门口的门卫挡住了。乡下人想，好奇怪呀，门开在那里原本就是让人进的呀。但门卫告诉乡下人，自从法建立起来之后，没有一个人被允准进入法的大门。于是乡下人只好一直朝里望，直到岁月流逝，耳聋眼花，这时，门卫知道这个人的生命已经走到尽头，听不清他的声音了，于是附在他的耳朵边大声吼道："没有人能够进入这头门，你也只能等在门口，既然这门是为你特意开的，现在我要把它关上了。"

对这头门的寓意，许多学者作出了自己的解释。德里达从解构主义批评的立场出发，认为"从某种意义上讲，《在法的门前》就是讲述这种不可接近性

1　叶廷芳主编：《卡夫卡全集》第1卷，石家庄：河北出版社，1996年，第127页。
2　叶廷芳主编：《卡夫卡全集》第1卷，石家庄：河北出版社，1996年，第171—173页。

的故事，讲述这故事的不可接近性的故事，这种不可能的历史的历史，这一禁止通行的道路的地图：没有旅行指南、没有方法、没有路径通向法，通向发生事情的去处，通向事情的发生地点。"[1]

斯洛文尼亚学者齐泽克（Slavoj Zizek）从拉康心理学立场出发对门的功能作出了自己的解释。他认为对这个乡下人来说，门的意义是自相矛盾的，门似乎恰恰是为了排斥他而建造的。其实，那个乡下人以敬畏的目光打量的法，从一开头已经将对他的排除考虑在内。因为法的本质就在于，对于单个的个体来说它是不可接近的。正是由于门的存在为法律大厦提供了必要的屏障，法才能发挥其功能，那就是让那些想进入其中的人失去兴趣。法就在门的后面，而这头门总是为特定的个体关闭而建造的。[2]

法国后现代哲学家利奥塔另有一段论述，为我们进一步理解卡夫卡笔下的门的象征意义提供了新的启示：

> 对于现实的犹太人最真实的一点是，欧洲不知道如何对待他们。基督教的欧洲需要他们改宗，专制的欧洲要驱逐他们，共和国的欧洲要内化他们，纳粹的欧洲要灭绝他们。犹太人成了被摒弃的（dismissal）对象，真正影响了他们的正是这一点。他们是灵魂的种族，卡夫卡的作品庇护了这些灵魂只是为了更好地展示他们作为被扣押者（hostages）的处境。[3]

利奥塔在这里提到的"被摒弃的"一词点出了作为犹太人一员的卡夫卡的空间意识的核心所在，空间总是在一定意义上与身份意识联系在一起的，而"门"则成了被摒弃者身份的最好象征。门的空间特征就在于它的"无定点性"（non-place），界于内与外，彼与此之间，处于一种不确定的"夹缝"（in-between）状态。而徘徊在门口的形象正是流散者、边缘人的特征。流散者脱离自己的本土，希望进入法的大门，但是这个世界一次又一次地将他拒之门外，这就是犹太人的命运，也是真正的耶和华的"法"（torah）。

1　德里达著：《文学行动》，赵兴国等译，北京：中国社会科学出版社，1998年，第132页。
2　Slavoj Zizek. *For They Know Not What They Do: Enjoyment as a Political Factor*. London: Verso, 1991, p.90.
3　Jean–François Lyotard. *Heidegger and the "Jews"*. Minneapolis: University of Minnesota Press, 1990, p.3.

不可企及的/超越的空间

美国学者大卫·斯坦索兹在《卡夫卡的几何学》一文中指出,卡夫卡有不少小说写到了旅行,但是这些旅行几乎没有一次达到目的地。按照他的说法,卡夫卡通过这些旅行表现了西方哲学中的"芝诺悖论"。[1]芝诺是古希腊伊利亚的哲学家,他否认运动的存在,认为通常我们所谓的运动其实只不过是一个个静止的点。因为时间和空间是相互联系的,而且由于二者皆无限可分,时间和空间中的任何表现进展都不可能导致某个结果或者引起变化。芝诺以著名的希腊寓言龟兔赛跑为例,将兔子置换为阿基琉斯。假如阿基琉斯让一个跑得慢的赛跑者(比如乌龟)先跑,那么,前者将永远追不上后者。因为整个赛程可以被分割成无数段,而每一段又可以分割为更小的点,如此等等,以至无穷。赛跑者必须穿过一个无限可分的时空序列。当阿基琉斯越过他面前的某个点的时候,乌龟也越过了它面前的那个点,而当阿基琉斯再越过一个点时,乌龟也越过了它自己的那个点,由此推断,阿基琉斯永远也无法追上乌龟。

斯坦索兹以"芝诺悖论"解读卡夫卡的观点无疑是颇富新意的。但问题没有如此简单。尽管卡夫卡像任何作家一样,对文学以外的其他各门学科都采取了兼收并蓄的包容态度,从他的著作中可以读出有关医学、生物学和心理学等科学知识,他也特别提到了芝诺、阿基米德和相对论等。但毕竟卡夫卡不是几何学家,他在小说中表现出来的空间意识和距离感的问题不能仅仅归结为几何学问题,还是应联系他的民族文化身份,即作为流散的犹太人才能准确把握之。从互文性角度分析一下《城堡》和《中国长城建造时》,应会使我们获得新的启发。

众所周知,《城堡》中的主人公K从无以名之的地方来到城堡附近,但无论如何也无法进入城堡,直至小说结尾还在城堡脚下的村子里打转。从芝诺悖论的角度看,这也可以理解为运动的不存在,人永远无法接近他所向往的目标。但更重要的方面在于,城堡本来就是一个形而上的境界,可望而不可及的空间,这种不可企及性不是因为运动的不存在,而是因为人的有限性。人的经

---

[1] David Steisaltz. *Kafka's geometry*, http://www.domog.berkeley.edu/dstein/papers/kafka.htm, 2002/12/3.

验无法把握一个比他的视野和想象要伟大或遥远得多的空间。个人只能从有限的角度出发，感觉一个有限的点。如果我们将《城堡》与《中国长城建造时》联系起来，对这一点会看得更加清楚。在《中国长城建造时》中卡夫卡写到，长城是采取分段修建的方法建造的：

> ……方法是：每二十个民工为一小队，每队负责修建约五百米长的一段，邻队则修建同样长度的一段与他们相接。但等到两段城墙连接以后，并不是接着这一千米的城墙的末端继续施工，而是把这两队民工派到别的地段去修筑城墙。使用这种方法当然就留下了许多缺口，它们是渐渐才填补起来的，有的甚至在长城已宣告竣工之后才补全。据说有一些缺口从来就没有堵上，这当然只是一种说法，由于工程范围之大，后人是无法凭自己的眼睛用尺度来验证这种说法的，至少对于个人来说是这样。[1]

这里，卡夫卡强调了个人的渺小性和有限性。对于个人来说，要从感官上经验这个千百万人参与建造的浩大工程，简直是不可能的。小说中的叙述者说："我们的国家是如此之大，任何童话也想象不出她的广大，苍穹几乎掩盖不了她——而京城不过是一个点，皇宫则仅是点中之点。"[2]正因为长城对任何个人来说都是无法从整体上把握的认识对象，它就成了一个和城堡类似的可望而不可及的形而上空间。

《中国长城建造时》中还有一个与《城堡》非常类似，可以互相发明的细节：皇帝命令传令官传递他的谕旨，使者立刻出发。尽管传令官是个"孔武有力，不知疲倦"的人，"如入无人之境，快步向前"，但是他无论如何无法走出皇宫。因为人口是那样众多，家屋数不胜数，挡住他去路的有数不清的内宫、庭院，庭院后还有第二圈宫阙，接着又是石阶和庭院；然后又是一层宫殿；如此重复又重复，几千年也走不完，就是冲出最外边的大门，面临的首先是帝都，这世界的中心，等他把谕旨带到边关，他所携带的也是一个死人的谕旨了。

不难看出，《中国长城建造时》中这位使者的处境与《城堡》中K的处境

---

1 叶廷芳主编：《卡夫卡全集》第1卷，石家庄：河北教育教育出版社，1996年，第375页。
2 叶廷芳主编：《卡夫卡全集》第1卷，石家庄：河北教育教育出版社，1996年，第383页。

非常相似。他们都承担了一个"不可能的任务",就是以渺小的个人,有限的个体去经验无限的空间,他们的目标永远无法达到,他们只能永远在途中,满怀希望而又绝望地生存着。

但是,从某种意义上讲,不可企及的空间往往也是超越的空间。对于像卡夫卡这样的具有强烈宗教信念的作家来说,正是对不可企及性的空间的追求才体现了人类超越性精神的伟大。

在短篇小说《杂货商》中,卡夫卡以第一人称讲述了一个杂货商的经历。他是个小生意人,一贯辛勤工作,听命于那些比他更有钱的其他人,下班后独自一个人回家。但此次回家,他没有像通常那样,按部就班走一级级的楼梯,而是进了电梯。正是这个电梯给了他一个超越世俗的空间。就在那短短的几分钟里,他获得了自由,随着电梯的上升而获得了一种俯瞰俗世的视野,他看到了那些盘旋的楼梯在他下面像流水般通过电梯黑色的玻璃窗格。此时此刻,叙述者和电梯已经完全融为一体,冷冰冰的机械具有了形而上的意味,成为一个超越俗世的空间。

通过不可企及的和超越的空间,卡夫卡表达了对人类理解力的看法:作为一个有限的存在个体,人永远无法理解一个无限的形而上的空间;而作为一种精神的存在,他能持续不断地追求之,并最终通过自己的想象力超越之。

第三部分
后现代世界的文学叙事

  根据某一具体现象发生在另一现象之后来描述它,绝不意味着它就不重要。前缀"后"只是表明缺乏正面的分期标准。

马泰·卡林内斯库:《现代性的五副面孔》

  像古老雕塑的碎片一样,我们只是在等待最后一个碎片被找到,以便我们可以把所有的碎片黏合在一起,创造一个与最初的整体完全相同的整体,我们不再相信这个碎片存在的神话。我们也不再相信曾经存在一个最早的整体,或者会有一个整体在未来的某一天正等着我们。

德勒兹和瓜塔利:《反俄狄浦斯》

  本书第三部分描述的是后现代世界展开的既丰富多样、生机勃勃,又充满了矛盾、痛苦、焦虑和挣扎意象的当代世界文学—文化图景。在这幅图景中,笔者将关注的焦点集中于以下四个方面:1. 现代科技手段如何介入人类事务,进入最隐秘的个人生活;"凝视"的目光,如何从西方医学科学的"求真意志",发展为无孔不入的图像和媒体的"沉默的暴力",逐渐统治了社会领域的各个方面? 2. 现代性的展开催生出的流散族群、移民群体,如何改变了全球文化地理和世界文学的整体格局,造成流散作家的越界冲动、身份危机和对自我的重新定位？3. 来自西方中心的理论在东方古国的旅行，如何使文本和话语成为事件，契入了现实进程，释放出巨大的社会能量，进而生产出更多的文本，形成互相缠绕、互为因果的话语链？4. 在现代性向全球展开的多元文化杂交时代，如何在保持民族文化记忆和接受具有他者性的多元文化两者之间保持必要的张力，在接受西方强势理论话语的同时保持必要的警惕？

第十一章
世界图像化时代目光的暴力

科技介入人类隐私,图像成为世界本身,是后现代社会文化的本质特征。这个特征在目光的"沉默的暴力"中得到了最鲜明的体现。因此,本章的讨论从眼睛开始。

亚里士多德说,在所有的感觉器官中,人们特别重视视觉。"无论我们将有所作为,或竟是无所作为,较之其他感觉,我们都特爱观看。理由是:能使我们识知事物,并显明事物之间的许多差别,此于五官之中,以得于视觉者为多。"[1] 皮亚杰的认知心理学研究成果告诉我们,人所获得的知识,其中60%来自视觉,20%来自听觉,15%来自触觉,3%来自嗅觉,2%来自味觉。[2] 然而,仅仅从生理学或生物学角度来了解求真之谜,远远不能解释下列问题:人为什么需要求知,为什么需要了解未知世界,视觉为何又是如何成为五官的主宰,乃至世界图像时代的主宰的?因此,要真正弄清人类求真之谜,必须从生物学步入社会学,从物理学步入心理学、哲学、文学和文化社会学。

求真意志、凝视与欲望的书写

在西方文化史上,人类认识世界的两种主要的感觉器官——视觉与听觉——一直在争夺着对真理的统治权和阐释权。而这种权力之争也在相当程度上反映了希腊与希伯来两种不同的文化取向和求真意志(the will to truth)之间的冲突。

---

1 亚里士多德著:《形而上学》,吴寿彭译,北京:商务印书馆,1959年版,1997年重印本,第1页。
2 见阎立钦主编:《语文教育学引论》,北京:高等教育出版社,1996年,第219页。

从神话隐喻意义上考察，希腊文化的求真意志始于那喀索斯（Narcissus）。那喀索斯的求真从凝视（gaze）开始。这位美少年拒绝了回声女神厄科（Echo）的追求，而将凝视的目光投向清澈的湖泊中的自我影像。然而由于女神的诅咒，他的自恋式凝视以自溺而告终。在我看来，回声女神的诅咒远远超出了单纯的嫉妒，而具有一种隐喻功能。它象征了听觉对视觉的反抗，异己于自我的"他者"对封闭的自我的反抗。它表明，求真的意志必须超越自我。仅仅停留在自我的感光镜上，不管多好的眼球也无法参透自我之谜。

　　继希腊—罗马文化而兴起的中世纪希伯来—基督教文化从根本上说是以听觉为中心的。"太初有道"[1]。道就是逻各斯，就是圣言。希伯来人的上帝从不显形，只是通过闪电、雷鸣、旷野的呼唤等神秘而恐怖的声音来教导迷失的人类。基督教反对建立偶像，反对凝视人体；[2]强调通过忏悔、祈祷、沉思等种种非视觉的方式来倾听灵魂深处的声音，获得神秘而不可见的超越感官的经验。圣·奥古斯汀在《忏悔录》中如此写道："因为这些外在的美阻碍了我的步伐，但你拔我出来，噢主，你拔我出来。"[3]这位中世纪禁欲主义哲学家发现，"真正的美并不在世界的可感形象中，而是在秩序与整一中，而这只能由那些富于理智的人们凭借灵魂美而感知"。[4]

　　从某种意义上说，近代西方文艺复兴对中世纪文化的一大突破，集中表现在对视觉功能"看"的恢复和强调，尤其是对人体美的凝视上。被宗教神秘主义和禁欲主义遮蔽的眼睛首先在意大利睁开，对肉体的凝视促进了造型艺术的发达，也使视觉恢复了高出于其他感官的统治地位。从此以后，人的目光与理性之光结合起来，成为理性—启蒙时代的主要标志。真理必须是能为目光所触及的。一切都必须接受理性之光的审视，一切只有在理性之光的照耀下才获得

1　《新约·约翰福音》（1：1），国际圣经协会中英对照和合本，香港：1997年第四版，第161页。

2　《旧约·出埃及记》（20：11），摩西十诫说："不可为自己雕刻偶像；也不可做什么形象仿佛上天、下地和地底下、水中的百物。"国际圣经协会中英对照和合本，香港：1997年第四版，第125页。

3　转引自T·S·艾略特著：《荒原》第309行注，裘小龙译，《外国诗》（1），北京：外国文学出版社，1983年，第99页。

4　转引自沃拉德斯拉维·塔塔科维兹著：《中世纪美学》，褚朔维等译，北京：中国社会科学出版社，1991年，第67页。

价值和光芒。"启蒙时期的一个任务也就是要消除人心中的黑暗区域。"[1]

18世纪末兴起的浪漫主义是听觉文化对视觉文化的一次短暂的反抗。它继承了希伯来—中世纪的听觉文化传统，强调了文学的音乐性和节奏感。因此诗歌成为这个时代主要的文学体裁就不是偶然的了。在浪漫主义者心目中，诗是来自神秘的天国的音乐在尘世的回响，它与自然界的万物形成神秘而和谐的对应。于是，我们在华兹华斯的诗中，听到了无处不在而又隐匿不见的布谷鸟的叫声；在雪莱、拜伦和济慈的诗中，听到了大海的怒涛、西风的呼啸、云雀欢乐的鸣叫、夜莺幽怨的啼鸣、大地上永远不死的蛐蛐和蝈蝈的啾啾声。总之，浪漫主义诗歌是向着可望而不可及的神秘境界渴求的内心呼声的表征。

以视觉为中心的求真意志在浪漫主义之后重新取得了统治地位，并在19世纪达到高峰。福柯说，19世纪"确定了凝视的支配权"，"光本身属于它自己的王国，光的威力在于废除特权知识的阴暗王国，建立毫无隔绝的凝视帝国"。[2] 19世纪是临床医学诞生的时代，也是写实主义文学诞生的时代。医学的凝视与文学的凝视同步展开。在临床医生将探针刺向人的皮肤、肌肉和骨骼经络的同时，文学家的凝视也开始从人的外表进入性格、癖好和欲望的"热情的暗红色磨坊"[3]。"一种倾听的目视和一种言说的目视……它是立足于一种可怕的假设上：凡是可见的事物都是可以表述的，而且，因为它是完全可以表达的，所以它是完全可见的。"[4] 文学凝视从此进入一个开放而可见的领域，文学家/艺术家的双眼开始闪闪发光，成为文化发展史上的一个重要因素。扩而言之，主体的目光有力地推动了有关被凝视对象的知识的发展和普及。在写实主义文学中，类似临床医学话语般的"一种更精细的目光，一种更贴近事物，也更审慎的言语表达，一种对形容词更讲究，同时也更令人迷惑的选择"[5]被建立起来了。"对于写实主义者来说，去知（to know）就是去看（to

---

1 米歇尔·福柯著：《权力的眼睛——福柯访谈录》，严锋译，上海：上海人民出版社，1997年，第157页。
2 转引自于奇智著：《凝视之爱》，北京：中央编译出版社，2002年，第38页。
3 勃兰兑斯著：《十九世纪文学主流》第五分册《法国的浪漫派》，李宗杰译，北京：人民文学出版社，1982年，第236页。
4 米歇尔·福柯著：《临床医学的诞生》，刘北城译，南京：译林出版社，2001年，第128页。
5 米歇尔·福柯著：《临床医学的诞生》，刘北城译，南京：译林出版社，2001年，第3页。

see），去表达（to represent）就是去描述（to describe）。"[1]

从拉康心理学的角度看，"那喀索斯式自恋（narcissism）总是伴随着某种攻击性（aggressivity）"[2]，即对自我以外的客体——"他者"的攻击。女性身体首先成为这种沉默的暴力的对象，成为男人的目光凝视、迷恋乃至肢解的对象。近代以来，随着西方政治、经济和军事势力的扩张，凝视的自我加之于"他者"的沉默的暴力，同时从性别和地理两个层面展开。尚未被西方开发的非欧地区被等同于尚未被男性征服的女性。两者的神秘性都要求"求真意志"在其上面书写，刻上自己的符号。大约在1570年前后，一个寓言化、人格化的女性的美洲形象开始在欧洲的木刻版画和绘画中频频出现。这类图像中流行最广、最具代表性的当数由让·凡·德尔·斯特拉伊特（Jan Van der Straet）绘制，西奥多·盖勒（Theodor Galle）木刻印行的一幅有关意大利人阿美利库斯发现美洲的版画。画面上"一个头戴羽饰皇冠的裸体女子，正从吊床上欠起身来，迎接着一个刚从海船上下来，全副武装，身穿长袍的男子的凝视的目光。她伸出右臂，显然非常惊讶。而那位男子则坚定地站立在大地上，打量着面前的这个日后将以他的名字命名的人格化和女性化的空间。这个慵懒的女子，一经发现，并从她的麻木状态中苏醒过来，将作为阿美利加而被欢呼，被声明，被占有。"[3] 引人注意的是，这个男子身上带着的三件物什，一个十字架、一个罗盘仪和一把剑，正表明了他的凝视是建立在西方宗教（话语）、技术和武力的特权上的。图像的题铭是："阿美利库斯发现阿美利加；他一旦唤醒了她，从此她就永远处在清醒状态"（Americus discovers America; he called her once and thenceforth she was always awake）。[4]

当代法国学者米歇尔·德·塞特（Michel de Certeau）将上述图像视为殖民主义的"初始场景"（inaugural scene），印在他的专著《历史的书写》封

1　Peter Brooks. *Body Work, Object of Desire in Modern Narrative.* Cambridge, Massachusetts, London, England: Harvard University Press, 1993, p.88.

2　Dylan Evans. *An introductory Dictionary of Lacanian Psychoanylysis.* London and New York: Routledge, 1996, p.82.

3　Louis Montrose. The Work of Gender in the Discourse of Discovery, in *New World Encounters*, edited by Stephen Greenblatt. Berkeley, Los Angeles, Oxford: University of California Press, 1993, pp.179—180.

4　Louis Montrose. The Work of Gender in the Discourse of Discovery, in *New World Encounters*, edited by Stephen Greenblatt. Berkeley, Los Angeles, Oxford: University of California Press, 1993, p.180.

面上,并指出,这个图像"割裂了整个行为(operation)中主体和客体、书写的意志与被书写的身体之间的连续性。征服者将写作他者的身体,并从中引出他自己的历史。从她身上,他将制造一个历史的身体(body),一个光彩夺目的,关于他的劳动和梦想的……。这里真正具有本源意义的是这个被权力话语殖民化了的身体。这是一种征服式写作。它将新世界当作一个空白的、野蛮的书页,将西方的欲望书写其上。"[1]

凝视与主客体关系的建立

上例说明,以求真意志为核心的凝视必然涉及凝视的主体和被凝视的客体的复杂关系。那么,西方人如何且为何把自己改造为认识主体?主客体关系如何建构了知识—权力关系?人作为主体和客体的联结物应当具备何种资格?

究其实,认识主体只不过是隐藏的欲望主体。有欲望才有认识的冲动,而认识的成果又扩展了欲望的视野。对此,黑格尔在《精神现象学》中作了精辟的论述。按照他的看法,人类历史开始于两个具有自我意识的个体之相遇。双方都在凝视对方的过程中,从"他者"的眼中看出了自己的欲望,既想让对方承认自己的欲望的欲望,但同时又认识到,既然需要对方承认自己,就不能仅仅从肉体上把对方消灭,而必须让对方成为自己的奴隶,只有这样,自己的欲望才能得到"他者"的承认。[2] 无疑,这个精神现象学的发生是以凝视为前提的。正是在凝视与被凝视者的相互运动中,人类原初的主客体关系即"主—奴关系"才开始建立起来。

近代以来的西方文化史中,文学的、医学的凝视互相补充,互为条件,在人成长为主体—客体的过程中,或在人的主体化—客体化过程中起了关键性作用。"人正是在凝视自然(他物)的途中发现了作为自然的一部分的自己的身体的感受(如疼痛、不适、倦怠)而转向了凝视自我,即指涉自我的组成部分

---

[1] Louis Montrose. *The Work of Gender in the Discourse of Discovery*, in *New World Encounters*, edited by Stephen Greenblatt. Berkeley, Los Angeles, Oxford: University of California Press, 1993, p.182.

[2] Alexandre Kojeve. *Introduction to The Reading of Hegel*. Ithaca and London: Cornell University Press, 1969, pp.3—8.

的肉体的疾病或病体。"[1] 也正是在凝视他者（无论是现实的，还是虚构的）的过程中，发现了自己的欲望、情感和意志。认识自己在医学领域表现为凝视自己（自视、视己），在文学领域则表现为凝视作为他者形象的自我形象。

　　按照当代美国文学批评家彼得·布鲁克斯的说法，福楼拜在其小说《包法利夫人》开头设置的窗户，像镜子一样，是现实主义视野的传统隐喻。传统小说中的窗户是单向性的，只能朝一个方向凝望，而福楼拜笔下的这个窗户则是双向性的。爱玛一面倚窗而立，向外凝望，一面又渴望自己的观察位置成为"望入"（look in）并"进入"（get in）他人生活的入口。这个具有双重指向性的窗户，既从技术层面上，又从现实主义的雄心上为小说中的人物制定了框架，它将凝视纳于求知欲望之内。[2] 爱玛通过这个窗口凝望着世界，欲望着自己的欲望；而世界（读者）也通过这个窗口瞥见了爱玛的欲望。这种双重指向性的凝视为现实主义的叙事奠定了基本模式。托尔斯泰的《安娜·卡列尼娜》开头，沃伦茨基的目光与安娜的目光在莫斯科火车站相遇了。来自彼得堡的花花公子在这位高雅迷人的贵夫人的"闪闪发亮的灰色眼睛"中看到了一股"受到压抑的激情"。而后者的目光也正"友善而专注地盯在他的脸上，仿佛要辩认出他是谁来似的"[3]。主体目光的相遇成为小说情节展开的契机。借用拉康的话我们可以说，两个欲望主体分别在另一个作为主体的他者的目光中看到了自己的欲望。

　　如果说，19世纪现实主义之窗映射的注视者—被注视者的关系涉及两个欲望主体互相确认自己的欲望的问题，那么，在20世纪萨特的存在主义境遇剧《禁闭》中，我们看到了一种更为直接的主客体互相转化的凝视关系。主体的目光成为逼视他者的地狱。按照萨特对"注视"的独特的讨论，"看到某人正在看我，并不只是看到了他的眼睛。因为，作为眼睛的眼睛不过是景观中的另一种客体。它们如同肉店里死牛头上的眼睛，无需了解其从内向外的看的功能，我们也可以研究和把握其生理特点。但是感觉到一只正在注视的眼睛，这却是另一种情况。此时，我似乎将自己当成了这种注视的客体；我失去了透

1　于奇智著：《凝视之爱》，北京：中央编译出版社，2002年，第64页。
2　Peter Brooks. *Body Work, Object of Desire in Modern Narrative*. Cambridge, Massachusetts, London, England: Harvard University Press, 1993, p.89.
3　列夫·托尔斯泰著：《安娜·卡列尼娜》，钟锡华译，广州：花城出版社，1994年，第98页。

明性,甚至对自己也成了一种封闭体。"[1]《禁闭》剧中的名言"他人就是地狱",据一位萨特研究专家的解释,指的是他人的目光就是我们的地狱,这个地狱与神话中的地狱大相径庭,此处既没有火焰,也没有铁钳,只有永远亮着的灯光,每个人的灵魂都被赤裸裸地揭露和呈现出来,每个人在他者的注视之下成为他的精神俘获人手中的抵押品。[2]但另一方面,禁闭中的牢房又可以视为一个福柯所谓的"粘合区",主体的认识或凝视活动最终作用于主体自身,主体自己成了自身的直接或间接的客体,但主体成为客体并不意味着丧失了自己的主体地位,而是加固了这一地位,因为正是凝视行为使人成为主体化与客体化的一个粘合区。《禁闭》一剧中的三个主体正是在凝视对方的过程中认识了自己。正是"他人的注视使我超越了我在这一世界中的存在,并使我进入到一个既是此世界,又超越此世界的世界中间。"[3]

凝视主题在法国新小说中有了更进一步的发展。新小说力图使小说(文学)成为凝视科学,从而获得了"视觉派"、"摄影派"、"窥视派"等名称。罗伯·格里耶说:"新小说不是一种理论,而是一种探索。"[4]福柯曾说过,比夏的眼睛是临床医师的眼睛,因为他赋予表面目视以"绝对的认识论特权"[5]。从某种意义上,我们可以说,新小说派作家的眼睛也获得了这种"认识论的特权"。娜塔丽·萨罗特教导她的现代读者:"应当像外科医生一样,眼睛盯住自己注意力最需要集中的一点,并且把它与麻醉沉睡中的病人身体区分开来,这样,他的注意力和好奇心就被引向集中在某种新的心理状态上,因而忘掉那个偶然起支撑作用的僵化的人物。"在罗伯·格里耶的《窥视者》中,我们看到,主角马弟耶思与他所处的世界之间形成了互相窥视的复杂关系。马弟耶思窥视到于连受其父亲训斥的过程,于连则窥视到马弟耶思作案的过程。与此同时,马弟耶思与其拜访的小岛之间又形成一种互相窥视的关系。同样,在《嫉妒》中,无主体的目光透过百叶窗的缝隙凝视着一切,花园、小径、阳台、凉椅……,而被凝视者则对此一无所知,一无遮拦地展示着自己

---

[1] A·C·丹图著:《萨特》,安延明译,北京:工人出版社,1986年,第169页。
[2] A·C·丹图著:《萨特》,安延明译,北京:工人出版社,1986年,第170页。
[3] A·C·丹图著:《萨特》,安延明译,北京:工人出版社,1986年,第171页。
[4] 王忠琪等编译:《法国作家论文学》,北京:生活·读书·新知三联书店,1994年,第395页。
[5] 米歇尔·福柯著:《临床医学的诞生》,刘北城译,南京:译林出版社,2001年,第144页。

的身体、笑容、言谈，继续着他/她们的爱情游戏。而嫉妒者/窥视者则处在主动的地位，运用临床医学般的目光，从各个不同的角度任意地打量，选择，定位，记录着这个异己的世界，以之作为日后报复的证据和讨价还价的资本。这样，我们看到，无论在《窥视者》还是在《嫉妒》中，丰富多彩的世界和同样丰富多彩的五官感知全被单一性的视觉线条取代、占领。窥视的目光统治了一切时空范畴。这种窥视/被窥视、观看/被观看、主体/客体的二元分裂正体现了世界图像时代的特征。

从凝视的王国到世界图像的时代

在《世界图像的时代》一文中，海德格尔讨论了"对于现代之本质具有决定性意义的两大进程——亦即世界成为图像和人成为主体——的相互交叉"[1]。他指出，"从本质上看来，世界图像的时代并非指一幅关于世界的图像，而是指世界被把握为图像了。这时，存在者的整体便以下述方式被看待，即：仅就存在者被具有表象和制造作用的人摆置而言，存在者才是存在着的。世界图像并非从一个以前的中世纪的世界图像演变为一个现代的世界图像；而不如说，根本上世界成为图像，这样一回事情标志着现代之本质。"[2]无疑这是非常深刻的见解。但海德格尔没有指出，从近代以来的凝视王国到当代的图像世界只有一步之遥。世界图像与人成为主体的中介是目光。正是以凝视为中心的文化才产生出以图像为中心的文化。照相机以及与此相关的物件的发明是世界图像的时代展开的重要构件，而这些构件的产生从本质上可以说与作家、艺术家的目光/凝视密切相关。文学的凝视发展出镜头的凝视，作家艺术家之眼发展为受众之眼。19世纪达盖尔照相术的发明是机械凝视侵入人体的一个活生生的象征事件。本雅明指出："随着照相摄影的诞生，原来在形象复制中最关键的手便首次减轻了所担当的最重要的艺术职能，这些职能便归眼睛所有。"[3]照相术满足了大众要使事物更"接近"自己的强烈愿望。通过快门的按动，将遥

---

1 马丁·海德格尔著：《林中路》，孙周兴译，上海：上海译文出版社，1997年，第89页。
2 马丁·海德格尔著：《林中路》，孙周兴译，上海：上海译文出版社，1997年，第86页。著
3 瓦尔特·本雅明著：《机械复制时代的艺术作品》，王才勇译，北京：中国城市出版社，2002年，第6页。

远的不在身边的事物置于眼前或手边，以便更近距离地凝视之，观赏之，把玩之，占有之。这样，照相术就完成了肉眼所无法完成的对自然、物体和人体施加的沉默的暴力。麦克卢汉说，照相机是没有围墙的妓院，因为它满足了人的窥视癖（scopophlia）和性幻想。参加越战的美军士兵把玛丽莲·梦露的照片放入贴身的衣袋内，是一个活生生的例证。

正如19世纪"医学、医生、凝视无处不在，并形成一个巨大网络，对疾病与社会进行强有力的监控"[1]一样，20世纪文学、影视与技术化的社会形成一个更为巨大的、沉默的网络，对整个社会进行了规训和监控。一个目光的国度已经被建立起来，整个社会及其成员都处于这一国度之中。在预言性科幻小说《一九八四》中，乔治·奥威尔给我们描绘了这样一幅可怕的画面，1984年4月4日清晨，大洋国的居民从宿醉中醒来，看到INGSO（英国式社会主义）的标语贴在墙上，思想警察的直升飞机在上空盘旋，家中的电视机正监视着他们的一举一动。每一个房间都装有无法关闭的电视机，不仅24小时播放，而且呈现每个影像和声音供思想警察记录。电视荧幕还能控制所有的活动，将私生活公诸天下，"它是永远张开的眼睛和嘴巴"[2]。该书出版当年，《纽约时报》上一篇名为《新语犹新时》的书评就指出，"在今年（按即1949年）及不知道多少年后，《一九八四》都将是最具当代感的小说"[3]。仿佛有意为奥威尔的幻想作品提供历史的佐证，1975年福柯出版了《规训与惩罚》，详尽追溯了西方的权力监控的起因，其中有关17世纪以来全景敞视建筑（panopticon）的描述，成为世界图像时代的前瞻性隐喻：

> 全景敞视建筑是一种分解观看/被观看二元统一体的机制。在环形边缘，人彻底被观看，但不能观看；在中心瞭望塔，人能观看一切，但不会被观看到。[4]

1　于奇智著：《凝视之爱》，北京：中央编译出版社，2002年，第36页。
2　查尔斯·麦格拉斯编：《20世纪的书，百年来的作家、观念及文学——纽约时报书评精选》，朱孟勋等译，北京：生活·读书·新知三联书店，2001年，第188页。
3　查尔斯·麦格拉斯编：《20世纪的书，百年来的作家、观念及文学——纽约时报书评精选》，朱孟勋等译，北京：生活·读书·新知三联书店，2001年，第189页。
4　米歇尔·福柯：《规训与惩罚——监狱的诞生》，刘北城、杨远婴译，北京：生活·读书·新知三联书店，1999年，第226页。

然而，世界图像时代真正的全景监狱不是用圆形瞭望塔、环形的封闭囚室构成的，而是建筑在众多目光凝视的基础之上的。早在20世纪初，本雅明就已经通过考察电影演员与摄影机的关系，预言了一个大众凝视时代的诞生。"电影演员知道，当他站在摄影机前时，他就站在了与大众相关联的体制中"，处在想象中的无数目光的凝视之下。反过来，他却看不到他们。"随着大众的这种不可见性，大众那种主宰作用的权威性就得到了提高。"[1]用拉康的心理学理论来分析，我们可以说，在世界图像的时代中，主体已经自我分裂了，其在视觉领域表现为眼睛与凝视的区分、观看行为与观看本身的区别。凝视不再属于主体方，而是属于客体方。[2] 每个人都在用别人的目光打量自己，每个人都在把自己体验为另外的某个人（或明星，或大款，或社会精英），"他的为了他人的存在正是为了自己的存在，他扮演角色是为了某一凝视，而他已经在符号上认同了这一凝视"[3]。

凝视、窥视、瞥视构成了世界图像时代的特征。在无所不在的目光（肉眼的、机械的或电子的）的控制下，一切不可见的事物哆嗦着，交出自己的存在（present），成为表象和表述（represent）的对象。世界图像时代的信念正在不屈不挠地传达它的真理：可见的就是可知的，可知的必然是可见的；可见的就是真实的，真实的必然是可见的。从巴尔扎克式小说到新小说，从新小说到影视网络，世界图像时代的凝视越来越收缩，集中，主观，从无所不在的上帝般的高踞一切的目光，收拢凝聚为叙述者随物转移的主观目光，犹如摄像机镜头渐渐介入客体世界。"这个叙述者，这个'我'，带着一种着迷、发狂、梦幻的眼光，可以随意把客观世界抓住或丢开，或朝着一个方面拉长，压缩，扩大，压扁甚至碾碎，直到这个世界向这个'我'吐露出新的现实。"[4]无数个"我"形成大众的凝视，这种凝视从某种意义上来说比有形的镜头的凝视还要

1　瓦尔特·本雅明著：《机械复制时代的艺术作品》，王才勇译，北京：中国城市出版社，2002年，第36页。

2　Dylan Evans. *An introductory Dictionary of Lacanian Psychoanylysis*. London and New York: Routledge, 1996, p.82.

3　齐泽克著：《意识形态的崇高客体》，季广茂译，北京：中央编译出版社，2002年，第147页。

4　王忠琪等编译：《法国作家论文学》，北京：生活·读书·新知三联书店，1994年，第386页。

可怕。因为它使你即使在离开人群以后，还能感觉到人群的存在，离开目光以后还能感觉到目光的存在。

就这样，沉默的暴力，目光的暴力使整个后现代社会变成一个大卫·里斯曼所谓的"他者引导"（others direction）的社会，而不再是一个"内在引导"（inner direction）的社会，即凭借内心欲望、良知和判断力决定什么该做或什么不该做的社会。视觉已上升为世界图像时代的集体无意识。图像本身诉诸视觉的力量足以使它享有至高无上的权力，形成图像的暴力。"电视本身，这只眼睛冷漠然而又释放出持续的视觉冲击，因为它的影像产生的机制是电流穿过屏幕沿着上百条线扫描，在脉冲的不断刷新之中制造出一个'影像'来。"[1]

正如希利斯·米勒在其《图像》一书中所说，电影、照相、数码技术和电脑革命已经极大地改变了主体的观察方式、表述方式和对社会现实的记录方式。[2] 在20世纪世界图像时代，技术手段、人的目光和资本体制形成三位一体的共谋格局。无孔不入的图像暴力把自己定位在对人体的凝视上。人的身体被定位为一项"未完成的工程"，一个不断进行自我实现的空间。消费文化的成长，休闲活动、医学技术的增长，"健身"运动的兴起，整容手术的勃兴，身体艺术的蔓延和其他发展，强调了身体作为可塑的、内在的个人表达空间这一地位。[3] 而所有这一切都有赖于"大写的他者"（the Other）的凝视的目光的介入。美国艾默塞特学院的爱伦·古特曼在其专著《运动中的色情》一书中问道：当我们凝视体育运动员身上的肌腱、汗水的时候，我们究竟看到了什么？他的答案是：体育竞技的刺激性实际上只是观众动机的一部分。而且很大的一部分是窥视的、色情的；吸引我们的正是人体本身。他追溯了从古希腊的运动会到现代的体育馆的表演和凝视后进一步指出，运动中的性感或色情与运动本身一样古老。[4]

---

1 参见《先锋译丛》（8·视觉潜意识），天津：天津社会科学院出版社，2002年，第142页。

2 Miller, J. Hillis. *Illustration*. Cambridge, Massachusetts: Harvard University Press, 1992, p.43.

3 德麦罗：《身体刻划：现代文身团体的文化历史》、威瑟：《绝世佳人：选美和国家身份》，转引自中国比较文学学会、北京大学比较文学研究所编：《中国比较文学通讯》2002年第2期，第75页。

4 Allen Guttmann. *Erotic in Sports*. New York: Columbia University Press, 1996.

这样，我们看到，由近代文艺复兴发其端的对人性自然欲望的肯定，对人体美的凝视，到后现代发展为"纹身的文艺复兴"，资本体制一步一步地、有条不紊地介入人体，开发人体，凝视的目光越来越深入细致，从表皮深入到肌肉，从肌肉深入到皮下脂肪，从皮下脂肪深入到内脏器官。20世纪技术凝视与资本对人体的开发并驾齐驱。作为主体赖以存在的物质载体的人体，现在已经脱离了主体，被卷入经济过程，成为可欲和所欲的对象。

第十一章 世界图像化时代目光的暴力

第十二章
20世纪流散文学景观

全球性的流散既是现代性展开的必然结果，也是后现代世界的象征。"一切都四散了，再也保不住中心。"叶芝的这个诗句虽然写于第一次世界大战前，用来表述整个20世纪却是最贴切不过的了。

20世纪是人类迄今为止经历的最为动荡不安、复杂多变的时代。两次世界大战、东西方之间长达半个世纪之久的冷战以及后冷战时代的经济全球化进程，使流散和移民成为全球性的社会文化现象，也使流散与文学的亲密关系得到空前的凸现和发展。一大批文人、作家、学者出于政治的、宗教的、个人的原因，或自愿或被迫地离开自己的祖国，漂泊于世界各地；一大批移民的后代出于对民族文化本根的认同，对主流话语霸权的抵制和反抗，在异国他乡发出自己独特的声音，而成为另一种意义上的流散作家。他们的创作构成了人类精神迄今为止创造的最复杂最迷人的文化景观之一。[1]

历史地考察，流散与西方文学有着不解之缘。古代欧洲的行吟诗人可以说是最早的流散诗人。荷马流散希腊群岛吟唱特洛伊战争的史诗；奥维德因得罪罗马皇帝而被流放到黑海边，老死他乡。中世纪意大利诗人但丁在政治斗争中失败被对手逐出佛罗伦萨，在流放中写下了他的传世之作《神曲》。18世纪不少法国作家如伏尔泰、卢梭等因宣传启蒙思想而遭受专制政府迫害，饱受颠沛流离之苦。勃兰兑斯在《十九世纪文学主流》中开宗名义，将第一卷名为

---

[1] 关于这一点，我们只要举出一些著名作家名字即可略知一斑。英语文学中的乔伊斯、贝克特和康拉德都不是英国人；美国文学中的海明威、庞德和艾略特都曾长期流散国外；德国文学中有里尔克和格拉斯；法国文学中有昆德拉；拉美作家中有马尔克斯和帕斯；加勒比作家中有奈保尔、拉什迪和沃尔科特。这份极为简略的名单还没有包括为数不少的北美亚裔、非裔、西班牙裔移民作家，以及一批有着第三世界背景、目前在西方国家著名学府中担任教席的文学/文化批评家。

《流散文学》，指出正是"法国大革命引起的大动荡、共和国和帝国引起的战事，把欧洲各民族推到一起，使他们互相熟悉起来"[1]。

本文所用的"流散"一词具有两层含义。它首先是指作为个体的作家的流亡（exile）或流放（expatriate）。其次是指作为整体的、类似古希伯来民族经历的那种集体大流散（diaspora）。该词源自希伯来语Galut，指犹太人在"巴比伦之囚"后分散流落于异邦；或指犹太人社团在巴勒斯坦或现代以色列之外的聚集。这里的"流散"一词不仅具有地理意义上的，更具有宗教的、哲学的和末世学的含义。从流散一词的原义引申出的相关意义指任何集团性的迁徙（migration），或指有着同一文化、宗教传统的人们移居到远离故土的异国他乡。[2]

越界、失重、寻根

流散首先意味着越过边界（cross border）。在20世纪特有的语境中，越界既是一种现实行为，也是一种象征表演（symbolic performance）。不管这种越界行为出于什么样的原因，它都表示对以往生活的彻底否弃，对人类寻求幸福、自由的权利的确认，以及对某种理想境界的追求。正如秘鲁—西班牙作家马·巴尔加斯·略萨所说，移民"从世界上存在着饥饿、失业、压迫和暴力的各个地方秘密地越过和平、繁荣、富有的国家的边界，这种做法无疑是违法的，但他们是在行使一种天然的、合乎道义的、任何法规或条例都休想扼杀的权利：生活、生存、摆脱遍布半个地球的野蛮政府让人民遭受的地狱般的苦难的权利"[3]。

越界使流散者割断了与自己的家庭、亲人、朋友、祖国的联系纽带，使他/她感到一种前所未有的自由和解放，但也使他/她变得前所未有地孤独和寂寞。流散者失去了归属感，觉得自己就像断了线的风筝，处在一种轻飘的失重

---

1 勃兰兑斯著：《十九世纪文学主流》（第一分册《流散文学》），张道真译，北京：人民文学出版社，1981年版，第3页。

2 *Webster Ninth New College Dictionary,* Merriam—Webster, pringfield, Massachusetts, U.S.A: INC publisher, 1989.

3 马·巴尔加斯·略萨：《散文三篇》（"移民"），朱景冬译，见《世界文学》，2001年第5期，第289页。

状态。越界也打乱了传统的地域、种族、语言和文化的分界线。流散者与移入国定居者的结合、移民后代与当地原住民的杂交，形成种族、文化和语言的多元性。这种多元杂交的文化既给流散文学带来广阔的视野和全新的经验，也给流散作家带来了文化上的精神分裂和个人疏离感。

米兰·昆德拉在《移民生活的算术》一文中说，有三类不同的移民作家。第一类一直无法与移居地社会同化。第二类虽已融入移居地社会，却摆脱不了乡土文化的根。第三类作家融入了移居国的社会，并从祖国的土壤中拔出了根。[1]

上述三种情况中，第三种情况极为困难和少见，普遍出现的是第一和第二种情况。这是因为，流散作家大多是在成年以后才移居国外的。而对于大多数人来说，童年的记忆和教养是最深刻的，不可磨灭的。从某种意义上说，每个人实际上都生活在他或她的前半生中。也就是说，我们的前半生已经塑造了我们基本的人生态度、价值取向和日常生活习惯，后半生不过是对前半生的回忆而已。

由此，流散者失去了存在的根基，成为一个无家可归的精神浪子。按照拉什迪的说法，"传统上，一位充分意义上的移民要遭受三重分裂：他丧失他的地方，他进入一种陌生的语言，他发现自己处身于社会行为和准则与他自身不同甚至构成伤害的人群之中"[2]。于是他感到了自由后的失重，产生了自我身份/认同危机：我是谁？我来自哪里？我将去向何方？

从这个角度出发，我们可更深刻地理解V·S·奈保尔的一番谈话。这位印裔英藉作家在上世纪80年代与人谈起50年代他刚从特里尼达移居英国牛津的那些日子时，还是心有余悸。"那是一个困难的岁月……我非常孤独。……由于陌生和寂寞，我产生了精神混乱。远离家乡，远离熟人。牛津，这是一个疏离的世界。显然，一个人始终是个局外人。"[3]

如此看来，昆德拉在西方世界出版的第一部小说《生命中不能承受之轻》也就多了一层文化含义。生命中不能承受的不仅有无家庭责任之"轻"，也有无民族根基之"轻"、无文化家园之"轻"和精神失重之"轻"。可以猜想，

1　转引自李凤亮、李艳编：《对话的灵光——米兰·昆德拉研究资料辑要（1986—1996）》，北京：中国友谊出版公司，1999年版，第90—91页。

2　萨·拉什迪：《论君特·格拉斯》，黄灿然译，《世界文学》1998年第2期，第286页。

3　James Atlas. "V.S. vs. The Rest", *Vanity Fair, Vol.50.* 1987, pp.64—68.

小说主人公托马斯喜欢听的贝多芬的那段旋律肯定也曾在作家昆德拉的耳中回响过，"必得如此？必得如此！"

无独有偶，华裔美藉女作家谭恩美的成名作《喜福会》开头也有一段有关"轻"与"重"的描写。小说主人公之一吴精美的母亲逃出内战纷乱的中国时，带着一只美丽而沉重的天鹅进入了纽约移民局的办公室。但为了获得签证，她不得不放飞了天鹅，只留下一根洁白的鹅毛，作为越界后的见面礼送给了女儿。在汉语文化中，鹅毛既是一种轻飘飘的物质，又荷载了沉甸甸的象征意义，所谓"千里送鹅毛，礼轻情义重"。女作家用这个高度浓缩、富于文化意蕴的形象作为这部描写两代中国移民生活的小说的开场白，其蕴含的失重感、民族记忆和寻根意识是不言而喻的。

失语、杂语、洋泾浜语

语言是文化之根，民族之母，集体记忆之载体。流散作家的文化身份危机和寻根意识首先在"失语症"上得到表现。流散作家的"失语"是双重性的，既是语言的更是文化的。流散者来到异国他乡用一种自己不熟悉的语言与人交流，必然带来巨大的心理压力。即使能够熟练使用移入国语言的人们，也会经历一个类似婴儿脱离母体的失语过程，将自己的母语的思维习惯逐渐转化为移入国的语言—思维习惯。在此过程中，与母语相关的文化记忆也渐渐淡忘。

拉什迪的小说集《东方，西方》中有一篇题为《朋友》的短篇小说。小说的主人公是一位绰号叫"肯定玛丽"的印度老太太，她虽已在伦敦生活多年，但说起英语来仍相当费劲，特别是字母"P"对她来说是个大问题，她常读作"F"或"C"。她推着柳条购物车经过门厅"去购物"（going shopping）时，会告诉别人说"去电击"（going shocking）；回来时，当门房主动上前要帮她把车提上前门台阶，她会回答说，"好的，跳蚤"（fleas），其实她想说的是"好的，请"（please）。她乘电梯上楼时，还会隔着铁栅栏对"门房"（porter）喊，"喂，求爱者（courter），谢谢你，肯定是的"，等等。

后来，这位老太太实在受不了因发音不准、交流不畅而被人误解、受人歧视的困境，患了心脏病，身体就像泥塑一样，随时都会塌崩。最后她终于宣布了一项决定："我知道我有什么病了，我需要回家……天知道我们为什么来到这个国家。"多年后，她的外甥女写信告诉小说叙述者"我"，她的外婆已届九十一高龄，在老家安度晚年，身板仍然很硬朗。

在同一个小说中拉什迪还写道，

> 不只是"肯定玛丽"和我父母会碰上麻烦。我的同学也取笑我的一些孟加拉式英语表达。比如我用"喂大"代替"长大"，（比如"你在哪里喂大"），该说"三次"我却说"三番"，应该说"拦板"我却说成"干板"。又把所有的意大利面食都叫成"通心粉"。

其实，拉什迪在这里提到的还只是一种表层的失语，对于某些年轻人，它或许会随着时间的推移慢慢治愈。而深层的失语，即对某种语言背后体现的文化价值内涵的理解和融会贯通，则可能是流散者或移民们永远难以企及的。正如乔伊斯笔下的那位流散艺术家斯蒂芬·达德路斯在面对他的英语指导老师时所敏锐地意识到的：

> 我们所讲的语言首先是他的语言然后才是我的语言。在他口中和在我口中，"家"、"基督"、"麦芽酒"、"主人"这些词是多么不同！我阅读或书写这些词，灵魂不能不骚动不安。他的语言是如此熟悉又陌生，对我来说永远是一种学来的言语。我没有创造或接受它的词。我的声音无法接近它们。我的灵魂在他的语言的阴影下犯愁。[1]

现已加入法国籍的米兰·昆德拉如今面临的正是当年的乔伊斯·达德路斯面临过的语言困境。他认识到，"在语言中思考和叙述是全然不同的两码事"，"我能用法文思考……然而，我却不知道如何用法语讲一则有趣的故事。本来听着好笑的故事会变得死板和笨拙"。[2]

如果说，上述英法流散作家感到的是失语的问题，那么，对一些拉美作家来说，他们遇到的则是一个杂语的问题。拉丁美洲是欧洲最早的殖民地，来自西方殖民者的文化与当地的土著文化历经数世纪的矛盾、冲突和磨合后，形成了十分丰富的杂交文化景观，并在语言中留下了深深的印迹。在《寻求现时》

---

[1] 转引自爱德华·赛义德：《叶芝与非殖民化》，黄灿然译，《世界文学》1998年第6期，第267—268页。

[2] 李凤亮：《异质语境中的写作悖论——昆德拉的法语写作情况及发展趋向》，《世界文学》2000年第4期，第303页。

一文中，奥克塔维奥·帕斯对拉美作家面临的语言问题作了深刻的阐发。他说"语言是超越我们称之为民族的政治和历史存在的巨大的现实。我们在美洲言说的语言证明了这一点。与英国、西班牙、葡萄牙和法国相比，我们的文学特别依赖于这个基本事实：它们是用一种移植的语言书写的文学。语言诞生于本地的土壤，由共同的历史哺育成长。欧洲的语言从其本地的土壤和传统中连根拔起，被移植到一个陌生的和无名的世界中：它们在新的土壤中扎下了根，当它们在美洲社会中成长的时候，它们经历了变形。它们是同一种植物，但又是不同的植物。我们的文学不是被动地接受移植的语言的变化的命运，而是参与了并加速了这个过程。不久它们就不再仅仅是大西洋对岸的回声：它们成了欧洲文学的对立面，常常是一种回应。"[1]

不仅如此，失语、杂语背后还隐含着一种权力/支配关系。移居国政府为了统一文化及其相关的价值观，往往强行要求移民抛弃自己的母语，学习居住国的语言，以使后者完成文化心理的转换。而这必然引起移民的本能的反抗。通过文学创作，确认语言/文化差异，以反抗普遍语言（如英语）霸权，建构起自己的话语权力和文化身份，是许多移民作家的语言策略。正是在融入的意愿和反抗的意愿的张力中，出现了平衡对抗、缓和冲突的混合语或洋泾浜语。

在一篇题为《母语》的散文中，谭恩美提到了语言问题。作为移民的第二代，她说的是一口标准的、合乎语法逻辑的英语。但她的母亲说的则是一种被称为"破碎的"或"断裂的"英语。谭恩美说："使我烦恼的是除了用'破碎'之外我找不出其他办法来形容它，仿佛它是遭破坏的，需要组装好，仿佛它缺乏某种整体性和正确性。"[2]她小时候就是在这种语言环境中长大的。上中学，她的其他课程都能拿到A，就是英语差强人意，只能拿B。为了证明自己能说能写标准的英语，她放弃了原来报考的医学预科，大学一年级主修英语；毕业后，为了证明自己已全面掌握英语，她用精心制造的句子开始写作小说。但最后，她决定用陪她长大的英语写故事，用跟母亲平时讲的"简单的"或"破碎的"英语写她的故事。她终于成功了。在她看来，成功的标志不是批评家的评论，而是她母亲在读完她的《喜福会》后对她宣布的裁决是："好容

---

[1] 奥克塔维奥·帕斯著：《太阳石》，朱景冬等译，桂林：漓江出版社，1992年，第337页。中译文据英文本有所改动。

[2] 谭恩美：《母语》，黄灿然译，《世界文学》1995年第2期，第129页。

易读。"

谭恩美在这里提出的问题实际上反映了流散作家和移民作家面临的共同困境和两难选择：如何既融入主流社会，又保持自己的独特的文化身份？运用"洋泾浜"或"破碎的"英语看来不失为一条出路。

与此相似，美国黑人女作家托尼·莫里森在她的成名作《最蓝的眼睛》（1970）中，以独特的小说语言探索了代表白人的学校教育和代表黑人的家庭教育之间的巨大反差对黑人孩子造成的悲剧性后果。全书三部分用三种不同的语言写成。第一部用准确、直接的"标准英语"写成，象征了白人的异化世界及生活方式是如何渗透黑人家庭及孩子的生活的。第二部重复了第一部的故事，却有意用一种不规范的、没有大写字母和标点符号的、纯粹口语化的英语写成，显示了两个黑人家庭是如何在种族主义的环境下艰难生存的。第三部则用一种没有变化的，纯粹是元音和辅音组成的，似乎不指称任何意义的语言写成。整个小说体现了强烈的族群语言意识。[1]

在1990年代发表的《剥夺的语言与语言的剥夺》一文中，莫里森更进一步揭示了语言交流中体现的文化霸权和话语权力，以及语言与差异政治或"承认"政治的关系。她说，"性别歧视的语言，种族主义的语言，有神论者的语言——所有这些都是典型的附有控制和监督使命的语言，它们不允许，也不可能允许新的知识，它们也不会鼓励思想的交流"。"她觉得，文字作品是崇高的，因为它具有再生性；它产生意义，使我们的差异，我们之所以为人的差异得以确定——使我们与任何其他的生命不同"[2]。

当代美国批评家查尔斯·泰勒指出，"对于承认的需要，有时是对承认的要求，已经成为当今政治的一个热门话题。……今天，代表了少数民族、贱民群体（subaltern）和形形色色的女性主义者的这种要求，成为政治，尤其是所谓'文化多元主义'（multiculturalism）政治的中心议题"[3]。流散/移民作家强烈而自觉的语言意识正说明了这一点。

1　Phyllis R. Klotman, "Dick—and Jane and Shirly Temple Sensibility in 'The Bluest Eyes'", Black American Literature Forum, Vol.13, No.4, 1979, pp.123—124.

2　托尼·莫里森：《剥夺的语言与语言的剥夺》，盛宁译，《世界文学》1994年第3期，第218—219页。

3　转引自汪晖、陈燕谷编：《文化与公共性》，北京：生活·读书·新知三联书店，1998年，第290页。

个人史、家族史、民族记忆

与语言策略相关的另一问题是叙述策略。流散作家往往喜欢或不由自主地用个人史或家庭史来写民族史或族群史。这里个人史和家族史既是一种隐喻，也是一种转喻。对于来自第三世界的流散作家来说，个人的漂泊与民族的苦难互相对应，形成一种隐喻关系；但个人属于家族、家族属于族群或民族，前者与后者是部分与全体的包容关系，从这个角度来看，两者之间又形成一种转喻。詹明信曾说过，第三世界文学是一种民族寓言[1]。我们不妨说，流散文学也是一种民族寓言。在流散文学中，个体历史被放到民族历史背景中得以理解，而民族历史也通过个体化的生活形式而得以阐明，两者之间的关系正如叶芝诗中的舞者与舞一样无法分离。

"现代主义形式实验的冲动之一，……是通过个人解释世界来构建集体神话。"[2]拉什迪正是这样做的。在其成名作《午夜的孩子》（1981）中，这位印裔英籍移民作家以具有魔幻色彩的寓言的形式，通过一个印度孩子从出生到成长的命运，展示了南亚次大陆半个多世纪的历史。拉什迪有意将午夜的孩子萨里姆的出生年份安排在1947年，作家自己正是在这一年出生的，他的祖国印度也正是在这一年摆脱英国殖民统治，宣布独立的。这样，个人与历史、现实与虚构就如印度地毯般交织在一起了。午夜的孩子出生前在母亲子宫里倾听着历史时钟的滴答声，通过脐带吸收了来自父母的、家族的、神话的、魔术的、历史的营养；午夜的孩子与祖国同时出生，他的响亮的啼哭声伴随着尼赫鲁宣布印度独立的广播；午夜的孩子亲眼目睹并亲身经历了殖民时代和后殖民时代印度次大陆经历的种种错综复杂的历史事件：印度独立前的宗教冲突、印巴分治、中印边界冲突、巴基斯坦政变、孟加拉战争、英迪拉·甘地的铁腕统治等。午夜的孩子说，"在我的一生中，我一直是一个活生生的见证"，证实了印度这个新神话的传奇性质。小说中虚构的尼赫鲁在午夜的孩子出生时写给后

---

1 詹明信著：《晚期资本主义的文化逻辑》，张旭东编，陈清侨等译，北京：生活·读书·新知北京三联书店、牛津：牛津大学出版社，1997年，第522—523页。
2 Pericles Lewis. *Modernism, Nationalism, and the Novel*. New York: Cambridge University Press, 2000, p.7.

者的贺信中这样说:"你是印度那个既古老又年轻的面貌的最新体现。你的生活在某种意义上就是我们自己生活的镜子。"[1]

有意思的是,在《午夜的孩子》中,主人公萨里姆既是小说的叙述者,又是一家腌菜作坊的主人。一位评论家敏锐地指出,这双重职业象征了作家对历史、记忆和时代的"腌制"(pickling),而腌制的过程也就是对有关原材料进行混合、杂交、变形、加调料的个人化过程。[2]在此过程中,个人经历与民族历史、个人记忆与民族记忆合为一体。

与自传体小说和家族小说并行存在、具有丰富文化认同意义的另一类小说可称之为"街道小说"(street novel)。移民聚集的地方往往会自发地形成一个独立于主流社会中心的边缘地带。有不同出身、操不同语言、来自不同文化背景的人们聚居在几条街上,以自己独特的方式在异族社会中艰难生存着,经历着自己的喜怒哀乐。这些街道已经超越了物质性,而成为一种文化文本进入移民作家的创作视野。北美华裔作家笔下的唐人街即可归入这一范畴。

加拿大华裔学者梁丽芳在《打破百年沉默——加拿大华人英文小说初探》一文中指出:"唐人街多数位于市中心,但它是个边缘存在,是个他者。对白人社会来说,唐人街是个异国风情的地域,是转换口味时偶然光顾的厨房;它是黑眼睛黑头发黄皮肤异乡人的流连之所,也是个神秘莫测的迷宫。随着国际犯罪组织的猖獗,甚至被认为是黑社会头目出没的黑暗区。唐人街是外在与内在因素作用下的结果。外在的因素是白人的歧视、孤立、隔离,把外人推向社会边缘;内在的因素,是华人同种同文,聚在一起,以保安全。""唐人街是个综合文本。展开唐人街这个文本,我们看到了流浪情怀、生离死别和顽强斗志,也看到了克制和忍耐,屈辱和歧视。唐人街的流浪汉故事,不是浪漫的流浪故事,是被迫独身的华人男子的无奈的故事。这些境况,构成了华人文学中的主题。"[3]

如果说,唐人街是具有同一文化背景的移民聚集之地,是流浪者若即若离的根系所在和模糊的集体记忆的载体,那么,在印裔英籍作家V·S·奈保尔的小说《米格尔大街》中,我们看到的是一幅与唐人街相近而又有差异的后殖

---

1 萨·拉什迪:《午夜的孩子》,刘凯芳译,《世界文学》,2001年第5期,第160页。
2 Maria Couto. "Midnight's Children & Parents", *Encounter, Vol. LVIII, No.2*, 1982, p.62.
3 梁丽芳:《打破百年沉默:加拿大华人英文小说初探》,《世界文学》1998年第4期,第292页。

民文化景观。从其所处的位置来看，米格尔大街与唐人街非常相似，都处于文化边缘，被主流社会人们视为一个肮脏野蛮的贫民窟和充满奇事怪行的大杂烩。生活在那儿的人们来自各种文化背景，操各种混杂的语言。但是，这些挣扎在生存边缘的小人物也有自己的尊严、自己的人格、自己的存在价值。作家以自己敏锐的观察力，把他们的生存境况揭示出来，使读者看到了生活的丰富多样性和人生追求的丰富多样性。正如美国布朗大学教授利奇坦斯丹所说，加勒比作家采取种种不同的艺术手段探索他们自己的相对于北美和欧洲帝国主义霸权中心的、前殖民地的地位。他们往往寻求表现欧洲政治的和文化的霸权如何影响殖民地人民的心理。但这些作家不满足于仅仅抓住过去的遗产。相反，他们通过建立诸如边缘与中心的二元对立，寻找新的力量和新发现的动力。然后以他们的作品为工具解构此类带有损害性的假定。[1]

双重性、外位性、边缘人

当代意大利裔加拿大女学者林达·哈切恩在其与人合编的一部加拿大多元文化题材的小说集《另外的孤独》序言中指出："双重性是移民经验的本质。陷于两个世界之间，移民要转换一个新的社会空间；陷于两种文化且常常是两种语言之间，作家要转换一个新的文学空间。"[2] 由此形成移民作家特有的双重视角。第一重视角是母亲或祖母们讲述的有关本家族的童年回忆及后来漂洋过海的艰难历程，还有随着行李箱带来的民族神话和集体记忆。第二重视角则是他们作为移民后代在学校受到的西式教育和在家庭受到的传统教育带给他们的不同价值观之间的冲突。

在论述奈保尔的小说创作时，利奇坦斯丹提出了后殖民文学特有的双重化（doubling）技巧。在他看来，后殖民作家喜欢用自传体的形式写小说，但实际上，这是一种"伪自传体"（pseudo-autobiography）。表面上看来，作者就是小说中的第一人称"我"，但实际上不是那么一回事。利奇坦斯丹认为奈保尔用了一种他称之为陪衬法（foil）的技巧。这种技巧揭示了生活中的真人

---

[1] David P. Lichtenstein. *The Double and the Center: V.S. Naipaul and Caryl Phillips' Use of Doubling to Eradicate Traditional Notions of Center and Periphery*（http.//65.107.211.208/Caribbean/themes/double7.html）.
[2] 林达·哈切恩：《另外的孤独》，王逢振译，《世界文学》，1994年第五期，第166页。

和作家之间的区别。对奈保尔来说,生活中的真人似乎具有一种未经文学之光或其他文化形式污染过的纯粹经验,而作家则是以解释者的身份出现,参考别的作品,运用语言来解释这种经验。奈保尔的陪衬法体现了两者之间的一种斗争,即将真人和作家融为一体,既能获得未经过滤的经验,又能获得创造性的解释现成意义的力量。这种斗争采取一种特殊的后殖民迂回,因为要获得他自己的未经过滤的经验也就意味着他得先把自己放回到被殖民者的地位,以一个在被边缘化的特里尼达生活的人的面目出现,然后再作为一个生活在后殖民时代前帝国中心的英国人来处理这些经验。[1]

正是这种双重经验和双重视角使流散作家获得了托多罗夫所谓的"认识论特权"(epistemological privilege)[2],或巴赫金所谓的"外位性"(exotopy)视角。巴赫金深刻地指出:

> 存在着一种极为持久但却是片面的,因而也是错误的观念:为了更好地理解别人的文化,似乎应该融于其中,忘却自己的文化而用这别人文化的眼睛来看世界。……诚然,在一定程度上融入到别人文化之中,可以用别人文化的眼睛观照世界——这些都是理解这一文化的过程中所必不可少的因素;然而如果理解仅限于这一个因素的话,那么理解也只不过是简单的重复,不会含有任何新意,不会起到丰富的作用。创造性的理解不排斥自身,不排斥自身在时间中所占的位置,不摒弃自己的文化,也不忘记任何东西。理解者针对他想创造性地加以理解的东西而保持外位性,时间上、空间上、文化上的外位性,对理解来说是了不起的事情……在文化领域中,外位性是理解的最强大的推动力。别人的文化只有在他人文化的眼中才能较为充分和深刻地揭示自己(但也不是全部,因为还有另外的他人文化到来,他们会见得更多,理解得更多)。[3]

---

[1] David P. Lichtenstein. *The Double and the Center: V.S. Naipaul and Caryl Phillips' Use of Doubling to Eradicate Traditional Notions of Center and Periphery*(http.//65.107.211.208/Caribbean/themes/double7.html)

[2] Timothy F. Weiss. *On the Margins: The Art of Exile in V.S. Naipaul*. Amherst: The University of Massachusetts Press, 1992, p.12.

[3] 巴赫金:《答〈新世界〉编辑部问》,见钱中文编《巴赫金全集》中译本第四卷,石家庄:河北教育出版社,1998年,第370页。

可见，正是"认识论特权"和"外位化"视野给流散作家提供了一个从他者（个体或文化）出发更深刻地理解自我，从边缘出发更深刻地理解中心的创造性空间。2001年诺贝尔委员会授奖词指出，在V.S.奈保尔的作品中，"边缘人的形象占据了伟大的文学的一角"[1]。其实，不光奈保尔如此，边缘人的形象在许多移民作家和流散作家的作品中都可看到。"边缘性"（marginality）这个概念是后殖民时代的产物，原指前殖民地（边缘）与帝国（中心）的关系，但现也被用于界定流散作家的精神状态。"处于边缘即既处于部分之中又游离于部分之外；在自我与他者相遇时，流散者能够同时处于'双重外在性'，他或她属于两种文化，但又不认同其中的任何一种。流散者能够介入跨文化对话，并通过这种对话肯定自己的独特性以及他与他者之间的内在相关性"[2]。

1996年获得诺贝尔文学奖的西印度群岛诗人德里克·沃尔科特是极为典型的一位处于文化边缘和自我边缘的流散作家。他出生于圣卢西亚并在那里度过青少年时代。圣卢西亚是一个没有废墟，没有纪念馆，没有日期，没有历史的国家。他身上流动着来自荷兰的、英国的和非洲的血液。他的家庭"由于肤色和被统治者连在一起，又因文化和统治者连在一起"[3]，于是，他感觉自己成了一个"被分成两半的孩子"，或者如他在《晚霞如是说》中所称，他患有文化精神分裂症。加勒比海的生活、非洲的根源和英语三者同时成为他创作中杂交的文化背景。在他那里，流散小说家笔下的"越界"主题以独特的抒情方式，转化为"空缺"主题和"海难"主题。在沃尔科特诗中，"空缺"不是空无一物，而是一种撤走了重量后的"精确的空缺"。文化上无根的状态既是一种空无，也提供了巨大的文化创造空间。它召唤人去探寻、去创造、去填补那个空缺的所在。诗人说："我没有民族，只有想象。"因此，他为自己设定的任务不是去发现，而是去创造一个历史。"海难"在沃尔科特诗中是现代社会的意象，诗人用它来考察西方文明和非洲文明的结合对于个人和文化认同的必要性。海难余生是一种无根的自由漂流状态。作家可以"抛弃已死的隐喻"，

1　http://www.nobel.se/literature/laureates/2001/press.html.
2　Timothy F. Weiss. *On the Margins, the Art of Exile in V.S. Naipaul.* Amherst: The University of Massachusetts Press, 1992, p.13.
3　丹尼尔·琼斯：《沃尔科特创作述评》，少况译，《外国文学》1993年第1期，第12页。

像珊瑚虫一样营建出一个静默的世界。

流散文学在20世纪世界文学总体中所占有的地位、价值和意义无疑是十分重要的。流散文学是西方现代性展开的产物。流散文学大多发生在第三世界后殖民地国家，或前殖民地宗主国的移民社会中。它是一个觉醒的弱势群体发出的声音，既反映了其面临的文化身份危机，也标志其文化认同意识的自觉。流散文学表明，无论世界变得如何一体化，如何全球化，人对自己本根的认同意识是永远不会随之而自然消亡的。恰恰相反，正是那些通常以为能消除族群意识或民族意识的全球一体化促进了文化身份意识的觉醒。因此，流散文学不仅仅是"纯"文学的表现，更是一种文学行动和文学表演，其背后体现的是一种要求得到"承认"的差异政治。在流散文学中，传统意义上的缪斯女神经历了地理意义和美学意义上的双重流放。

流散文学打破了自我中心、我族中心和本质主义的思维方式，颠覆了西方/东方、自我/他者、主体/客体、殖民者/被殖民者、移民/土著等人为划定的分类界线，使世界文学呈现出丰富多彩的局面。它表明，人类社会是个多样化的存在。任何想以单极化、一体化来规范人类行为模式和理想的做法都是行不通的。流散文学是多极向单极的挑战，边缘对中心的解构，他者与自我的互渗。它扩大了读者的精神视野，使后者得以进入多元文化杂交的文学世界，更深切地体验"他者"的人生，正是在此过程中，我们作为人类一分子的"类意识"[1]最终得以形成。克里斯蒂娃指出，在一个越来越异质化，越来越世界化的世界中，我们都变成了外来者。只有承认"我们自身内的外来者"，我们才能学会与别人生活在一起，达成一个文化多元的、种族多元的社会。尽管这听上去像一个乌托邦的愿望，但它也正在变成一种新世界的必然。[2]正如沃尔科特在《仲夏》（1984）一诗中所吟唱的：

这是所有流浪者的命运，这是他们的宿命，

他们流浪得越远，世界就变得越广阔。

---

1 有关类意识与后殖民文学的关系，参见拙文：《从他者意识到类意识》，《浙江学刊》1999年第1期。

2 Timothy F. Weiss. *On the Margins, the Art of Exile in V.S. Naipaul*. Amherst: The University of Massachusetts Press, 1992, p.9.

第十三章
文化飞地的空间表征

飞地是一种特殊的人文地理现象，指的是隶属于某一行政区管辖，但又游离于该行政区主体范围之外的土地。要想去往一块行政区的飞地，需要"飞跃"其他行政区的属地，方能到达。[1] 一般把本国境内包含的外国领土称为内飞地（enclave），外国境内的本国领土称为外飞地（exclave）。飞地的术语第一次出现于1526年签订的马德里条约的文件上。以后这个概念主要用于政治地理学。大多数现存的飞地是封建时代的遗迹，而且大部分出现在西欧。

文化飞地（cultural enclaves）则是一个更为复杂的文化地理空间概念，目前尚无统一的定义。如果删繁就简，大致可表述为，"行政上归属于某个政治主体，身份上认同于某个更古老或更遥远的文化母体"。总体上讲，文化飞地是现代性展开的产物。近代以来，资本主义的全球扩张带来了一波又一波拓殖、移民和族群流散的浪潮，使原生态的单一的文化地理空间发生了质的变化，有着不同语言和文化背景的族群互相碰撞、冲突和融合的结果，在西方帝国及其海外殖民地中形成了无数规模不一、层次复杂的文化飞地（包括种族飞地、族群飞地和租界飞地等），其所具有的空间诗学功能在后殖民时代特别引人注目。

空间的生产与实践

在《空间的生产》一书中，法国文化批评家列伏斐尔曾把人类在空间中的活动及其结果分为三个维度：首先是空间的实践（spacial practice），"包括

---
1 《寻找中国版图的飞地》，《中国国家地理》，2012年第6期，第64页。

生产和再生产,以及特殊的位置和每种社会结构的空间性特征";其次是空间的表征(the representation of space),它"与生产关系和这种生产关系置于其中的秩序有关",主要指人类对空间秩序的规划、设计等一系列涉及想象、编码和文本建构的活动;最后,表征的空间(the representational space)则是指已经被规划和编码的空间,它具有一定的社会规约性,伴之以一系列象征、符号、标记或仪式,有时也与艺术相关。[1]在实际生活中,空间中的这三个维度是交织在一起的。比如,当我们进超市购物时,这是一种涉及生产和再生产的空间实践,而这种实践实际上是建立在城市规划师、房地产商和建筑师对这个空间的表征的基础上的。是他们对土地的规划、投资和空间设计等一系列活动决定了超市的布局和结构,而这个空间的表征一旦被付诸实施后,就形成了表征的空间,它的一系列编码(通道指示、商品摊位、广告牌等)决定了我们在这个特定空间中的行为模式。比如,我们不会到超市中去烧香,也不会到寺庙中去购物。此外,我们还得遵守特定的空间的表征对人的言行举止的规范。在广场上我们可以大声喧哗,但在公共图书馆中则必须保持安静。

列伏斐尔没有论述过飞地现象,但他的空间研究思路对我们考察文化飞地颇有启发。文化飞地首先是一种空间的实践。当早期殖民者进入新大陆开拓殖民地时,他们最初只不过是出于生存需要,在陌生的空间中进行生产和再生产——将荒地改造成良田,在旷野中搭建屋舍、修筑道路、建造桥梁等。但这种空间的实践同时也是一种空间的表征,因为殖民地本来就是帝国扩张规划的有机组成部分。没有殖民地就没有帝国,反之亦然。比如,在英国伊丽莎白时代的殖民化宣传(以哈克路特编辑的一系列航海—旅行文集最为典型)中,[2]就已经突出了这样的观点,即殖民地能解决一个过分拥挤的国家的社会问题。按照汉娜·阿伦特在《极权主义的起源》一书中提出的观点,资本主义的发展不仅产生了剩余资本,而且还产生了剩余人口。就是说,每当资本主义发生经济恐慌的时候,就会产生大批的"被迫脱离生产者行列,陷入永久性失业状态"的人们,即"被废弃的人"。他们与过剩资本的所有者一样,"对社会来说,是多余的存在"。于是,帝国主义把这些剩余的人和剩余的资本,即过剩的劳

---

1 Henri Lefebvre. *The Production of Space*, translated by Nicholson Smith, Donald. Oxford UK & Cambridge USA: Blackwell, 1984, p.33.
2 张德明:《旅行文献集成与空间身份建构》,《杭州师范大学学报》,2010年第6期,第59—65页。

动力和过剩的资本结合起来，在海外寻求它们的输出地和市场。[1]这两者的输出加上保护它们的权力的输出，则宣告了帝国主义的开始。

但之后这种空间实践的性质慢慢地起了变化。因为进入殖民地的不光有被帝国的殖民机构遣送的刑事犯，还有被劫掠或拐买来的非洲黑奴，以及那些出于生存压力来到殖民地"淘金"的拓荒者（中国苦力、印度契约劳工和本土原住民等）。此外，还有为数不少的希望在异域他乡建立起地上天国的宗教分离主义者和空想社会主义社团。[2]这些来自不同的族群、操着不同的语言、有着不同的文化和宗教背景的人们聚居在一起，构成了一个个五光十色的小型社区，形成一块块规模不等、犬牙交错的文化飞地。这些文化飞地在政治上归属于某个大的政治主体，而在文化上又各有其族群记忆和身份认同（大多数飞地从其命名即可看出其文化归属[3]）。更为重要的是，它们还会像滴在一张白纸上的墨迹般逐渐渗开，进而蚕食帝国的领地，动摇其疆界的稳定性，将帝国的空间表征转换成符合自己生存需要的表征空间。在空间实践过程中，这些文化飞地实际上不知不觉地成为解构帝国的前沿，酝酿后殖民主义思想的温床。

文化飞地与身份认同危机

尼采说，"我相信绝对空间是力的基础：后者限制并给予形式"。宇宙空间中包含了能量，包含了力，并通过它们起作用。地理空间和社会空间

---

[1] 汉娜·阿伦特著：《极权主义的起源之二：帝国主义》，蔡英文译，台北：联经出版事业公司，1982年，第39—41页。

[2] 欧洲空想社会主义者向美洲的移民在19世纪达到高潮。这方面的资料可参见让—克里斯蒂安·珀蒂菲斯（Petitfils.J.）《十九世纪乌托邦共同体的生活》，梁志斐、周铁山译，上海：上海人民出版社，2007年。

[3] 如遍布世界各地的华人移民社区唐人街（Chinatown）、犹太移民社区（ghetto）、印度移民社区"小印度"（Little India），欧美和中东的巴基斯坦移民社区"小巴基斯坦"（Little Bakistan）、芝加哥意大利移民社区"小意大利"（Little Italys）、爱尔兰移民社区"爱尔兰城"（Irishtown）、纽约黑人聚居的哈莱姆区（Harlem）、越南移民社区"小西贡"（Little Saigon）、菲律宾移民社区"小马尼拉"（Little Manila, Manilatown or Filipinotown）、弗洛里达古巴移民社区"小哈瓦那"（Little Havana）、南美日本移民社区"小东京"（Little Tokyo, or Nihonmachis 日本町）、伦敦葡萄牙人社区"小葡萄牙"（Little Portugal）、加拿大多伦多希腊移民社区"小雅典"（Little Athens），以及西印度群岛的逃亡黑人社区马垯（Maroon）；等等。

也如此:"哪里有空间,哪里就有存在。"("where there is space there is being.")力(能量)、时间和空间之间的关系是值得探讨的问题。一种能量或一种力只有借助它在空间中的效果才能得到确认,即便这些力本身不同于其效果。[1]无疑,近代欧洲崛起的帝国是一种巨大的能量,像宇宙中别的能量一样,这种社会的和文化的能量必然要寻求释放,其在空间中的表征便是殖民地的规划和实施。同时,被这种能量裹胁着进入殖民空间的拓殖者、囚犯、移民、奴隶和劳工也是能量,这些能量同样寻求着自己的释放空间。各种不同的能量与能量之间的碰撞、冲突和交汇,成了生成并维系不同性质和规模的文化飞地的原动力。生活在文化飞地中的各族群之间,既有着对外的力的较量,如加勒比地区的非洲黑人社区与英国殖民当局的斗争;又有着对内的力的比拼,如唐人街不同华人社区之间的内耗或意大利社区黑社会势力之间的火拼;更有着因错综复杂的力的冲撞而造成的族群生理变化,如西印度群岛中英国殖民者与原住民结合生下的混血儿,就生活在尴尬的夹缝或居间状态(in-betweeness),他们因肤色浅褐而被本土不列颠人视为"退化的"英国人,又因同样原因被当地黑人称为"白蟑螂"。于是,在各种不同的能量冲撞和族群融合的过程中,文化飞地的身份认同问题就凸现出来了。

如前所述,生活在文化飞地中的人们,大都是在帝国扩张过程中出于生存压力而被迫迁徙或自愿移民的族群或人群。从国籍上说,他们属于某个帝国主义宗主国;从文化上说,他们又有着各自的文化背景、集体记忆和宗教信仰;从情感上说,他们更愿意认同本族文化(尽管它存在于遥远的本土或碎片化的传说中),但为了生存,他们又不得不依附于某个更强大的政治实体,甘心做帝国的二等臣民或二等公民。这种自相矛盾的生存状态使得他们几乎从一开始就遭遇了文化身份危机。对文化飞地中的人们来说,人类最基本的三个困惑("我是谁,我来自哪里,我将去何方?")不是抽象的、形而上的哲学问题,而是具体的、直接关乎生存的形而下问题。加勒比女作家简·里斯的《藻海无边》中,女主人公伯莎向罗切斯特发出的一连串问题,道出了西印度群岛白种克里奥尔人的身份认同危机:

---

1 Henri Lefebvre. *The Production of Space,* translated by Nicholson Smith, Donald. Oxford UK & Cambridge USA: Blackwell, 1984, p.22.

> 在你们中间，我常常弄不清自己是什么人，自己的国家在哪儿，归属在哪儿，我究竟为什么要生下来……[1]

伯莎的这种困惑具有普遍性。种族的、语言的和文化的"克里奥尔化"（creolization）[2]几乎是所有生活在文化飞地中的少数族群的特征。以生活在马来半岛上，被称为土生华人的族群为例。这个族群主要由明清两朝"下南洋"（闽粤方言中也称"过番"）的福建、广东移民构成。在明末到清末这段历史时期，国内战乱不断，民不聊生。当时福建、广东一带人多地少，战乱加穷困，生活难以维持。为了躲避战乱，改变个人或家族的命运，闽粤地区的百姓一次又一次、一批又一批地偷渡到南洋谋生。之后由于朝廷实行"海禁"，使得之前下南洋的华人后裔无法归国，只能选择在马来半岛定居，从此落地生根，与当地人杂居。由于早期移居的华人绝大部分是男性，导致当时在马来半岛的华族人口中男女比例相差悬殊，许多华人只能与当地马来妇女或是来自爪哇、苏门答腊地区的妇女通婚，形成了特有的峇峇娘惹（Peranakan）社会。

更为复杂的情况是，从16世纪开始，马来半岛相继遭到葡、荷等国殖民者的侵略；19世纪20年代起，又沦为英国殖民地。为了强化殖民统治，英国殖民者将这些在海峡殖民地[3]出生的峇峇娘惹人统称为"海峡华人"，并强迫他们效忠于大英帝国，称之为"华裔英国子民"（Strait Chinese British）。显而易见，这个词只指称了华人的出生地，而无法概括其文化特质。峇峇娘惹人和马来原住民并不完全认可这个称呼。比起海峡华人，土生华人这一名称在民间更为流行。19世纪中叶，土生华人（Peranakan）一词已颇为流行。根据1856年出版的字典，马来人称混血的华人后裔为Peranakan Cina。立足于经济领域的

---

1 简·里斯《藻海无边》，陈良廷，刘文澜译，上海：上海译文出版社，1996年，第60页。
2 一般认为，克里奥尔（Creole, creole）一词源于西班牙语criollo，原意为"土生土长的"。目前欧美学界对克里奥尔有两种不同的理解。首字母大写的克里奥尔（Creole）首先指的是"一个生物学的现实"。它通常用于指称出生在加勒比地区的欧洲人后裔，对这些人有许多不同的叫法：克里奥尔人、欧洲克里奥尔人、移居者、"红腿子"（redlegs）等。一些学者用"大西洋克里奥尔"（Atlantic Creoles）这个词指称"那些凭借出生、经验或选择而成为一种文化组成部分的人们，这种文化从16世纪开始在大西洋沿岸——非洲、欧洲和南北美洲——兴起"。
3 1826年，英国政府为强化对马来半岛的槟榔屿（即今日的槟城）、新加坡和马六甲的殖民统治，将这三个殖民地合并为"海峡殖民地"（Strait Settlement），以槟榔屿为首府（后又移至新加坡）。

峇峇娘惹人将自己定位于一个新的名称，即土生华人，以有别于后来大量南来的"新客"。随着第二次世界大战后殖民体系的崩溃，如今海峡殖民地已不复存在，"海峡华人"一词用在土生华人身上自然就不合适了。20世纪60年代后，随着马来西亚、新加坡等国的独立，各地的峇峇公会将原本建立的"海峡英国华人协会"（Strait Chinese British Association）改称为"土生华人公会"（Persatuan Peranakan Cina），一直沿用至今。[1]

从这个比较典型的文化飞地案例中，我们看到了至少三种以上（包括华南移民、马来原住民、英国殖民者以及后来的印度移民等）不同的文化和社会能量的冲撞、整合和交融。尽管从经济和军事上说，英国的力量更为强大，但它并没有办法阻止在属于它的殖民地内部形成犬牙交错的文化飞地，只要求其在政治归属上认同大英帝国，而在文化认同上只能听之任之。结果，在这些文化飞地中就出现了族群、语言和文化杂交的复杂现象，形成一个布尔迪厄称之为场域（field）的空间，其中包括空间中的知识、秩序和权力关系，每一个场域都有一套惯习（habitus），亦即空间的实践。[2]正是通过这种空间的实践，生活在文化飞地中的各族群对帝国的殖民空间实行了解域化（de-territorization）和再域化（re-territorization），进而将自己的身份在文化上作了重新定位。

文化飞地的解域化/再域化功能

在人类学和移民研究领域，最早采用空间概念的理论家是阿帕杜莱。他认为在全球化的脉络下，移民的流动构成了族群地形（ethnoscape），这个地形是由移民的解域化和再域化的经验形成的。阿帕杜莱的贡献在于把空间视为一个社会过程，其间存在着很多文化政治的关系与互动；而移民是通过流动和实践来创造新的跨地域的社会空间（translocality）的。[3]基于整体考察，我们

---

1 1900年8月17日，新加坡首先成立第一个峇峇公会，称"海峡英国华人协会"（SCBA: Straits Chinese British Association）。同年，马六甲也相继成立类似公会，而槟城则到1920年才成立。

2 皮埃尔·布尔迪厄著：《文化资本与社会炼金术》，包亚明译，上海：上海人民出版社，1997年，第139—161页。

3 PP. Appadural Ajun. "Sovereignty without Terreitoriality: Notes for a Postnational Geography", SETHA M. LOW et al. *The Anthropology and Place: Locating Culture*. London: Blackwell, 2003, pp. 337—350.

可以将文化飞地视为一个集经济、文化、习俗和信仰于一体的特殊社会空间。在后现代状况下，对于居住在周边大城市的居民来说，文化飞地成了饮食、购物和旅游的天堂，如在"小意大利"品尝意大利面，在唐人街观赏舞龙舞狮表演，购买"正宗的"中国工艺品等。而对于移民人群来说，文化飞地这个特殊的夹缝空间使他们将"面对面的社会"扩展成了"想象的共同体"。[1]通过一年一度或一年数度的象征仪式、狂欢表演和诗性文学的创作，他们重新确认了自己的文化定位，恢复了集体记忆和族群认同。对于生活在不同文化飞地上的不同族群来说，狂欢化是一种想象历史、重述历史并赋予历史以新的意义和价值的一种方式。狂欢节（以及狂欢精神的其他许多方面）为他们提供了一种将大众变成人民，探索为自由而斗争、肯定自己的道路的意义的工具。狂欢节既唤醒了来自世界不同地区的同一族群的民族记忆和族裔身份意识，也促进了一种新的、混杂的本土身份意识的形成。通过这种仪式性的表演和即兴创作，表演者和参与者激活了被遗忘的集体记忆，共享了因移居和迁徙而疏远的社团情感，重建或凝聚了因居住在异域他乡的生存压力而被疏离了的社会关系。

同时需要指出的是，文化飞地中被激活的集体记忆并不完全等同于其文化原生地的传统，它不可避免地在流散过程中丢失了一些东西，掺杂了外来文化元素，因而是某种文化传统在新的空间中的重组，也是对帝国殖民地的解域化和再域化。在这些集空间的实践、空间的表征和表征的空间三位一体的活动中，我们看到，宏观空间结构中的族群流散具体转化为微观结构中的文化整合和重组，来自本族的集体记忆外化为表征空间中的仪式和象征。正是通过这种复杂的转换，文化飞地上的人们重新建立起自己的身份认同，建立起一个介于帝国与殖民地、本土与异域之间的"第三空间"。

"第三空间"（the third space）这个概念是霍米·巴巴提出的。所谓"第三空间"指的是在文化交流过程中出现的一个非此非彼、亦此亦彼、既虚又实的空间。按照这位印度裔后殖民批评家的观点，某个文化的特征或身份并非预先存在于该文化中，而是在该文化与他文化交往的过程中形成的一个看不见摸不着但又确实存在的虚拟空间。这个空间既不完全属于该文化，又不完全属于他文化，而是存在于两者接触交往的某个节点中。其对文化的认同和身份的建

---

[1] 参见本尼迪克特·安德森《想象的共同体：民族主义的起源与散布》，吴叡人译，上海：上海人民出版社，1991年。

构正是发生于这个节点,这个非此即彼、亦此亦彼的"第三空间"中。"第三空间"本身是非再现性的,但它为"发声"提供了话语条件,正是这个话语条件保证了文化意义和象征不会固定化和僵死化,它们可以随着话语条件的变化而改变自己的存在形态,甚至同样的符号也可以被挪用、转译,重新历史化而读出新的意义。显然这是一种非本质主义的思考方式。霍米·巴巴特别指出,"只有当我们认识到所有的文化陈述和系统都是在这种自相矛盾的发声的空间中建构起来的,我们才能认识到为什么那些等级化的宣称文化的原质性或纯洁性的观点是站不住脚的"。[1]换言之,文化始终是杂交的。不存在一个先在的、原始的主体身份,文化身份存在于各种不同类型的文化交往"之间"(in-between),而这个过程又是永远持续进行,无法完结的。文化身份认同即是寻找差异的过程。个人的或集体的身份认同或主体意识正是在此过程中才建立或建构起来的。

从这个角度来看,文化飞地作为表征的空间,不是一个静态的反映社会关系的隐喻或象征,而是一个动态的用以建构和生产新的社会关系和文化习俗的场所。从空间诗学角度看,它发挥了既能解域化又能再域化的功能。随着全球化的持续展开,民族与民族、族群与族群相互卷入与依赖的程度不断加深,当代资本主义空间的生产出现了值得注意的新动向:一方面,发展中国家以发达国家为目的地的移民潮方兴未艾,正在不断扩展着和改变着已有文化飞地的疆界;另一方面,新兴工业国家为了吸引外资、发展本国经济,纷纷建立免税区、高科技工业区和软件园等,让发达工业国家的跨国公司通过独资、合资、转包等方式进入沿海城市,雇用本地员工为其工作。全球空间中这种人流、物流和信息流的远距离互动,在相当程度上改变了移入地的文化生态环境,形成新的文化飞地。[2]在这些文化飞地上,全球力量与本土习俗互相作用,产生了

---

[1] Homi Bhabha. *Cultural Diversity and Cultural Difference*, Bill Ashcoft et al. *The Post Colonial Studies Reader*. London and New York: Routledge, 2001, p.208.

[2] 《中国新闻网》和《国际在线论坛》等多种媒体报道称,自本世纪初以来,以洪桥为中心,半径约10公里的地带,已经聚集起占广州总人口的2%、人数超过20万的黑人。被出租车司机称为"巧克力城" http://www.chinanews.com/zgqj/2012/03—06/3722927.shtml.2012.3.6.

一种建立在商讨与妥协基础上的新的工作文化（working culture）。[1]作为一个具有历史性、当下性和前瞻性的现象，文化飞地已经引起经济学家和社会学家的充分关注，因而它理应成为文化批评家深入研究的课题。

---

[1] 近来一些印度学者在论述印度IT产业的论文中指出："由于专注于转包和离岸软件以及由信息产业驱动的服务业，印度的IT产业大部分已经发展成为一个飞地，它与全球经济的联系更为密切，而与本土、本地区和本国的经济却缺少实质性的联系。""这些飞地不但发展出不同于其所在社区的特有的经济个性，而且也通过内在于其工作实践中的全球影响而发展出自己的文化身份。" See Gurpreet Singh Suri and Pamela Abbott. Cultural Enclaves: the interplay between Indian cultural values and Western ways of working in an Indian IT Organisation, http://www.globdev.org/files/proceedings2009/6_FINAL_Singh_Cultural_Enclaves_2009.pdf.2012.6.20.

第十四章
多元文化杂交时代的民族记忆

　　流散文学的兴起、文化飞地的形成，十分清晰地表明当代世界文化正卷入一场前所未有的文化权力之争，同时也正在经历一个不断加速的文化杂交过程。一方面，已经进入后现代的西方国家正挟其经济、科技优势向全球推销其商品和价值观，刚刚进入现代化的第三世界民族国家则想方设法进入国际市场，以求在全球资源再分配的竞赛中分得一杯羹。在此双向对流的过程中，第三世界传统的文化和价值观急剧地发生变化，在经济与国际接轨的同时，文化也进入了转型期。另一方面，拒绝西方文化"污染"，坚持本土文化"纯洁性"的宗教原教旨主义和民族主义势力也正在上升，成为全球化奏响的凯歌中的不和谐音和冷战后新一轮地理政治冲突的焦点。在这个多元文化既冲突又杂交的时代，如何保持民族文化个性，以健全的心态面对新世纪的挑战，业已成为当代中国人文学者无法回避的一个课题，而民族文化记忆问题则是这个课题的核心部分。

　　按照经典马克思主义的定义："民族是人们在历史上形成的一个有共同语言、共同地域、共同经济生活以及表现于共同文化上的共同心理素质的稳定的共同体。"[1]而民族文化记忆则是一个民族在与自然界长期的生存斗争中，在与外来民族的交往过程中形成，并铭刻在该民族每位成员的潜意识中，成为他/她"日用而不知"的应付生存的惯常模式，并以之影响其后代的思维方式和生活态度之总和。从心理学角度看，作为个体的人的自我存在的标志是有记忆，记忆之链把过去之"我"与现在之"我"连接起来，构成一个稳固的自我。记忆链的断裂或记忆的丧失意味着自我意识的丧失，变成白痴或陷入疯

---
[1] 埃里克·霍布斯鲍姆著：《民族与民族主义》，李金梅译，上海：上海人民出版社，2000年，第15页。

狂。同样，从民族文化学的角度看，一个民族存在的标志是有民族文化记忆，民族文化记忆链把民族成员紧密联系在一起，并意识到彼此之间的血脉相连和休戚与共。民族文化记忆链的断裂，也就意味着作为一个整体的民族自我意识的丧失。正因为如此，每个民族，哪怕是尚处在文明发展早期的、尚未有文字记载的原始部落，都十分重视对本民族/部落成员进行民族文化记忆的传承工作。

在人类文明发展的早期，民族文化的记忆是采用口耳相传的方式，通过口传史诗、传说、庆典、礼仪和祭祀等途径保存下来的。由于民族文化记忆信息的传递和交流采取了直接的面对面的形式，并伴随着相当强烈的情感性和运动性，所以民族文化记忆一旦形成，就强烈地刻印在有关成员的脑海中，不会轻易地被抹去。但由于这种记忆方式在很大程度上依赖于活生生的处在一定时间和空间中的个体，因而民族文化记忆的传承尽管就其强度而言是非常深刻的，但就其广度和速度而言又是非常有限的。

文字的出现和印刷术的发明从时间和空间两个方面极大地加快和扩展了民族记忆传递的速度、广度和密度，同时又给予了超越个体的永久保存的承诺。某特定文化中有阅读能力的成员完全可能凭借自己的阅读进入该民族文化的记忆库，也可以凭借自己的写作能力为后者添砖加瓦。这既为民族文化记忆的线性传递提供了方便，也为民族文化记忆库的扩充和累积提供了巨大的潜力。但，正因为民族文化记忆过分地依赖非人性化的物质的载体，那么一旦这种承载记忆的物质材料被毁，其后果将是整个（或部分）民族文化记忆的丧失。秦始皇的焚书坑儒和希特勒的焚书坑犹对民族文化记忆造成的损害至今仍是无法弥补的。相比之下，口耳相传的民族文化记忆则避免了这种危险。除非特定民族文化社团的人们全部死亡，只要还有一个人存在，只要这个人还有记忆能力，他所属的那个特定民族的文化记忆就不会丧失，也无法被剥夺。许多尚无文字的美洲印弟安部落至今还保留着生动而鲜明的民族文化记忆就是明证。

比起印刷术来，电子媒介自然是更为先进、更为便利的一种传递文化信息、保存文化记忆的载体。电子时代的文化记忆既无须依赖活生生的个体的面对面的口耳相传，也无须伴随具有强烈情感性和运动性的仪式和庆典，光是凭借虚拟的符号、图像和音响，就可以进行远距离的信息传送和交流。它是当代资本主义市场制造出来的魔鬼的羊皮纸，既可以在大量需要时被大量复制出来，又可以在出于某种（无论是政治的、经济的或时髦的）原因而不需要时被轻易抹去。电子信息超时空的特点决定了它的便利性和短暂性，而它的非线性和虚拟性决定了它无深度性、非逻辑性和易遗忘性。现在，特定文化社团中的人们打开电视或电脑就可以轻松地接受来自不止一个文化来源的信息，与不同地域不同文化背景的人们进行共时的交流。在这种情况下，民族文化记忆原有的历时的线性逻辑被共时态的多元并置打乱了，理性文字的深度感消失在感性的平面图像背后。于是，对于在电子时代成长起来的一代人来说，民族文化记忆仿佛已经失去了本体论的意义，而降为一种类似出生证明那样的微不足道的东西。各民族的母语也正在逐渐失却海德格尔所说的"存在之家园"的形而上意义，被互联网这只"看不见的手"强行转换为二进位制的人工语言。民族文化记忆的丧失似乎成了第三世界民族国家为了适应经济全球化时代所必须付出的机会成本。如果真是这样，那么，这个成本实在是太大了。其所摧毁的不仅仅是某个或某些民族几千年积累的文化记忆，而且是属于全人类共有的文化遗传基因。

对于第三世界的作家/批评家来说，现实的问题在于，有没有可能通过某种方式和手段，使民族文化记忆重新得以确认和传承，又不致回复到原来的封闭状态？如何在世界文化的多元化和民族文化的独特性之间保持必要的张力？这里涉及对民族文化记忆的主体构成、民族文化记忆中的"他者性"和第三世界作家/批评家的文化身份认同等三个关键问题的再认识和再定位。

民族文化记忆的主体构成

当特定的民族文化作为一个整体面对外来文化时，它是统一的，整合的。但实际上，作为文化意义生产中心的文化主体，其内部的结构和成份是极为复杂的。每个民族文化内部既有官方和民间的分层，主流和支流的交叉，也有边缘和中心的区别。它是长期以来特定民族内部各个社会阶层、各种社会能量之间相互激荡，相互冲突，相互妥协的结果。因此，一个特定民族的文化记忆不是一个单一的，而是多元的，涉及复杂的文化权力分配和意义操作的机制。在研究民族文化记忆问题时，必须把下列问题都考虑在内。例如，在面对外来文化侵入时，一个民族是怎样调动它的全部文化记忆资源作为动员民众的武器的？文化内部的主流和支流、中心和边缘、官方和民间的区别是通过怎样的操作过程被暂时搁置一边的？换句话说，为了应付共同的生存危机，它们彼此间是怎样协调起来，并合理分配文化资源和话语权力的？而在民族生存危机消除后，它们又是通过怎样的操作过程和操作方式，重新分配其文化资源和话语权力的？这种再分配造成了该特定文化怎样的结构性变化，以至影响了该文化其后的发展趋势、方向和速率？而这种妥协又是以怎样的方式表达出来的？例如，某些纪念碑的建立或拆毁，碑文的拟定、修改或抹去，博物馆内展品从内容到形式、位置到摆设的变化，民间流传的野史与官方编纂的正史的互相抵牾等，都可以看作民族文化记忆的主体内部互相斗争、妥协和商讨的结果。

在多元文化的杂交时代，我们更应该关注的是民间的、支流的、边缘的，而不是官方的、主流的、中心的民族文化记忆，其原因在于：作为整体的文化记忆就像作为个体的记忆一样，具有意识和无意识两个层面。官方的、中心的、主流的民族记忆，是经过精英阶层精心修饰的、上升为有意识的、理性的部分，符合的只是某个特定时代、特定利益集团的愿望和要求，投射出的只是一个非现实的、理想的、虚幻的民族文化自我镜像。用弗洛伊德的话形容，它只是冰山上露出的一角，而更深邃、更丰富、更具活力的是民族集体无意识海面下巨大的冰体，它是历经几千乃至几万年之久积淀的民族文化记忆，由于尚未经过精英化、理性化的扭曲，还保持着比较纯洁的地方性文化身份，具有不可通约性和不可移译性，因而能够投射出较为原始的、真实的民族文化镜像，对于该民族文化今后的发展走向具有非常重要的启示意义，并将成为全球化语境中唯一具有交换价值的文化产品。但由于它大多来自弱势话语团体口耳相传的无意识积淀，所以它存在着却被压抑着，需要极大的勇气、耐心和毅力加以钩沉、索隐，使之浮现出民族集体无意识的海面。近年来，国内对古老的作坊、民居、村落，对有关少数民族语言、文化、民俗的寻访、报道、考察、重修和研究等工作频频展开，即属于此类地方性文化记忆资源的挖掘。上述看似带有一定商业操作性质的文化活动，在我看来，实质上是民族文化记忆在面对蜂拥而至的现代工业化和城市化浪潮所作出的无意识的回应。尽管这是一种不成系统的、感伤的、怀旧的、零星的文化记忆，但它们却来自民族记忆的深层，积淀了丰富的地方性知识和民间智慧，还残留着些许原始的"灵氛"（aura），可惜，学术界对此的关注似乎不及旅游界来得热情和投入，对此作出的理论阐释也相当滞后。这是不符合多元文化杂交时代精神的。其实，它们与巴赫金复调理论对中世纪民间笑文化的分析、马尔克斯小说对拉美魔幻文化的描述的内在精神是一致的，均属对民间智慧和地方性知识的开掘。既然后者已经进入世界文化资本流通市场，成为具有自身独立价值的，并被西方强势话语所不得不承认和吸纳的理论话语和文学话语，那么，我们何不大胆打破学科界限，借用多种手段和方法，对积淀深厚的本民族的地方知识和民间智慧作一番福柯式的"知识考古学"研究呢？

民族文化记忆中的"他者性"

任何民族都不是单独生存在这个星球上，总是或多或少、或早或晚、或深或浅地卷入与其他周边民族或外来文化的接触、碰撞或冲突中。黑格尔在《精神现象学》中指出，人的自我意识起源于与另一个意识的接触。[1]拉康的心理学理论，强调了"镜像阶段"在形成自我意识中的重要性，指出自我意识是在"他者"的观照下形成的。[2]同理，作为整体的民族的自我意识也是在与他者的交往、接触、碰撞或冲突的过程中逐渐形成并成熟的。一个从来没有与异文化打交道的经验的民族，正如一个从来没有与他人打交道经验的个人一样，其文化心理和自我意识必然是不完整、不健全的。一个民族的自我意识和文化记忆正是在一次又一次与外来民族、外来文化的接触、碰撞、冲突的过程中，逐渐凝聚起来并日益丰富成熟的。因此，每个民族的文化记忆中都存在着某种"他者性"，对应着与外来文化打交道时积淀下来的种种复杂的回忆与经验。如果民族意识真如本尼迪克特·安德森（Benedict Anderson）所说，是一种"想象的共同体"（imagined communities）[3]，那么这种想象的共同体也需要他者性的作用才能显示出边界。第9章提到的《百年孤独》中马贡多的人们患上集体失眠症的故事，其寓意是非常深刻的。无疑，这是一种"外来文化

---

1 Alexandre Kojeve. *Introduction to The Reading of Hegel*. Ithaca and London: Cornell University Press, 1969, pp.3—8.

2 Jcqques Lacan. *Ecrits, A Selection*, trans. Alan Sheridan. New York and London: Norton & company, 1977, pp.1—7.

3 埃里克·霍布斯鲍姆著：《民族与民族主义》，李金梅译，上海：上海人民出版社，2000年，第4页。

恐惧症"的表现，它表明一种完全异质的文化在短时间内的大规模涌入往往会给本土文化带来几乎是毁灭性的冲击，造成后者某种程度上的"失语"和"遗忘"。但另一方面，我们又必须看到，文化上的"他者"决不能仅仅从消极方面给以评价。事实上，正是由于文化上的"他者"的频频出现，惊醒了原先处于沉睡状态的民族文化记忆，使其能以一个来自外部的参照物为镜子，意识到自己存在的价值，从而更加珍惜自己的独特的地方性文化身份；并能在保持本民族文化个性的同时，对外来文化采取主动吸纳的态度，以丰富本民族文化记忆的内涵，优化其结构和层次，使之更具开放性和多样性，为适应多元文化共存的现实打下文化心理基础。19世纪以来亚非、拉美民族意识的觉醒和文化本土化的浪潮正是在与西方帝国主义一次次血与火的冲撞中发展和成熟起来的。

  在多元文化杂交的时代，我们尤其需要研究的是"他者性"（包括他者形象、他者话语、他者欲望等）是如何进入民间日常生活，潜移默化地改变民族文化心理结构，以致最终被整合融化在一起的？普通百姓是如何看待外来民族或外来文化的？对某些外来事物（无论是食品、服装或发式），我们的父辈或祖辈是怎样从惊讶、嘲笑到认可、模仿乃至被同化的，其间经历了一个怎样复杂的文化涵化（acculturation）过程？民族记忆中的他者形象是如何随着民族与民族间交往的深入而逐渐发生变化的？这些变化又是如何反映在神话、故事、传说、文学作品和日常语言中的？例如，汉民族对外国人的称呼从"夷"人到"洋"人到"老外"的变化，对外来食品的称呼从"番茄"到"西红柿"的变化，反映了怎样的民族文化心态？是否意味着大民族主义的逐渐消退，对外来事物的评价逐渐客观化和中性化？首次出洋的同胞是怎样看待外国人，并记录外国人的言行和形象的？这种记录又在多大程度上为国人所接受，并进入民族文化的记忆库，从而影响了民族文化记忆中有关外国人的形象的建构？上述种种能否构成一个国人心目中的"西方学"传统（尽管没有像西方构建的"东方学"一样系统化和文本化），其间充满了偏见、误解、谣言、笑话、传说等，以至一个人在没见到他者之前已经形成了先入为主的他者形象的文化记忆碎片，在见到真正的他者时首先调动这一系列记忆碎片来衡量之，审视之，评判之，应对之，从而影响了本民族文化心态的健康发展，最终妨碍了与他民族文化的正常交流？凡此种种的研究，均可帮助我们在多元文化杂交的时代建立起更健康、更完整、更客观的民族自我意识，以更开放、更健康的心态面对瞬息万变的外部世界。

第三世界作家文化身份的认同

长期以来,在各民族文化中,作家和批评家都属于社会精英阶层,担任着本民族文化代言人的角色。在全球化时代以前,第三世界作家的写作很少涉及民族文化身份问题。但在一个多元文化杂交的时代中,文化身份问题凸现出来,成为每一个作家不得不考虑的问题。尽管一个人可以像利奥塔所说的那样,进入当代通俗文化的零度态:"听西印度群岛的流行音乐,看西部影片,午餐吃麦当劳,晚餐吃当地菜肴,在东京洒巴黎香水,在香港穿'复古'服装;……"[1],但归根到底,还是无法摆脱他或她的文化身份。因为血液、肤色和母语是无法选择也是无法改变的。那么,这就涉及一个文化身份的认同问题。在一个多元文化杂交的时代,是做一个文化上无根的世界公民,永远像米兰·昆德拉所说的那样"生活在别处",还是与民族文化记忆认同,继续做它的代言人和记录者?圣卢西亚诗人沃尔科特在《来自非洲的遥远的哭声》一诗中写道:

受到双重血液毒害的我,
何去何从,在切开的脉搏中?
我诅咒,醉熏熏的不列颠官员,
我将怎样作出选择,在我所爱的这个非洲和英语之间?
是对两者都背叛,还是把它们给的统统归还?

如果我们把诗中的"双重血液"读作文化上的"双重(或多重)血统",那么沃尔科特的痛感对于第三世界作家就具有了某种普遍意义。第三世界作家大多受过正规或非正规、系统或非系统的西方教育,具有成为世界公民的文化心理结构;但骨子里又是一个强烈的爱国主义者和民族主义者,迫切希望本民族经济走向繁荣、文化走向世界。通过自己的创作或批评,他们一方面呼唤本民族同胞抛弃非现代性的文化因子,尽快使民族文化心理实现从前现代到现代的结构性转换;一方面又十分珍视本民族文化传统,希望它不致被市场化、商

---

[1] 让—弗朗索瓦·利奥塔著:《后现代状况:关于知识的报告》,岛子译,长沙:湖南美术出版社,1996年,第201页。

业化和科技化的浪潮吞没。对于像赛义德、霍米·巴巴等出身第三世界而又在第一世界大学执教的学者来说，他/她们只能保持边缘的地位才能留驻于强势文化中心，只有用西方强势语言才能为自己所属的弱势民族发出声音。这就使他/她们时时处在一个进退维谷的境地之中，为人所诟病和批评。笔者的看法是，在全球化时代，一个文化上无根的作家/批评家和一个顽固的民粹主义者都是很难适应多元文化杂交时代的。这是因为，世界文化市场所能接受的是对它来说既是"异"的具有他者性（otherness）的东西，又是"同"的具有适应性（conformability）的东西。多元文化杂交的前提正在于有多种文化之"元"，多种文化种子，可以互相补充，互相"嫁接"，而这些"元"和种子都源自世界各民族的文化记忆。如果认为多元化的意思是互相融合，不分彼此，那么，多元最终就成了一元，杂交最后就成了单亲繁殖，世界文化的前途就岌岌可危了。多元化应当是在尊重文化多样性前提下的统一，而不是相反。杂交的前提是有各种不同的种子，每种种子都各有其适应一定的环境、水土、气候的特殊性，这样杂交才能产生优势互补，生产出新一代的品种。全球化时代需要的是既具有本民族文化记忆的深刻底蕴，又具有健全开放的心态和全球文化视野的世界公民。一个只对本民族文化感兴趣、拒绝接受外来文化的人，和一个对本民族文化一无所知、只会搬弄一些来自西方的强势话语的人，都是无法适应多元文化杂交的时代的。问题在于，如何在保持民族文化记忆和接受具有他者性的多元文化两者之间保持必要的张力，在接受西方强势理论话语的同时保持必要的警惕？

以下一章，我们从描述后殖民批评在中国语境中的"理论旅行"入手，进一步探讨一下这个问题。

第十五章
后殖民理论在中国语境的旅行

从上世纪90年代初至今，后殖民（无论其作为主义、理论或批评方法）进入中国语境[1]已整整20年了，其间有过激烈的论争，也有过平和的讨论、冷静的分析和扎实的研究，取得了许多的实绩。20年后，在变化了的学术语境中，从历史和逻辑双重视野出发，追溯后殖民在中国学界旅行的"路线图"，考察其留下的印迹，反思其引发的问题，预测其可能的走向和前景，无疑是一件很有意义和价值的"知识考古"工作。

话语的引进与事件的发生

不同于上世纪80年代末进入中国的其他"后"学，后殖民"理论的旅行"（traveling theroy）一开始就不是作为纯学术话语，而是以一种貌似激进的姿态，作为一个话语事件而受到国内学者关注的。这里，事件（occurence）一词是从福柯和德曼的意义上说的，指话语溢出了文本，引起了广泛关注，契入了现实进程，释放出巨大的社会能量，进而生产出更多的话语和更多的文本，形成互相缠绕、互为因果的话语链。为了准确地把握其走向，有必要先来一番历史现场的"还原"。

1990年6月，《读书》杂志发表了北大中文系张颐武的《第三世界文化：新的起点》，文章呼吁中国学者在世界性的"后现代性"的潮流中，打破第一

---

[1] 限于资料和本人学养，本文只涉及后殖民在中国大陆语境中的播散。除特别强调外，文中凡出现"中国语境"一词均包括中国大陆语境一说。有关后殖民在两岸三地的理论旅行，请参见赵稀方：《一种主义，三种命运——后殖民主义在两岸三地的理论旅行》，《江苏社会科学》，2004年第4期。

世界对第三世界的控制、压抑和吸引,在巴赫金式的"对话"中发出自己的声音。[1] 吊诡的是,张文借用的理论资源,恰恰是来自第一世界的美国文论家弗里德里克·杰姆逊的著名论文《处于跨国资本主义时代中的第三世界文学》[2],换言之,作者是借用了来自西方"他者"的话语,"发出自己的声音"的。但无论如何,张文为后现代主义在中国语境中的后殖民转向埋下了伏笔。

作为一种学术话语,后殖民正式登陆中国语境是在两年后。1992年10月,《读书》发表了旅美学者刘禾的书评:《黑色的雅典——最近关于西方文明起源的论争》。作者介绍了其时走红欧美学界的马丁·波纳尔的新著《黑色的雅典娜》,描述了因此书的出版而引发的学术论争,以及国际学界对欧洲中心主义和西方霸权的批判,进而引出了后殖民主义理论。应当说,作者的态度是认真的,描述是客观的,对后殖民主义的学术背景和理论渊源的概括也是精到、准确的。在文章最后,作者强调指出:"我认为,对西方文化霸权的批判,是必要的,甚至是相当迫切的。但这种批判必须超越苦大仇深的境界,才能趋向成熟。"[3]

然而,此番告诫似乎并未引起国内学者足够的关注。1993年9月,《读书》编辑部推出了3篇出自海外中国学人之手的文章——张宽的《欧美眼中的"非我族类"》、钱俊的《谈萨伊德谈文化》[4]和潘少梅的《一种新的批评倾向》,再次讨论了东方主义或后殖民主义问题。在这组文章前,"编辑室日志"以《他们文明吗?》为题,介绍了吕叔湘先生早年翻译的《文明与野蛮》一书,此书借美国作者的口说:"西方人自诩文明,动辄斥东方人'野蛮',这本身就已不文明。"[5]编辑室的意图不言自明。按事后一位中国学者的说法,这本身就是在将后殖民理论往民族义愤的轨道上引导。[6]

一时,后殖民批评及其相关的"东方主义"开始在国内学界热起来,引发

---

1 张颐武:《第三世界文化:新的起点》,《读书》,1990年6月,第51页。
2 此文由张京媛翻译,发表于《当代电影》1989年第6期,第41—57页。
3 刘禾:《黑色的雅典——最近关于西方文明起源的论争》,《读书》,1992年10月,第8页。
4 为尊重历史和体现现场感,本文所用的后殖民理论家的汉译名不强求统一,均按原文译者所用的译名,如Edward Said,分别有"萨依德"、"赛义德"、"萨义德"等多种译法。
5 "他们文明吗?"(编辑室日志),《读书》,1993年9月,第158页。
6 赵稀方:《一种主义,三种命运——后殖民主义在两岸三地的理论旅行》,《江苏社会科学》,2004年第4期,第107页。

了一系列的讨论和争议。北京大学、北京师范大学等部分师生就后殖民主义与当代文化热点问题召开了座谈会。[1]《天涯》、《原道》、《二十一世纪》，甚至《瞭望》等期刊都卷入了这场论争。而其时正走红西方的第五代导演张艺谋则成了大陆学者试用后殖民批评利器的首个攻击目标。张颐武、戴锦华、孟繁华、陈晓明、王一川等纷纷撰文，揭示张艺谋的"西方中心"叙事策略，认为他电影中的"隐含读者"不是中国大陆处于汉语文化之中的观众，而首先是西方的评论家，正是张艺谋为他们提供了"他性"的消费，一个陌生的、蛮野的东方，一个梦想中的奇异的社会和民族。[2]

在此情势下，《读书》编辑部又不失时机地组织了王一川、张法、陶东风、张荣翼、孙津等座谈。从栏目标题来看，这个座谈一开始就预设了"边缘·中心·东方·西方"的二元对立框架。但总的来说，这场讨论还是以学理为主，比较客观、冷静的。讨论中有人提到，"中国学者对这个话题（指东方主义——引者）的兴趣同样难以割开民族情绪。因为客居他乡的留学生总是比别人更容易产生文化恋母情结"。这是符合事实的[3]。还有人指出："自五四以来，中国知识分子总是摆脱不了民族化与现代化的悖论性焦虑，对东方主义的声讨至少在一定程度上迎合了部分知识分子的本族中心主义的情绪，它与最近几年来文化讨论中的文化保守主义、东方文化复兴论以及反西化思潮是有内在联系的。"[4]

但这种理性、冷静的声音，并未引起足够的重视，最终还是淹没在民族主义、文化保守主义的众声喧哗中了，以至于香港《中时周刊》一篇特别报道称，"中国大陆思想界，正在形成一股'反西方主义'思潮"。当年5月21日上海的《文汇读书周报》也说，"反西方主义"的幽灵正在中国知识分

---

[1] 详见《文艺争鸣》1994年02期《后殖民主义语境下的中国文化——北京师范大学中文系部分师生座谈会纪要》；《中国人力资源开发》1994年第5期吴戈《后殖民主义文化理论的底蕴及我们的态度》、王岳川《后殖民主义与当代文化热点问题的反思》等相关文章和报道。

[2] 张颐武：《全球性后殖民语境中的张艺谋》，《当代电影》，1993年第3期，第21页。

[3] 张宽后来承认，他那一篇引发了讨论的《欧美人眼中的"非我族类"》，就是在美国制裁中国和北京申奥失利的情形下，带着某种激愤之情写出来，投寄给《读书》杂志的。"当时任执行主编的沈昌文先生收稿后立即补发拙文于该刊1993年第9期，加上编者案和钱俊、潘少梅的两篇相关话题文章一起推出，旋即在国内的读书界引起一场讨论，东方学也随之成为显学。"张宽：《后殖民批评的吊诡》，载《万象》2000年 第2期。

[4] 王一川等：《边缘·中心·东方·西方》，《读书》，1994年第1期，第146页。

子头脑里徘徊。[1]一些海外学者也以各种方式加入了国内的论争。赵毅衡断言西方的"后学"在中国引起了新保守主义的思潮;[2]徐贲则敏锐地注意到,"本土"这个民族身份对于身份危机之中的中国知识分子起到了"增势"(empowerment)的作用。[3]

一些长期从事外国文学教学和科研的学者也很快作出了自己的回应。1994年,中国社会科学院外国文学研究所主办的《外国文学评论》,发表了易丹的《超越殖民文学的文化困境》,全文以三个设问式小标题贯穿成篇,语气咄咄逼人——"我们在哪里?""我们用的是什么方法?""什么是我们的策略?",凸现了一名外国文学教学和科研工作者的"角色困境"。作者认为,外国文学研究在中国文化语境中扮演的是一种"殖民文学"或"殖民文化"的角色。"我们所从事的事业,从本质上看与那些外国传教士们所从事的事业没有什么不同……。我们简直是完美的外国文化的传播者,是杰出的'殖民文学'的推销者。"[4]

如作者本人所料,这一番偏激的"民粹主义"或者"民族主义"甚至"儒教原教旨主义"的言论伤害了大多数辛辛苦苦从事外国文学研究的专家,尽管作者一再声明,其撰文的目的"无非是要将我们所面临的困境推到一个极端,以便从中发现一些平时隐匿在我们滔滔不绝的话语里的荒诞。"[5]但易文还是遭到了国内同行的质疑和批驳。[6]

差不多同时或稍后出现的一些相关论文也间接地对易文作出了回应。它们巧妙地避开了纠缠不清的意识形态论争,试图将其引导到更具学理性的讨论上。在《外国文学研究方法谈》一文中,黄宝生主要从方法论角度提出了自己的观点,认为从国内中外文学研究现状来看,似乎不存在外国文学的研究方法和中国文学的研究方法这样两种不同的文学研究方法。中国文学和外国文学只

1　张宽:《再谈萨伊德》,《读书》,2004年第10期,第11页。
2　赵毅衡:《"后学"与中国新保守主义》,《二十一世纪》,1995年第27期。
3　徐贲著:《走向后现代与后殖民》,北京:中国社会科学出版社,1996年,第200页。
4　易丹:《超越殖民文学的文化困境》,《外国文学评论》,1994年第2期,第112页。
5　易丹:《超越殖民文学的文化困境》,《外国文学评论》,1994年第2期,第115页。
6　有关这方面文章参见张弘:《外国文学研究怎样走出困惑?——和易丹同志商榷》,《外国文学评论》,1994年第2期;赵炎秋:《民族文化与外国文学研究的困境——与易丹先生商榷》,《外国文学评论》,1995年第2期等。

是两种不同的研究对象，在研究方法上没有根本的区别。实际上，所谓中国和外国的文学研究方法也只是表现形态不同，本质仍然是相通的。[1]

盛宁在《"后殖民主义"：一种立足于西方文化传统内部的理论反思》一文中，对"现在已经叫得很响的所谓'后殖民'（post-colonial）的文化批评，究竟能否称得上一种'思潮'，是否需要作如此大张旗鼓的讨论"[2]，表示了适度的怀疑。在他看来，后殖民文化批评说到底仍是西方文化传统内部的一种自我扬弃和整合。后殖民文化批评最关键的一条是：它关注的仍是西方文化内部的问题。他强调指出，"对此，我们应该有一个清醒的认识。我们应该有自己的问题意识，即从自己的实际出发提出需要解决的问题，而不是把西方'后现代'文论家们的关怀，误以为就是我们自己的问题。"[3]王宁在其主编的《全球化与后殖民批评》中也呼应了此前相关的论争，指出当前有两种危险的倾向值得警惕：以文化全球化来取代本土化只能导致中国文化特征的丧失；反之，过分强调文化的本土化，一味排斥外来文化的影响，也容易滋生另一种形式的文化民族主义情绪。[4]

20年后，回顾上世纪90年代短短五年间有关后殖民的讨论和论争，有两点值得我们注意。首先是情景的错位与问题的误置：有着第三世界背景的后殖民知识分子在第一世界学术体制中对"少数话语"和"差异政治"所作的政治/文化诉求，在当代中国语境中被转译为对西方霸权主义的全面批判和清算；其次是理论的失语与声音的替代：大多数参与论争的学者感兴趣的不是后殖民批评本身的学理和逻辑，而是它对当下中国的现实意义和应用价值。讨论虽然激烈，真正的"对话"却没有发生。争辩双方都是站在自己的角度和立场"独白"，避开或绕过了理论本身，既不关心"后殖民"这个概念的内涵和外延，也不关心其复杂的理论背景和问题意识；他们关心的是能否从这些时髦的舶来品中，找到某些可操作的关键词，用于当下的话语实践，掌握话语权和合法

---

[1] 黄宝生：《外国文学研究方法谈》，《外国文学评论》，1994第3期，第123页。

[2] 盛宁：《"后殖民主义"：一种立足于西方文化传统内部的理论反思》，《天津社会科学》，1997年第1期，第87页。

[3] 盛宁：《"后殖民主义"：一种立足于西方文化传统内部的理论反思》，《天津社会科学》，1997年第1期，第87页。

[4] 王宁、薛晓源主编：《全球化与后殖民批评》，北京：中央编译出版社，1998年，"编者的话"，第3页。

性；采取的是活学活用、急用先学的态度。

从这两点来看，后殖民理论在中国语境中的旅行，本身就是后殖民和全球化时代的一种文化表征或文化症侯，从中折射出当时中国社会和文化思想界的现状、90年代的文化焦虑和身份困境，不同学术背景和价值取向的人文知识分子的政治诉求，以及对话语权的争夺。众所周知，80年代中期踏上改革开放之路不久的中国社会出现了一股持续升温的文化热潮，包括文学中的"寻根热"、理论界的"方法热"、民歌中的"西北风"和电影中第五代导演的辉煌崛起等；错综繁复的文化支流背后则是拥抱"蓝色文明"的自由主义话语和坚守"黄色文明"的民族主义话语之间的张力性冲突。

正如马克思早就指出的："理论在一个国家实现的程度，取决于理论满足这个国家需要的程度。"[1]本土语境的"接受条件"（conditions of acceptance）[2]不但决定了某种理论的流向和速度，甚至改变了它的话语方式和最终面貌。就像五四时代的"启蒙"任务因抗战的爆发而被"救亡"使命推延那样[3]，80年代中期匆匆进入中国语境的后现代主义理论，立足未稳即被后殖民话语取代[4]，来自第一世界的詹姆逊的名声很快就被来自第三世界的赛义德压倒。这就是后殖民理论在中国学界旅行的第一阶段的命运。

编译、评述与"种子"的播散

按照赛义德的说法，"理论的旅行"要经过从"起点"、"穿越"、"接受"到"安家落户"等不同的阶段。[5]落实到话语操作层面，上述过程其实也

---

[1] 马克思著：《黑格尔法哲学批判导言》，北京：人民出版社，1963年版，第10页。

[2] Edward W. Said. *The World, the Text and the Critic*. Cambridge, Massachusetts: Harvard University Press, p.227.

[3] 参见李泽厚：《启蒙与救亡的双重变奏》，载《走向未来》（1986年创刊号），第7—49页。

[4] 弗里德里克·詹姆逊于1885年9月到12月在北京大学讲演，之后他的讲演录以《后现代主义与文化理论》之名，于1986年在陕西师范大学出版社出版，在国内学界产生很大影响。然而，到1997年，按盛宁的说法，对后现代主义的讨论"在当今文坛的上空划过一道圆弧之后，现在终于拖着长长的尾巴渐渐地远去了"。（盛宁：《人文困惑与反思——西方后现代主义思潮批判》，北京：生活·读书·新知三联书店，1997年，第1页。

[5] Edward W. Said. *The World, the Text and the Critic*. Cambridge, Massachusetts: Harvard University Press, pp.226—227.

是包括翻译（translation）、汇编（anthologization）、编辑（editing）和评论（criticism）等在内的一系列重写（rewriting）。[1]外来的理论只有在经历了"重写"或"改写"之后，才有可能转换为本土的资源，但此时它的基本精神可能已经与其源语地相去甚远。

1998年底到1999年间，可以初步确定为后殖民理论在中国语境旅行的第二阶段。一系列后殖民批评的代表性著作与选本在中国翻译出版了，初步改变了依靠二手甚至三手资料互相转抄、以讹传讹，进而导致情景错位与问题误置的现象。

1. 经典文献的选编和翻译

1998年11月，英国学者艾勒克·博埃默的《殖民与后殖民文学》[2]由盛宁和韩敏中翻译出版，填补了国内该研究领域的一项空白。全书以"文化表征"（cultural representation）为认识前提，将从1719年笛福发表《鲁滨孙漂流记》始到1993年圣卢西亚诗人沃尔科特获得诺贝尔文学奖为止发生的重要事件和文本全部囊括其中，展现了殖民—后殖民文学研究和批评的宏阔视野。可惜由于国内学界对相关背景的隔膜和众多作品的陌生，此书的观点和方法要多年后才慢慢发生影响。

1999年1月，张京媛主编的《后殖民理论与文化批评》一书出版，收录了赛义德《东方学》中的章节《想象的地理及其表述形式：东方化东方》；斯皮瓦克的《三个女性主义文本与帝国主义批判》等后殖民批评的经典文献。编者在前言中对后殖民作出了简明的解释，认为post-colonial或postcolonial有两种含义，一是时间上的完结：从前的殖民控制已经结束；二是意义的取代，即殖民主义已经被取代，不再存在。[3]文章介绍了后殖民批评的几个关键词，如"东方主义"、"文化身份"、"族裔散居"等，指出后殖民批评的视野已经不再仅仅局限于文学文本中的"文学性"，而是将目光扩展到国际政治

1　Ander Lefevere. *Translation, Rewriting and the Manipulation of Literary Fame*. Abingdon: Routledge, 1992, p.9.

2　艾勒克·博埃默著：《殖民与后殖民文学》，盛宁等译，沈阳：辽宁教育出版社、牛津：牛津大学出版社，1998年。

3　张京媛主编：《后殖民理论与文化批评》，北京：北京大学出版社，1999年，第1页。

和多国、跨国公司、超级大国与其他国家的关系,以及研究这些现象是如何经过文化和文学的转换而再现出来的。[1]在前言最后一节"我们的处境"中,作者特别强调:"当代文学批评话语并不是通用的、毫无民族区别的、非政治和中立的,不能简单地从一个语境移植到另一个语境。使用后殖民论述的术语与方法,也有复制或重复后殖民理论所批判对象的逻辑和认可其权力范围的危险。""我们必须审视考察意义的生产和合法化的过程,选择我们自己的理论批评立场与途径。"[2]

同年4月,罗钢、刘象愚主编的《后殖民主义文化理论》出版,在该选本前言中,编者全面客观地介绍了"后殖民"一词的内涵和外延,并根据不同的理论背景,区分出三种流派,以赛义德、斯皮瓦克、霍米·巴巴为代表的后结构主义流派,以莫汉蒂为代表的女性主义流派,以阿赫默德为代表的马克思主义流派。全书围绕"东方主义"、"文化表述"、"文化抵抗"和"后殖民主义、后现代主义、女性主义"等四个专题展开,试图"在推动中国思想界以一种更加积极的姿态介入国际性的后殖民主义讨论,并进而在这场讨论中发出自己宏亮而独特的声音方面作出一点微小的贡献。"[3]

相比于国内学者编选的后殖民批评论文集,1997年英国学者巴特·穆尔—吉尔伯特编撰的《后殖民批评》,涵盖面更广,收集的资料更丰富,除了精选的后殖民理论家和批评家的经典篇章外,书末还提供了一份详尽的"西方后殖民批评推荐读物",弥补了国内学界在这方面的不足。杨乃乔等三位学者及时将此书译出,为拓展国内学界的后殖民视野作出了贡献。值得一提的是,译者之一杨乃乔写了一篇长达48页的序言,追踪了从殖民主义到后殖民批评的学缘谱系,指出了国内学界对"殖民"的误读,厘清了一些基本概念,指出"90年代以来中国大陆后现代主义之后的后殖民批评问题,一个潜在的症结就在于过于急功近利地把后殖民批评仅从概念的形式上拿过来,变化为本土的民族保守主义理论话语使用,没有在学缘谱系上反思后殖民批评在世界后现代文化上

---

1 张京媛主编:《后殖民理论与文化批评》,北京:北京大学出版社,1999年,第4页。
2 张京媛主编:《后殖民理论与文化批评》,北京:北京大学出版社,1999年,第11页。
3 罗钢、刘象愚主编:《后殖民主义文化理论》,北京:中国社会科学出版社,1999年,第8页。

寓意更为深远的历史背景"[1]。杨文视野广阔、引证丰富，分析精到，但遗憾的是，作者在最后提出"我们的后殖民讨论及后殖民文化批判所依据的学理背景，应该是以儒道释文化传统为宗教血脉的华夏东方，而不是赛义德们的伊斯兰情结之东方。"[2]则又明显落入了他自己批评过的"民族保守主义"的话语中了。

2. 经典代表作的翻译

1999年5月，萨义德的《东方学》中译本出版，填补了国内学界的一大空白。译者王宇根特别对"Orientalism"这个词的翻译作了详细的说明。为了完整地表述该词的多重涵义，译者采取了变通的方式，将原文在学科意思上使用的"Orientalism"译为"东方学"，而将作为思维方式和话语方式的"Orientalism"译为"东方主义"。[3]笔者认为，这种处理方法是正确的，也是必要的，因为它从学理上指出了"Orientalism"从知识到权力转换的历史线索。

同年8月，王逢振和希利斯·米勒主编的《知识分子图书馆》推出了《赛义德自选集》，收录了《东方主义·导言》、《世界·文本·批评家》、《文化与帝国主义·导言》等代表性论著。另外还收录了1993年在多伦多召开的现代语言协会上，一些美国学者就《文化与帝国主义》展开的研讨会资料，为国内学界比较全面地了解赛义德的价值取向、学术思想和学术影响提供了第一手资料。[4]同年1月，汤林森的《文化帝国主义》翻译出版。校订者郭英剑在出版说明中，赵修艺在《解读汤林森的〈文化帝国主义〉》中，既肯定此书是"一本具有理论深度的著作"，又表现出了对西方文化对中国渗透的忧虑不安。[5]

1　巴特·穆尔—吉尔伯特著：《后殖民批评》，杨乃乔等译，北京：北京大学出版社，2001年，第27页。
2　巴特·穆尔—吉尔伯特著：《后殖民批评》，杨乃乔等译，北京：北京大学出版社，2001年，第42页。
3　爱德华·萨义德著：《东方学》，王宇根译，北京：生活·读书·新知三联书店，1999年，第3页注。
4　1991年，王逢振等主编的《最新当代西方文论》（漓江出版社，1991年）中已引进翻译了赛义德的重要论文"世界·文本·批评家"，但未能引起学界关注。
5　汤林森著：《文化帝国主义》，冯建三译，郭英剑校订，上海：上海人民出版社，1999年，第1—13页。

3. 相关专著

1999年，北京大学王岳川出版了《后殖民主义与新历史主义文论》，此书被称为国内第一部专论后殖民主义与新历史主义文论的学术专著。作者在前言中指出，在后现代和后殖民语境中，我们在研究各种西学"主义"时，有必要弄清其思想文化"语境"，即我们面对的是方法论问题还是本体论问题？这些问题是怎么来的？属于哪个层面的问题？是新问题还是旧问题甚或旧题新出？是西方的问题还是人类的共同问题？是民族国家的本土问题还是全球性问题？[1]……尽管从20年后的目光来看，此书资料不够丰富，论证也较为粗疏，但在当时情况下，它的出版毕竟为国内读者了解后殖民理论提供了一幅较为完整的视图。

同年10月，海外学者刘禾的专著《语际书写——现代思想史写作批判纲要》在国内出版。该书虽然没有用"后殖民"这个术语来统贯全书，各章的论题似乎也有些分散，涉及"个人主义话语"、"国民性理论"、"民族国家文学"、"现代汉语叙事模式的转变"等，但作者用"互译性"这个大主题将各章有机地贯穿在一起，其实探讨了后殖民批评理论中的一个重要命题，即"理论的旅行"与跨文化交流的可能性问题。在之后另一本著作《跨语际实践——文学，民族文化与被译介的现代性（中国1900—1937）》中，作者在导论中专辟一节，讲到了"旅行理论与后殖民批判"，进一步阐释了上述问题。[2]

集中出版于1998—1999年间的相关译著、选本和专著，虽然数量不多，但影响颇大。编、译、作者们主要是借助翻译和编纂这种琐碎细致的工作，从事着跨文化对话和交流事业。他们的意识形态立场并不明显，其学术观点大多暗含在所编译的正文之外的出版说明、译文注释、评点标注或前言后记之类的"边缘话语"中，这些话语之间虽未发生实际的争论，却形成了潜在的互文性关系，暗含了微型的或潜在的"对话"。编、译、作者们追求的是概念的明澈和学理的深入，而不是意识形态的批评和意气用事的争辩，当然，也缺少了早期引介者们那种介入当下、关注"世事性"（worldliness）的热情。这些译述中暗含的问题意识和理论"种子"在世纪之交慢慢孕育，成熟，播散；而其成果则要在进入新世纪后的十几年间才逐步呈献。

1　王岳川著：《后殖民主义与新历史主义文论》，济南：山东教育出版社，1999年，第2页。
2　刘禾著：《语际书写——现代思想史写作批判纲要》，上海：上海三联书店，1999年；《跨语际实践——文学，民族文化与被译介的现代性（中国1900—1937）》，北京：生活·读书·新知三联书店，2002年。

视野的拓展和问题意识的更新

进入21世纪后,后殖民的理论旅行进入第三阶段,其学术影响主要表现在外国文学研究领域,取得了丰硕的成果。在中国知网中键入"后殖民"和"外国文学"这两个关键词,共找到 10,407 条结果,从2000年到2012年间,共发表有各类论文8978篇,总体呈逐年递增趋势,12年间翻了近7倍,如下图:

年份	2000	2001	2002	2003	2004	2005	2006	2007	2008	2009	2010	2011	2012
篇数	208	248	327	416	551	573	768	905	898	739	876	1160	1309

比论文数量扩张更重要的是视野的拓展和问题意识的更新。在后殖民批评影响下,新世纪的中国外国文学研究,逐渐走出了欧洲中心,扩展到亚洲、非洲、澳洲、南美和加勒比地区的殖民/后殖民文学研究。研究对象上,从对后殖民批评"三剑客"理论的研究发展到对后殖民文学"三剑客"及其他少数族群作家和作品的文本分析;研究方法上,理性、客观、冷静的研究取代了早期那种姿态逼人而实绩有限的现象,显示了研究的成熟和逐步走向深入;从问题意识看,主要集中于以下几组关键词:

1. 流散文学与文化身份认同

流散文学是后殖民批评关注的一个重要领域,涉及文化无根、族群记忆、身份认同和民族叙事等后殖民和全球化时代的诸多前沿问题。从目前掌握的文献资料来看,国内学界对此问题的关注始于新世纪初。张德明、生安锋、童明、陶家俊等分别以霍米·巴巴、斯图亚特·霍尔等后殖民文化批评家的理论话语为依据,探讨了该词深刻的文化内涵。虽然他们在翻译上差异较大,有"流散"、"散居"、"族裔散居"、"离散"、"飞散"等不同译法。但总体上均认为"diaspora"一词已超越了犹太意义上的集体流散和回归家园之义,而"逐渐成为一种对当代后殖民文化与认同经验的总体解释"[1],是"表述当今知识特征的一个重要符号"[2],"为后殖民研究转向、为后殖民族裔散

---

1 生安锋:《后殖民主义的"流散诗学"》,《外语教学》,2004年第5期。
2 童明:《飞散的文化和文学》,《外国文学》,2007年第1期。

居认同的进一步理论化和系统化提供了有力的支点"[1]。流散文学不仅仅是"纯"文学的表现,更是一种文学行动和文学展演,其背后体现的是一种要求得到"承认"的差异政治。[2]

与流散文学和流散诗学相关的另一重要关键词是文化身份。上世纪90年代初,"identity"一词尚未找到"确切"的汉语译名。[3]但几年后,"文化身份"及相关的一系列词语,包括"文化无根"、"角色困境"、"身份危机"、"混杂或杂交身份"、"文学/文化表征"等,已经成为频频出现于国内学者笔下的关键词。对相关问题的探究突出表现在加勒比英语区、非洲英语区和印度后殖民英语文学中。上述不同英语区后殖民移民作家的共同特点是,均具有多重或混杂的文化身份,同时兼有东西方双重教育背景,因而能借助边缘/中心的双重视野展开自己独特的观察,其书写方式是多元的、混搭的、解构和反讽的。国内较早关注加勒比地区英语后殖民文学的有梅晓云、任一鸣、瞿世镜、张德明等。2003年9月,任一鸣、瞿世镜合著的《英语后殖民文学研究》出版,这是国内学者撰写的第一部涉及英语后殖民文学、流散族群和移民文学的著作,集中介绍了非裔英语、加勒比海地区英语和亚裔英语后殖民作家作品,为其中一些重要作家作了文学史上的定位,并分别对不同作家独特的艺术风格作了简要的点评。[4]同年10月,梅晓云出版了《文化无根:以V·S·奈保尔为个案的移民文化研究》一书,这是国内学者撰写的第一本有关后殖民作家奈保尔的研究专著。[5]2007年,张德明的《流散族群的身份建构:当代加勒比英语文学研究》出版,这是国内第一部完整、系统地论述当代加勒比英语文学的学术专著。作者在运用大量第一手资料的基础上,充分吸收了国内外同行在相关课题上的最新研究成果,采用跨文化和跨学科的视角,从文化语境、语言表述、主题形象和叙事策略等四方面系统地追溯了加勒比地区

---

1 陶家俊:《现代性的后殖民批判——论斯图亚特·霍尔的族裔散居认同理论》,《四川外语学院学报》,2006年第5期。
2 张德明:《流浪的缪斯——20世纪流散文学初探》,《外国文学评论》,2002年第2期。
3 钱俊在《谈萨依德谈文化》中说"identity(该词中文无确切翻译,善哉)",见《读书》1993年第6期,第11页。
4 任一鸣、瞿世镜著:《英语后殖民文学研究》,上海:上海译文出版社,2003年。
5 梅晓云:《文化无根:以V·S·奈保尔为个案的移民文化研究》,西安:陕西人民出版社,2003年。

英语文学的生成谱系。全书以文化身份的建构和文学叙事的关系为切入点，涉及现代性、大流散、殖民/后殖民、文化身份认同等许多全球化时代的前沿性问题。[1]

在后殖民批评影响下，印度文学研究也取得了新的进展。石海军的《后殖民：印英文学之间》，探讨了奈保尔、纳拉扬、拉什迪、吉卜林等多位具有印英双重文化身份的作家对印度的书写，突出了现代与传统、乡村与城市、民族主义与后殖民主义、本土文学与流散文学、世界主义与文化"杂交"之间的张力。[2] 尹锡南从2003年起在《南亚研究季刊》上发表了系列论文"殖民与后殖民文学中的印度书写"，分析了福斯特、吉卜林等维多利亚时代的英国作家的印度书写，以及奈保尔、拉什迪等具有印巴血统和东西方双重教育背景的作家的印度书写，涉及了历史叙事、英联邦文学、身份认同和文化冲突等诸多后殖民文学的问题。[3]

2. 经典重读与表述困境

长期以来，西方文学经典一直是以普世价值承载者的身份，作为启蒙解放的工具被引进中国语境，得到翻译、研究和传播的。但后现代和后殖民批评视野的引入，使国内学者逐渐破除了对西方经典的迷信，认识到经典的谱系是人为建构起来的，其中隐含着复杂的权力关系；西方经典的传播与帝国的扩张有着剪不断、理还乱的关系；借助福柯的"边缘阅读"策略和赛义德提倡的"语文学"审视，可以发现经典中被压抑的历史和被遮蔽的声音。新世纪外国文学研究的热点之一，是从后殖民批评视野出发，重新解读从古希腊一直到近现代的西方经典。[4] 众多经典中，首当其冲的是近代英语文学经典，关注的焦点集中在伊丽莎白和维多利亚这两个时期，这一点自然不难理解。因为英国是近代以来最大的殖民帝国，英语是近代以来最强势的国际化语言，上述两个时期

1　张德明著：《流散族群的身份建构：当代加勒比英语文学研究》，杭州：浙江大学出版社，2007年。

2　石海军著：《后殖民：印英文学之间》，北京：北京大学出版社，2008年。

3　该系列论文后结集出版，见尹锡南：《英国文学中的印度》，成都：巴蜀书社，2008年。

4　在中国知网中键入关键词"西方文学经典"和"后殖民解读"，共搜索到962条结果，且呈逐年上升趋势。2000年为16条（中略），2012年为145条。10年内上升了9倍。

既是英语文学最为繁荣的两大高峰，也是大英帝国建立和殖民扩张的两大转折点。莎士比亚、多恩、笛福、吉卜林、狄更斯、康拉德、福斯特、毛姆等经典作家，均自觉或不自觉地卷入了"帝国主义的文本化"过程。新世纪以来国内学者在这方面的研究已取得相当进展。[1]近年来一些后殖民作家创作的经典改写本（如简·里斯以夏洛特·勃朗特的《简爱》为本改写的《藻海茫茫》（一译《藻海无边》）、库切根据笛福的《鲁滨孙漂流记》改写的《福》等），引发了国内学者解读和探究的持续兴趣。这种重写，究竟是重写者向经典致敬的一种方式，还是解构经典的一种修辞策略？抑或只是后殖民作家借经典"上位"、从边缘进入中心的一种权宜之计？有论者从此类作品中发现了后殖民作家的文化身份危机和"表述困境"——既要借助经典的话语力量为自己增势，又试图通过颠覆经典形象、话语和结构模式来确认自己的文化身份，由此形成后殖民作家与前帝国作家之间在话语权转让过程中既互相敌对，又合作共谋；既商讨博弈，又交换和流通的复杂关系。[2]

3. 翻译理论与批评实践

后殖民主义翻译理论是在后殖民批评语境下所建构的一系列有关翻译的概念、判断及喻说，其知识谱系至少可追溯至赛义德，霍米·巴巴、斯皮瓦克也卓有建树。但作为一个命题的正式提出，应归功于上世纪90年代后期的罗宾孙、巴斯奈特、坎泼斯等人。它主要关注翻译在殖民化过程中所播散的权力机制以及随之而来的一系列"抵抗的历史"、挪用的历史、间隙的空间、分裂的空间等。[3]国内学界对后殖民翻译问题的关注可追溯到世纪之交海外学者刘禾在国内出版的两本专著：《语际书写——现代思想史写作批判纲要》和《跨语际实践——文学，民族文化与被译介的现代性（中国1900—1937）》。作者的主要观点是，翻译的问题决不仅仅是众所周知的本源语（source language）和

---

1 有关这方面的专著、编译和研究综述主要有：寨昌槐《西方小说与文化帝国》，武汉：武汉大学出版社，2004年；张中载、赵兴国《文本·文论——英美文学名著重读》，北京：外语教学与研究出版社，2004年；孙妮"英国经典文学作品的后殖民解读述评"，《四川外语学院学报》，2005年第2期。限于篇幅，解读具体经典作品的论文无法一一列举。

2 张德明：《从〈福〉看后殖民文学的表述困境》，《当代外国文学》，2010年第4期。

3 费小平：《后殖民主义翻译理论：权力与反抗》，《中国比较文学》，2003年第4期。

目的语（target language）之间的语际互相作用，而是涉及一些更大的问题，如知识/权力关系等；"跨语际实践的关键不是去研究翻译的历史，也不是去探讨翻译的技术层面，而是对不同语言之间最初的语际接触所产生的话语实践进行研究。"[1]吴文安在《后殖民翻译研究——翻译和权力关系》中，详细地介绍了后殖民翻译研究的学术谱系，区分了后殖民写作与后殖民翻译的异同，介绍了印度的翻译式写作，尤其是拉什迪的写作和翻译在反殖民和后殖民文化开拓空间上使用的语言策略。[2]

除了对后殖民翻译基本理论的引介之外，国内学界也把探究的目光放到对具体翻译文本的分析中。英译中国文学名著《水浒传》等成为从后殖民视角展开翻译研究的典型案例，其中赛珍珠翻译的《水浒传》成为争论的焦点。有不少学者将赛珍珠译本结合杰克逊、沙博里译本进行比较分析，借用霍米·巴巴等后殖民批评家的译论，认为赛译在对原作人物形象的再现和语言风格的把握上存在严重偏差，产生这种偏差的原因不是译者的语言功底，而是种族主义偏见在起作用。但也有学者通过细节分析提出不同意见，认为当赛珍珠用本该承载西方文化的英语，去传达东方最古老的文化与文明的时候，她完全摈弃了东方主义者们所构建的话语霸权，而让汉语及它所代表的东方去主宰这两种相异文化之间的话语传递。[3]

除了上述三个焦点问题外，后殖民语境中的非母语写作、后殖民女性主义批评、后殖民旅行文学和游牧性等主题也渐渐进入中国学者的视野，显示了后殖民批评走向多元化和"块茎状"发展的前景。

---

1 刘禾著：《跨语际实践——文学，民族文化与被译介的现代性（中国1900—1937）》，北京：生活·读书·新知三联书店，2002年，第36页。
2 吴文安著：《后殖民翻译研究——翻译和权力关系》，北京：外语教学与研究出版社，2008年。
3 有关这方面的论文和专著有：胡天赋《从人物的再现看赛译〈水浒传〉的后殖民主义色彩》，《河南大学学报》，2006年第5期；庄华萍《赛珍珠的〈水浒传〉翻译及其对西方的叛逆》，《浙江大学学报》，2010年第9期；张荣梅《赛珍珠〈水浒传〉译本的霍米·巴巴式解读》，《赤峰学院学报（汉文哲学社会科学版）》，2011年第10期；唐艳芳《赛珍珠〈水浒传〉翻译研究：后殖民理论的视角》，上海：复旦大学出版社，2010年，等。

学科的反思与前景的预测

作为一个话语事件，后殖民进入中国语境后引发的争论已经烟消云散。但是，作为一种理论视野、一种思考方法和一种文学研究模式，后殖民依然有着强大的生命力，它的学术能量尚未耗尽，并且还在不断增殖和不断播散中。"我们面临的不是什么样的语词可以准确地替换'后殖民主义'的问题，因为任何一个理论语词的大旗，不管是女权主义、马克思主义还是'后殖民主义'，都无法完全覆盖现今多元历史与多元权力的世界新形势。"[1]，而是如何借助其理论视野和问题意识，展开对本学科的自我反思和学术史的重构。

在全球资本市场扩张和互联网的影响下，国与国、民族与民族、文化与文化之间的界线正在逐渐变得模糊；不同规模的移民群体在发达国家与欠发达地区之间的双向对流，正在消解着原先清晰的民族文化身份；这种"你中有我，我中有你"的全球化潮流，势必对我们原先设置的、带有强烈国族主义色彩的"外国文学"这个专业的合法性提出挑战；而与之相类似的"比较文学"这个称谓也因文化/文学边界的日益模糊而产生了深刻的学科危机感。那么，有没有一个更具包容性和涵盖力的术语来取代它们？如何从学理上来论证传统学科分类的不合时宜和新的学科重组或调整的必要性？前不久，哈佛学者戴若什（David Damrosch）对"世界文学"做了新的定义——"穿越时空，能在远离本土语境之异域广泛流行的文学作品之集合"，这种作品的主要读者是以超脱于作品原始语境的视角、迥异于原作者所能设想之身份进行阅读和阐释的。[2]上述观点颇具启发性，或许能为下一阶段中国的外国文学研究展开一个新的视野。

在后殖民视野观照下，20年来中国的外国文学研究虽然取得了不俗的实绩，但学者们辛勤研究的成果尚未被充分消化吸收，进入文学史的重写和文学经典的重编中，而这恰恰是欧美学术体制中的后现代和后殖民批评家们已经做到的。早在上世纪七十年代，一些美国学者就把"开放经典"变成了一种"学术事业"（academic industry），使之正式进入了美国和西方学术界的主潮，而且规模不断扩大，以至并乘了"全球化"的劲风，很快播散到东方和中

---

1 安·麦克林托克：《进步之天使："后殖民主义"的迷误》，李点译，《文艺理论研究》，1995年第5期，第93页。
2 参见杨光烁：《当代文化传播途径呈多元性 中国文学需提升国际知名度》，《中国社会科学报》2011年3月24日第6版。（http://sspress.cass.cn/news/19224.htm，发布时间：2011/3/24 9:41:00；浏览时间：2013/4/14 11：04）

国。[1]但迄今为止，我国高等院校的外国文学教材，基本上还是西方中心模式一统天下，东方文学或亚非文学要么是作为点缀出现在世界文学史中，要么是作为一个相对独立的系统，游离于这个大框架之外；而众多的具有多元混杂身份的后殖民作家更是远没有进入世界文学或全球文学的交响乐队，奏响自己应有的声部。这种做法显然是不符合已经过后现代主义和后殖民主义洗礼的世界潮流的。那么，如何从历史事实和现实要求出发，编纂出几部整合了东方/西方、殖民/后殖民、本土/全球等多元文化和多重视野的世界文学史、经典作品选集，就成为下一阶段中国学者义不容辞的责任。

最后并非最不重要的是，如何处理学术与社会、精英与大众的关系。众所周知，一种新的思维方式和价值立场，只有从学术精英扩展到大学校园，从大学校园普及到整个社会，才能转化为文化生产力，在启发民众、开发民智、培养健全的公民意识、建构和谐的公民社会中发挥其应有的作用。后殖民批评的基本精神之一是对流散族群、少数族群的文化身份的关注，对"差异政治"和文化表述的诉求。在欧美等国，后殖民、女性主义和生态批评，早已走出校园，成为整个社会的共识和行动准则。但后殖民批评进入中国语境后，似乎一直无法摆脱被误读和被"平移"[2]的命运。如前所述，后殖民理论在中国旅行的第一阶段，从"起点"激进的文化批评转化为"目的地"的文化保守主义；在旅行的第二和第三阶段，它似乎摆脱了民族主义话语的思维定式，却又陷入了体制化的学术圈子，脱离了其应有的对"世事性"的关注，再次背离了后殖民批评的基本精神。众所周知，赛义德、霍米·巴巴和斯皮瓦克们的著述之所以能在很大程度上改变乃至突破欧美学术传统的疆域，发挥强大的社会影响力，就是因为他们努力将广博的文化视野、敏锐的批评意识、深入的文本细读和缜密的学理分析有机结合起来，正确处理了文学的内部研究和外部研究、美学判断和价值判断、文学的感受力和理论的洞察力之间的关系。中国的外国文学研究工作者只有把这些精髓真正学到手，才能结合本国的实际，形成自己的

1　刘象愚著：《西方现代批评经典译丛》总序（二），南京：江苏教育出版社，2005年，第1页。
2　此处借用盛宁的说法："'话语的平移'主要是指忽略东西方之间在文化传统的差异、意识形态的差异以及所面临的问题的差异，把本来是西方的文化传统无条件搬到了东方，嵌入我们的话语系统。"参见盛宁：《人文困惑与反思——西方后现代主义思潮批判》，北京：生活·读书·新知三联书店，1999年，第5页。

问题意识，进而在与国际同行展开学术对话时，发出真正属于自己的声音。最后这一点，无疑将成为中国的外国文学研究工作者在下一个十年或二十年中面临的最大挑战。

结语：全球化时代的新人文精神

说了这么多有关西方文学和现代性叙事的话题，该回归本土，谈谈中国的问题了。

我想首先从全球化谈起。对于全球化学界已经有了太多的定义和争论。按照笔者的理解，全球化的真正含义是由西方启动的现代性向全球的扩张；当代资本主义完成了齐格蒙特·鲍曼所说的由"重"到"轻"的形态转变；它已不再将自己定位在某个特定的国境之内，而是竭力模糊国与国、洲与洲的界线，打破了传统的以种族、民族和国家为分界线的文化身份，而其实质则是全球资本势力范围的重新划定和全球资源的重新配置。全球化给第三世界各国带来了普遍的文化身份危机，产生了两种互相矛盾的倾向。一方面，全球化的潮流趋向同质化和同一化。另一方面，也许是对全球化的一种反动，明显体现在以族群性、民族性和宗教原教旨主义为形式出现的对地方化（localism）的强调。[1] 斯图亚尔·霍尔指出，国际化的倾向越强烈，特殊群体、种族集团或社会阶层就越要重申他们的差异性，越依赖于他们所处的位置。[2] 而这个差异和位置就源于亨廷顿所谓的"文明的最终单位"，即民族或族群，"文明的冲突"由此而引发。[3] 但是，问题没有那么简单。任何行为背后都有一套支撑它的思想体系。导致今日文明冲突的真正起因的思想体系是什么？早在第一次世界大战爆发前后，美国新人文主义领袖白璧德就说过："所有帝国主义背后最终都是帝

---

[1] Cohen, Robin. *Global Diasporas, An Introduction*. London: University of College London, 1997, p.131.

[2] 乔治·拉伦著：《意识形态与文化身份：现代性和第三世界的在场》，戴从容译，上海：上海教育出版社，2005年，第211页。

[3] 塞缪尔·亨廷顿著：《文明的冲突与世界秩序的重建》，周琪等译，北京：新华出版社，1998年。

国主义的个体,就像所有和平的背后最终都是和平的个体一样。"[1]这是很有见地的至理名言,依然适用于目前人类所面临的困境和挑战。从根本上说,造成"文明的冲突"的根源在于西方现代性建构的主体性的肆无忌惮的扩张,和由这种扩张引发的各民族文化传统的解体及其对西方扩张性自我的回应和反弹。

扩张型自我与文明的冲突

从哲学上说,西方现代性的展开与近代西方哲学自我同一的主体性几乎是同时出现的。众所周知,近代西方主体性的确立以笛卡尔的"我思"观念的建立为标志。"我思"观念从普遍的怀疑出发,将理性确立为主体性存在的根基。与此同时,主体也排除了自我中他者的存在。换言之,主体就是一个独一无二的、排除了一切"他者"或消除了"非我"因素的存在物。这个存在物就是强调无限自由的、不受任何束缚的,反对一切社会束缚和联系纽带的扩张型自我。用卢梭的名言来说,"人生而自由,却无往不在束缚中"。这个扩张型的近代主体观念后来改头换面被写进了拿破仑法典和美国独立宣言中,在文学和历史中则被概括为"浮士德型"性格,按照斯宾格勒的描述,这是"向外和向上挣扎的生活情感——因之,是哥特型的后裔……狂热的心灵意欲飞越空间和时间。一种不可名状的热望把他引诱到难以确定的视界,人希望脱离世界,飞入'无限',解脱身体束缚,在那星宿间的宇宙空间中环行"。[2]

当然,自我意识也包含着对"他者"的必要参照,如同黑格尔所说,"自我意识存在于自身,以自身为目的,因为,而且事实上,它因另一个自我意识而存在,也就是说,它仅仅通过被承认或'认知'才存在"。[3]尽管如此,在黑格尔那里,自我与"他者"之间的关系是你死我活的斗争关系,最后产生的结果是主—奴模式。黑格尔认为,主人—奴隶的冲突起源于两个意识的对抗,

---

1　美国《人文》杂志社编:《人文主义:全盘反思》,中译本,北京:生活·读书·新知三联书店编辑部,2003年,第74页。

2　奥斯瓦尔德·斯宾格勒著:《西方的没落》(上册),齐世荣等译,北京:商务印书馆,第770页。

3　Dylan Evans. *An Introduction Dictionary of Lacanian Psychoanlysis*. London and New York: Routledge, 1996.

每个意识都谋求首先被对方承认。冲突的结果是那个宁死以求对方承认的意识得到了另一个不敢冒死以求尊严的意识的承认,人类社会中主人—奴隶的关系由此形成。主人就是那个得到承认的人,奴隶就是那个没有得到承认的"他者"。这个"他者"存在的唯一价值是为主人提供食物,维持他的存在。这个主—奴模式尽管因其含有辩证法的因素而为马克思主义经典作家所称道,但从根本上说,它强调的是人与人之间、主体与"他者"之间,扩而言之,文明与文明之间的不可调和性。因此,近代以来以英国为代表的现代性文化身份的实质是一种高度自我中心化的、排外的、排他主义的文化身份。它知道自己是中心,能够把其他一切视为"他者",无论是被殖民的"他者"还是任何较弱势的"他者"。[1]这种主—奴模式也表现在个体心理学上,在弗洛伊德的观念中,自我中的"他者"就是无意识,必须用理性和意识加以控制。

我们不能说上述这些以近代扩张型自我观念为核心的理论为帝国主义和殖民主义者对世界的征服提供了直接的理论依据,但可以认为,这些理论对于近代西方现代性自我的形成及其全球性扩张起到了至关重要的作用。而正是这个扩张性自我造成了文明之间的冲突。因为我们看到的现代世界的格局、现代性的心理—地理—文化空间就是在上述现代性叙事上建构起来的——人的内心世界中有理性与非理性、自我与非我的对立;外部世界则有帝国与殖民地、中心与边缘的对立。内部的他者是无意识,必须用理性加以控制;外部的"他者"就是那些有色人种、非欧民族和地区,必须用殖民主义加以控制。乔治·拉伦指出,在16世纪开始的欧洲文化身份的建构中,非欧洲"他者"的在场常起着关键作用。美洲的发现和征服至关重要,因为它与资本主义的开始及欧洲民族国家的形成处在同一时期。文化身份的形成以对"他者"的看法为前提,对文化自我的界定总是包含着对"他者"的价值、特性、生活方式的区分。[2]

从这个意义上说,文明的冲突是近代扩张型自我的必然产物和逻辑展开,换言之,文明的冲突早已隐含在现代性叙事结构之中。普法战争、两次世界大战都是文明的冲突,其核心就是扩张性的自我以及放大为民族的自我要求更多的自由、更少的束缚、更多的权力、更少的义务而引发的。而20世纪90年代开

---

1 美国《人文》杂志社编:《人文主义:全盘反思》,中译本,北京:生活·读书·新知三联书店编辑部,2003年,第212页。
2 乔治·拉伦著:《意识形态与文化身份:现代性和第三世界的在场》,戴从容译,上海:上海教育出版社,2005年,第194页。

始加剧的文明的冲突，无非是上述冲突的进一步展开和延伸，并将冲突的范围从西方世界内部扩展到全球范围，因而引起被西方现代性边缘化了的非欧地区的民族和人民的激烈反弹罢了。具有讽刺意味的是，正是西方扩张型的自我，推动了这些地区的作为整体的民族和作为个体的自我的觉醒，并使它们迅速完成了从前现代到现代、从非扩张型到扩张型的自我的转型，从而引发了文明的冲突。[1]

内控型自我与和谐社会的构建

在现代性和全球化进程的推动下，中国也经历了或正在经历着一场历史性的社会转型。在这转型的过程中，我们看到，"乡土中国"成千上万的农民脱离了他们赖以生存的土地、家庭和社会关系，犹如一个个自由的原子漂流到完全陌生而充满诱惑力的大都市谋生，一个个封闭的个体被成功的渴望烧灼着，这些被封闭的原子一旦被打开（实际上已经打开或部分打开），必将爆发出巨大的能量。无疑，这种能量既蕴含了巨大的创造性，又潜伏了巨大的毁灭性。如果不加以正确引导，必将引发巨大的灾难性的后果。

在扩张性自我观念和后现代主义思潮的影响下，当代中国文化工业正在越来越多、越来越快地炮制着关于自我解放的神话，代替五四以来的革命叙事；"灵魂深处爆发革命"正在演变成一场又一场与身体有关的革命：人造美女、美体瘦身、下半身写作等一系列与身体、性有关的话语大量增殖，正在消蚀着传统的价值观和自我观。据说，美国曾经利用三个"s"征服了日本人，削弱了日本的民族精神，这三个"s"是：性（sex）、体育（sport）和荧屏（screen）。当人们陶醉于屏幕上的性和体育，忘记了做人的尊严和民族传统时，这个民族的未来也就岌岌可危了。目前中国正在经历着类似的传统文化和民族记忆消蚀的过程。被称为"耻感"文化的中国传统文化正有向"无耻"文化过渡的危险。

正是在此背景下，我觉得有必要在重新审视以白璧德为代表的美国新人文主义的基础上，提出全球化时代的新人文主义价值观。

---

1 关于这一点，东西方一些有识之士早已提出过警告。见萨默塞特·毛姆：《在中国的屏风上》，唐建清译，南京：江苏人民出版社，2006年，第104—111页。

白璧德告诉我们,要区别人道主义(Humanitarianism)和人文主义(Humanism)这两个不同的概念。前者指的是一种建立在普遍同情基础上,以对权力和服务的承诺为中心的卢梭式的自然主义,而后者指的是一种内在控制的人文主义。"相对于人道主义者而言,人文主义者感兴趣的是个体的完善,而非使人类全体都得到提高这类空想"[1];"人文主义者在极度的同情与极度的纪律与选择之间游移,并根据调和这两个极端之比例的程度而变得人文。……人通过他这种融合自身相反品质的能力显示其人性,也显示其高于其他动物的优越本质"[2]。事实上,人文主义者只能在极度的同情和极度的束缚与选择之间摸索平衡的支点,并根据调和这两个极端之比例的程度而变得"人文"——这就是人文主义的真谛。[3]

五四以来,我们从西方引进的德先生和赛先生,正好对应于白璧德笔下两个典型的近代人道主义者,培根和卢梭。按照白璧德的说法,培根代表了扩张型人道主义的第一阶段,即通过知识来支配自然,征服自然;卢梭代表了扩张型自我的第二阶段,通过一种拒绝承担责任的自由观念来支持培根的科学进步观念。正是在这两者的联手合作下,推翻了古代和文艺复兴早期的人文主义,形成了以扩张型自我为核心的人道主义的扩张。

应当公正地说,五四以来我们对扩张型人道主义的引进在当时的历史条件下是完全正确,完全必要的。具有讽刺意义的是,当时处在半封建、半殖民地状态下的中国民众正是利用西方式的扩张型自我观念对西方势力作出了有力的回应和反弹。同时,它也极大地释放了被压抑的个体的生命能量,促进了中国社会从传统的农业社会向现代工业社会的转型。问题在于,在我们引进了扩张型自我观念的同时,是否就应该冷落乃至完全摒弃内在控制的人文主义?今天我们看到,不加审视地引进扩张型自我带来的后果就是白璧德曾指出过的"人道主义的价值混乱"。正如他所强调的:"如果自由文化的理念,一方面被完全忽视'人之法则'的培根主义者所支配,一方面被把此法则与自身性情相混

---

1 美国《人文》杂志社编:《人文主义:全盘反思》,中译本,北京:生活·读书·新知三联书店编辑部,2003年,第6页。
2 美国《人文》杂志社编:《人文主义:全盘反思》,中译本,北京:生活·读书·新知三联书店编辑部,2003年,第15页。
3 欧文·白璧德著:《文学与美国的大学》,张沛等译,北京:北京大学出版社,2004年,173页。

消的卢梭主义者支配,那这个理念就没剩什么了。在人文主义者眼中,人重要的不在于他作用于世界的力量,而在于他作用于自己的力量。要实现关于选择的人文原则,或是实现同样的事情:真正的克制原则,这个力量就马上是他加在自己身上的最高的、也是最困难的任务。"[1]不难看出,新人文主义的这种精神与东方传统文化中的人格塑造理想是十分合拍的。

以儒家为主流的中国传统文化强调的人的理想是一种内控型的人格,或称为君子型的人格。这种人格理想强调了自我与他者的关系,这种他者首先包括自我与周围的人,他的父母亲、亲戚进而扩展到他的老师、同学、朋友等所谓的"五伦"。其次,这个他者也包括了过去的他者——祖先及其所代表的传统。人对自我的定位就在这一连串复杂的关系中得到定义。正因为如此,他的自我不是扩张型的,而是收缩型的,不是放纵的,而是自控或内控的。正是这种内控型的自我维系了中国社会的绵延和文化传统的延续。

印度传统中的思想也是如此,作为印度教典籍的《薄加梵歌》强调:"靠瑜珈阻止狂奔的心意/狂奔之心才能被降服,/唯有通过静观自我,/才能在自我中得到满足。"非暴力运动的领袖圣雄甘地说:"作为人类,我们的伟大之处与其说是在于我们能够改造世界——那是'原子时代'的神话——还不如说在于我们能够改造自我。"[2]

当前,无论是中国还是世界最主要的任务、最具当下性的问题是,如何建立一个和谐社会。在国际范围内,我们强调的是不同文明、不同民族、不同宗教、不同教派之间的对话,在一国范围内,我们强调的是人与自然、人与人、个人与社会的和谐。但是,必须明确的一点是,建立和谐社会的关键是,首先必须建立内在和谐的个体,因为社会的元素是个体。不能想象一个个只关注自己的私欲能否得到满足的扩张型自我能形成一个和谐的社会,那只能是一个弱肉强食、以"丛林法则"为唯一法则的社会。而内在和谐的个体的关键是具有内在控制力的自我。借用白璧德的话来说,"协调高度扩张性的个人和民族之间的关系就确实成了最**紧迫**(着重号为原文所有——引者)的现代问题"[3]。

---

[1] 美国《人文》杂志社编:《人文主义:全盘反思》,中译本,北京:生活·读书·新知三联书店编辑部,2003年,第35页。
[2] 转引自吴蓓:《人的伟大在于改变自我》,见《天涯》,2005年第三期。
[3] 美国《人文》杂志社编:《人文主义:全盘反思》,中译本,北京:生活·读书·新知三联书店编辑部,2003年,第66页。

这就需要我们重新审视从中国传统人格塑造理想到西方新人文主义思想的全部思想资源，考量它们对于全球化时代的价值和意义。

因此，当务之急是，放弃激进主义的观念，代之以平和客观的态度来看待中国和东方传统人格塑造的理想，并将它与白璧德的新人文主义融合起来，为构建当代中国和谐社会提供思想资源。这，应该成为当代中国比较文学工作者的一个自觉的使命。胡适曾说过，多谈点问题，少谈点主义。我觉得，在目前形势下，作为人文主义者的比较文学学者，应从厘清各种来自西方的"主义"着手，来介入中国社会文化进程，换言之，既要谈主义，也要谈问题。

文学教育与道德想象力

新人文主义的一个重要观点是强调文学教学在形成人的道德想象力方面所起的作用。道德需要想象。孔子说"仁者，二人也"，这里就有一个想象，即想象在我之外还有一个他者，"仁"的本质就是承认他者的存在，并且把他者作为一个像我一样的主体来看待，所谓"己所不欲，勿施于人"。阿拉伯神秘主义哲学家布伯提出的"我与你"原则，也包含了他者精神，这就是将他转化为你，承认对方也是一个主体，这与巴赫金的对话性原则不谋而合。文学中的想象力能使我们发现自我中的他者成分与他者中的自我成分，明确意识到我中有他，他中有我，主体与他者的关系不是主人与奴隶的关系，而是平等的对话关系，这是重构内控型自我的基本前提。西方中世纪的教育科目"七艺"中，修辞一科就是强调文学教育的。中国古代的教育科目中也强调文学教育在形成理想的内控型人格中所起的作用，所谓"文质彬彬，然后君子"。

遗憾的是，近年来我们的文学研究片面地追踪西方的理论热潮，在很大程度上放弃了对文学文本的研究，大学里的文学教学被批评理论取而代之，忽视了对于文学作品的鉴赏能力的培养，不但使文学研究成为无本之木、无源之水，也阻碍了学生道德想象力的形成。国内许多学术期刊也把是否具有宏大的西方理论背景，是否运用拗口的术语作为学术性和理论深度的标准，不经意间鼓励学者写一些大而无当、无关痛痒的文章。这些倾向都不利于构建内在和谐的主体自我，只会"打造"出一些枯燥无味、无情无趣的机械人格或"IT"（作为非人称代词的）人才。

前几年,一套《大学人文读本》,在知识界引发了无数话题。前不久,又有一家出版社推出的《大学文学》读本,因其首次亮出的大学文学教育理念而再一次受到人文学者的关注,一些出版人甚至预测,人文读本热过之后,下一拨将是文学读本热。北京大学钱理群教授在一次出版座谈会上笑称自己最"痛恨"看博士论文,其次是硕士论文。钱先生说,文学是要搅动人的灵魂的,但是现在的学生全部自觉纳入理论的框架,经过几年的专业文学训练,对文学的迷恋没有了,灵气也没有了,变得一板一眼。这是有悖于文学教育的初衷的。而在我看来,问题不光是缺少对文学的迷恋,缺乏生动的灵气,而在于缺乏对生命的体悟,对道德想象力的培养,对生活中"他者性"的充分认识,其结果只能是培养出面目可憎、语言无趣、只求实利、不讲道德的一拨拨"精致的利己主义者"。

当代美国汉学家宇文所安在《迷楼:诗与欲望的迷宫》一书的中文版序言中讲到在比较语境里阅读中国古典诗歌所带来的种种问题。他说,当他在其各自的文学语境中阅读一首中文诗或英文诗时,往往能学到一些东西,但是,当他阅读一篇比较中文诗和英文诗(或其他欧洲诗)的文章时,常常对于其中任何一个传统一无所获,只是知道了一些抽象的名词概念(诸如李白是"浪漫主义诗人"之类)。于是他说,"这种比较文学什么也没有告诉我们,甚至忽视了具体诗歌的微妙之处,而正是这些微妙之处,使那些诗歌值得我们一读再读"[1]。我想在这位杰出的汉学家的中国式含蓄的批评上再加上一句,"正是这些微妙之处",培育了我们的道德想象力。今天,我们比过去任何时代都更需要经典。在人性逐渐被物性抽空,灵性逐渐被工具理性抽空,优秀的文学作品逐渐被各种时髦的"主义"解构或架空,实实在在的人文教育理想逐渐被"世界一流"大学的梦想取代的时代,回归文学性或许是一条可能的拯救之路。

白璧德说,"真正改变一个人的头脑意味着改变他的想象"[2],今天比以往任何时候,我们应该旗帜鲜明地提出"文学教育与道德想象力培养"这个理念,把它看作比较文学在我们这个"文明的冲突"的时代里的一项新使命。

---

[1] 宇文所安著:《迷楼:诗与欲望的迷宫》,程章灿译,北京:生活·读书·新知三联书店,2004年,第3页。

[2] 美国《人文》杂志社编:《人文主义:全盘反思》,中译本,北京:生活·读书·新知三联书店编辑部,2003年,第225页。

参考书目

I. 中文部分

埃里克·霍布斯鲍姆：《民族与民族主义》，李金梅译，上海：上海人民出版社，2000年。
埃里希·奥尔巴赫：《摹仿论：西方文学中所描绘的现实》，吴麟绶等译，天津：百花文艺出版社，2002年。
艾布拉姆斯：《欧美文学术语词典》，朱金鹏等译，北京：北京大学出版社，1990年。
艾勒克·博埃默，：《殖民与后殖民文学》，盛宁等译，沈阳：辽宁教育出版社，牛津：牛津大学出版社，1998年。
爱德华·赛义德：《赛义德自选集》，谢少波等译，北京：中国社会科学出版社，1999年。
安伯特·艾柯：《开放的作品》，刘儒庭译，北京：新星出版社，2005年。
安德烈·莫洛亚：《从普鲁斯特到萨特》，袁树仁译，桂林：漓江出版社，1987。
奥斯瓦尔德·斯宾格勒：《西方的没落》，齐世荣等译，北京：商务印书馆，1995年重印本。
包亚明：《后现代性与地理学的政治》，上海：上海教育出版社，2001年。
保罗·康纳顿：《社会如何记忆》，纳日碧力戈译，上海：上海人民出版社，2000年。
彼得·伯克：《欧洲近代早期的大众文化》，杨豫、王海良等译，上海：上海人民出版社，2005年。
布莱恩·麦基：《思想家：当代哲学的创造者们》，周穗明等译，北京：生活·读书·新知三联书店，1987年。
C·S·霍尔：《荣格心理学入门》，冯川译，北京：生活·读书·新知三联书店，1987年。
曹卫东：《交往理性与诗性话语》，天津：天津社会科学出版社，2001年。
查尔斯·麦格拉斯编：《20世纪的书，百年来的作家、观念及文学：纽约时报书评精选》，朱孟勋等译，北京：生活·读书·新知三联书店，2001年。
茨维坦·托多洛夫：《批评的批评》，王东亮等译，北京：生活·读书·新知三联书店，1988年。
戴维·哈维：《后现代的状况：对文化变迁之缘起的探究》，阎嘉译，北京：商务印书馆，2003年。

戴维•洛奇：《二十世纪文学评论》，葛林等译，上海：上海译文出版社，1987年。

丹尼•卡瓦拉罗：《文化理论关键词》，张卫东等译，南京：江苏人民出版社，2006年。

恩斯特•卡西尔：《语言与神话》，于晓等译，北京：生活•读书•新知三联书店，1988年。

飞白：《诗海：世界诗歌史纲•现代卷》，桂林：漓江出版社，1989年。

格奥尔格•勃兰兑斯：《十九世纪文学主流》，张道真等译，北京：人民文学出版社，1981年。

哈罗德•布鲁姆：《西方正典：伟大作家和不朽作品》，江宁康译，南京：译林出版社，2005年。

哈罗德•布鲁姆：《影响的焦虑：一种诗歌理论》，徐文博译，南京：江苏教育出版社，2006年。

汉娜•阿伦特：《极权主义的起源之二：帝国主义》，蔡英文译，台北：联经出版事业公司，1982年。

汉娜•阿伦特：《人的条件》，竺乾威等译，上海：上海人民出版社，1999年。

J•M•布劳特：《殖民者的世界模式：地理传播主义和欧洲中心主义史观》，谭荣根译，北京：社会科学文献出版社，2002年。

J•M•库切：《异乡人的国度》，汪洪章译，杭州：浙江文艺出版社，2010年。

吉尔•德勒兹：《福柯 褶子》，于奇智、杨洁译，长沙：湖南文艺出版社，2001年。

卡尔•马克思：《黑格尔法哲学批判导言》，北京：人民出版社，1963年。

勒内•韦勒克、奥斯汀•沃伦：《文学理论》，刘象愚等译，南京：江苏教育出版社，2005年。

李赋宁编著：《英国文学论述文集》，北京：外语教学与研究出版社，1997年。

理查德•罗蒂：《偶然、反讽与团结》，徐文瑞译，北京：商务印书馆，2005年。

列维•布留尔：《原始思维》，丁由译，北京：商务印书馆，1987年。

列维•斯特劳斯：《神话学》，周昌忠译，北京：中国人民大学出版社，2007年。

刘禾：《跨语际实践——文学，民族文化与被译介的现代性（中国1900—1937）》，北京：生活•读书•新知三联书店，2002年。

刘禾：《语际书写——现代思想史写作批判纲要》，上海：上海三联书店，1999年。

马•布雷德伯里詹•麦克法：《现代主义》，胡易峦等译，上海：上海外语教育出版社，1992年。

马丁•海德格尔：《荷尔德林诗的阐释》，孙周兴译，北京：商务印书馆，2000年。

马丁•海德格尔：《林中路》，孙周兴译，上海：上海译文出版社，1997年。

马克斯•霍克海姆、西奥多•阿道尔诺：《启蒙辩证法》，渠敬东等译，上海：上海人民出版社，2003年。

马克斯•韦伯：《新教伦理与资本主义精神》，于晓等译，北京：生活•读书•新知三联书店，1987年。

马泰·卡林内斯库：《现代性的五副面孔》，顾爱彬等译，北京：商务印书馆，2003年。

梅晓云：《文化无根：以V·S·奈保尔为个案的移民文化研究》，西安：陕西人民出版社，2003年。

美国《人文》杂志社编：《人文主义：全盘反思》，中译本，北京：生活·读书·新知三联书店编辑部，2003年。

米哈依尔·巴赫金：《陀思妥耶夫斯基诗学问题》，白春仁等译，北京：生活·读书·新知三联书店，1988年。

米哈依尔·巴赫金：《文艺学中的形式主义方法》，李辉凡等译，桂林：漓江出版社，1989年。

米歇尔·福柯：《临床医学的诞生》，刘北城译，南京：译林出版社，2001年。

米歇尔·福柯：《权力的眼睛：福柯访谈录》，严锋译，上海：上海人民出版社，1997年。

米歇尔·福柯：《性史》，姬旭升译，青海：青海人民出版社，1999年。

M·R·基辛：《当代文化人类学概要》，北辰译，杭州：浙江人民出版社，1986年。

纳博科夫：《文学讲稿》，申慧辉译，北京：生活·读书·新知三联书店，1991年。

欧文·白壁德：《文学与美国的大学》，张沛等译，北京：北京大学出版社，2004年。

皮埃尔·布尔迪厄,：《文化资本与社会炼金术》，包亚明译，上海：上海人民出版社，1997年。

齐格蒙特·鲍曼：《流动的现代性》，欧阳景根译，上海：上海三联书店，2002年。

齐格蒙特·鲍曼：《现代性与矛盾性》，邵迎生译，北京：商务印书馆，2003年。

齐泽克：《意识形态的崇高客体》，季广茂译，北京：中央编译出版社，2002年。

乔治·杜比：《私人生活史Ⅲ：激情》，哈尔滨：北方文艺出版社，2008年。

乔治·拉伦：《意识形态与文化身份：现代性和第三世界的在场》，戴从容译，上海：上海教育出版社，2005年。

让·波德里亚：《象征交换与死亡》，南京：译林出版社，2006年。

让—弗朗索瓦·利奥塔：《后现代状况：关于知识的报告》，岛子译，长沙：湖南美术出版社，1996年。

任一鸣、瞿世镜：《英语后殖民文学研究》，上海：上海译文出版社，2003年。

塞缪尔·亨廷顿：《文明的冲突与世界秩序的重建》，周琪等译，北京：新华出版社，1998年。

盛宁：《人文困惑与反思——西方后现代主义思潮批判》，北京：生活·读书·新知三联书店，1997年。

石海军：《后殖民：印英文学之间》，北京：北京大学出版社，2008年。

汤林森：《文化帝国主义》，冯建三译，郭英剑校订，上海：上海人民出版社，1999年。

托·柴特霍姆、彼得·昆内尔编著：《插图本世界文学史》，李文俊等译，桂林：漓江出版社，1994年。

瓦尔特·本雅明：《本雅明文选》，陈永国、马海良编，北京：中国社会科学出版社，1999年。

瓦尔特·本雅明：《发达资本主义时代的抒情诗人》，张旭东译，北京：生活·读书·新知三联书店，1989年。

瓦尔特·本雅明：《机械复制时代的艺术作品》，王才勇译，北京：中国城市出版社，2002年。

瓦尔特·比梅尔：《当代艺术的哲学分析》，孙周兴等译，北京：商务印书馆，1999年。

汪晖、陈燕谷：《文化与公共性》，北京：生活·读书·新知三联书店，1998年。

汪民安、陈永国、张云鹏主编：《现代性基本读本》，郑州：河南大学出版社，2005年。

汪民安、陈永国编：《尼采的幽灵：西方后现代语境中的尼采》，北京：社会科学文献出版社，2001年。

王逢振、盛宁等编译：《最新西方文论选》，桂林：漓江出版社，1991年。

王宁、薛晓源主编：《全球化与后殖民批评》，北京：中央编译出版社，1998年。

王岳川：《后殖民主义与新历史主义文论》，济南：山东教育出版社，1999年。

维克多·特纳等：《庆典》，方永德等译，上海：上海文艺出版社，1993年。

沃拉德斯拉维·塔塔科维兹：《中世纪美学》，褚朔维等译，北京：中国社会科学出版社，1991年。

吴文安：《后殖民翻译研究——翻译和权力关系》，北京：外语教学与研究出版社，2008年。

西·康诺利：《现代主义代表作100种》，中译本，桂林：漓江出版社，1988年。

雅克·德里达：《文学行动》，赵兴国等译，北京：中国社会科学出版社，1998年。

亚里士多德：《形而上学》，吴寿彭译，北京：商务印书馆，1959年版，1997年重印本。

亚力山大·科耶夫：《黑格尔导读》，姜志辉译，南京：译林出版社，2005年。

杨匡汉、刘福春编：《西方现代诗论》，广州：花城出版社，1988年。

杨周翰：《十七世纪英国文学》，北京：北京大学出版社，1996年。

叶舒宪：《神话—原型批评》，西安：陕西师范大学出版社，1986年。

伊恩·P·瓦特：《小说的兴起》，高原等译，北京：生活·读书·新知三联书店，1992年。

伊曼纽尔·沃勒斯坦：《沃勒斯坦精粹》，黄光耀等译，南京：南京大学出版社，2003年。

伊塔洛·卡尔维诺：《为什么读经典》，黄灿然等译，南京：译林出版社，2006年。

尹锡南：《英国文学中的印度》，成都：巴蜀书社，2008年。

于奇智：《凝视之爱》，北京：中央编译出版社，2002年。

宇文所安：《迷楼：诗与欲望的迷宫》，程章灿译，北京：生活·读书·新知三联书店，2004年。

宇文所安：《他山的石头记》，田晓菲译，南京：江苏人民出版社，2003年。

袁可嘉：《欧美现代派文学概论》，上海：上海文艺出版社，1993年。

袁可嘉：《外国现代派作品选》，上海：上海文艺出版社，1980年。

约翰·B·汤普森：《意识形态与现代文化》，高铦等译，南京：译林出版社，2005年。

约翰·坎尼：《最有价值的阅读：西方视野中的经典》，徐进夫等译，天津：天津教育出版社，2006年。

约翰·斯特罗克编：《结构主义以来：从列维·斯特劳斯到德里达》，渠东等译，沈阳：辽宁教育出版社，牛津：牛津大学出版社，1998年。

约翰·维克雷：《神话与文学》，潘国庆等译，上海：上海文艺出版社，1995年。

约瑟夫·纳托利：《后现代性导论》，南京：江苏人民出版社，2005年。

约瑟夫·祁雅理：《二十世纪法国思潮》，吴永泉等译，北京：商务印书馆，1987年。

詹明信：《晚期资本主义的文化逻辑》，张旭东编，陈清侨等译，北京：生活·读书·新知三联书店，牛津：牛津大学出版社，1997年。

张德明：《从岛国到帝国——近现代英国旅行文学研究》，北京：北京大学出版社，2015年。

张德明：《流散族群的身份建构：当代加勒比英语文学研究》，杭州：浙江大学出版社，2007年。

周宪：《文化现代性精粹读本》，北京：中国人民大学出版社，2006年。

祖父江孝男等编：《文化人类学百科辞典》，山东大学日本研究中心译，青岛：青岛出版社，1989年。

II. 英文部分

Adams, Percy G. *Travel Literature and the Evolution of the Novel*. Lexington: The University Press of Kentuck, 1983.

Althusser, Louis. *Lenin and Philosophy and Other Essays*, trans. Ben Brewster. New York: Monthly Review Press, 1971.

Arnold, A. James et al. eds. *A History of Literature in the Caribbean*, Volume 3, Amsterdam/Philadelphia: John Benjamins Publishing Company, 2001.

Benvenuto, Bice and Kennedy, Roger. *The Works of Jaques Lacan, An Introduction*. New York: St. Martin's Press, 1986.

Bewley, Marius. *Introduction to the Selected Poetry of Donne*. Washington: the New American Library, Inc, 1979.

Bhabha, Homi K. *The Location of Culture*. London and New York: Routledge, 1994.

Bradley, A.C. *Shakespearean Tragedy: Lectures on Hamlet, Othello, King Lear, Macbeth*. London: Macmillan, 1905.

Brooks, Peter. *Body Work, Object of Desire in Modern Narrative*. Cambridge, Massachusetts, London, England: Harvard University Press, 1993.

Clark, Steve. *Travel Writing and Empire: Postcolonial Theory in Transit*. London & New York: Zed Books, 1999.

Cohen, Robin. *Global Diasporas, An Introduction*. London: University of College London, 1997.

Dash, J. Michael. *The Other America: Caribbean Literature in a New World Context*. Charlottesville and London: University Press of Virginia, 1998.

Davis, Robert. *Lacan and Narration: The Psychoanalytic Difference in Narrative Theory*. Baltimore and London: The John Hopkins University Press, 1983.

Edwards, Phillip. *The Story of the Voyage: Sea—Narratives in Eighteenth—Century England*. New York: Cambridge University Press, 1994.

Evans, Dylan. *An Introductory Dictionary of Lacanian Psychoanalysi*. London and New York: Routledge, 1996.

Foucault, Michel. *The History of Sexuality*, translated by Robert Hurley. New York: Random House, 1986.

Gifin, Laszlo K. *Ideogram, History of a Poestic Method*. Austin: University of Texas Press, 1982.

Greenblatt, Stephen. *New World Encounters*. Berkeley, Los Angeles, Oxford: University of California Press, 1993.

Guttmann, Allen. *Erotic in sports*. New York: Columbia University Press, 1996.

Hulme, Peter and Youngs, Tim. *The Cambridge Companion to Travel Writing*. New York: Cambridge University Press, 2002.

James, Louis. *Caribbean Literature in English*. London and New York: Longman, 1999.

Kojeve, Alexandre. *Introduction to the Reading of Hegel, Lectures of the Phenomenology of Spirit*. Ithaca and London: Cornell University Press, 1969.

Lacan, Jccques. *Ecrits, A Selection*, trans. Alan Sheridan. New York and London: Norton & Company, 1977.

Lewis, Pericles. *Modernism, Nationalism, and the Novel*. New York: Cambridge University Press, 2000.

Lyotard, Jean–François. *Heidegger and the "Jews"*. Minneapolis: University of Minnesota Press, 1990.

Mark Bracher. *Lacan, Discourse, and Social Change, a Psychoanalytic Culture Criticism,* Ithaca and London: Cornell University Press, 1993.

Miller, J. Hillis. *Illustration*. Massachusetts: Harvard University Press, 1992.

Pachelard, Gaston. *The Poetics of Space*. New York: Beacon Press, 1994.

Roberts, Neil. *D.H.Lawrence, Travel and Cultural Difference*. New York: Palgave Macmillan, 2004.

Said, Edward W. *The World, the Text and the Critic*. Cambridge, Massachusetts: Harvard

University Press, 1983.

Soja, Edward W. *Postmodern Geographies, the Reassertion of Space in Critical Social Theory.* London and New York: Verso, 1995.

Stam, R. *A Companion of Literature and Film.* Beijing: Peking University Press, 2006.

Stoltzfus, Ben. *Lacan and Literature, Purloined Pretexts.* Albany: State University of New York, 1996.

Taylor, Victor, E. and Winquist, Charles E. *Encyclopedia of Postmodernism.* London and New York: Routledge, 2001.

Walder, Dennis. *Literature in the Modern World.* Oxford, New York, Toronto: Oxford University Press, 1990.

Weiss, Timothy, F. *On the Margins: The Art of Exile in V.S. Naipaul.* Amherst: The University of Massachusetts Press, 1992.

Zizek, Slavoj. *For They Know Not What They Do: Enjoyment as a Political Factor.* London: Verso, 1991.